LE DÉJEUNER DU CORONER

Né à Londres en 1952, Colin Cotterill a vécu au Laos, en Australie, aux États-Unis et au Japon. Après avoir enseigné, puis travaillé au sein d'ONG pour la réinsertion d'enfants prostitués, il est désormais écrivain à plein temps. Il vit à Chiang Mai, Thaïlande.

COLIN COTTERILL

Le Déjeuner du coroner

ROMAN TRADUIT DE L'ANGLAIS PAR VALÉRIE MALFOY

ALBIN MICHEL

Titre original :

THE CORONER'S LUNCH

ISBN : 978-2-253-12338-5 – 1re publication LGF

République populaire démocratique du Laos, octobre 1976

Tran, Tran et Hok crevèrent les gros nuages de fin de mousson. La pression de l'air plaquait sur leur figure un sourire contraint et tirait leurs cheveux à la verticale. Ils tombaient bien droit, comme des hallebardes. Le temps manquait pour un gracieux vol plané ou de subtiles acrobaties ; ils se contentaient de suivre les obus rouillés attachés à leurs pieds par de la cordelette en nylon rose.

Tran l'aîné menait. C'était le plus lourd. Au moment où il atteignit la surface du réservoir de Nam Ngum, il avait déjà deux secondes d'avance. Aux Jeux olympiques, on lui aurait attribué un 9.98. À peine y eut-il une gerbe. Tran le jeune et Hok-le-mort-deux-fois transpercèrent l'eau quasiment au même instant.

Un quart de tonne de matériel d'artillerie désactivé les entraîna très vite tous les trois au fond du lac et les ancra dans la vase. Là, pendant deux semaines, Tran, Tran et Hok oscillèrent doucement au gré du courant, à divertir poissons et algues qui se nourrissaient de leur chair tels des badauds arrêtés à un stand de nouilles.

1

Vientiane, deux semaines plus tard

C'était une audience déprimante, et ça n'était que le début. À présent que Haeng, le magistrat boutonneux, était de retour, Siri devrait s'expliquer tous les vendredis et faire des courbettes à un type assez jeune pour être son petit-fils.

Dans le jargon marxiste-léniniste, ces séances étaient dites de « partage du fardeau », mais à l'issue de la première heure, devant ce bureau en contreplaqué tout gondolé, le fardeau de Siri n'en était devenu que plus accablant. Ce juge, à peine sorti du moule, prenait un malin plaisir à émettre des doutes ineptes sur ses rapports et à corriger ses fautes d'orthographe.

– Et à quoi attribuez-vous la perte de sang ?

C'était à se demander s'il posait exprès des questions pièges pour être fixé sur son état d'esprit.

– Eh bien...

Il réfléchit un instant.

– À l'incapacité du corps à le conserver ?

Le petit juge fit « hum ! » et considéra de nouveau le document. Il n'était pas assez fin pour saisir la plaisanterie.

– Bien sûr, ce pourrait être lié au fait que les

jambes ont été coupées au-dessus des genoux. Tout est noté...

– C'est votre avis, camarade Siri, mais vous paraissez bien sélectif dans les informations que vous communiquez. À l'avenir, j'aimerais plus de détails, si cela ne vous fait rien. Et, pour être franc, je ne vois pas comment vous pouvez affirmer que c'est l'hémorragie qui lui a été fatale, plutôt que, disons...

– Une défaillance cardiaque ?

– Précisément. Songez à son effroi quand ses jambes ont été sectionnées. Qui sait s'il n'a pas fait un infarctus ? Ce n'était pas un jeune...

Dans les trois cas précédents dont ils avaient débattu, Haeng avait dénaturé les faits de façon à suggérer une mort naturelle, mais là c'était une trouvaille... Il aurait sans doute été ravi si tous les rapports d'autopsie avaient pu porter la mention « arrêt du cœur ».

En vérité, le cœur du pêcheur avait cessé de battre, mais c'était le signal annonçant sa mort et non sa cause. La vedette militaire récemment cuirassée était rentrée dans le dock en béton de Tar Deua. En raison de sa surcharge, la ligne de flottaison était haute. Heureusement pour l'équipage, le choc fut amorti par le pêcheur qui se tenait debout dans sa petite embarcation de bois, contre la muraille, sans pouvoir s'échapper. Comme un nombre étonnant de ses collègues sur le Mékong, il ne savait pas nager.

L'arête métallique du pont le trancha en deux comme une faux fend des tiges de riz, et le bastingage le cloua sur place. Embarrassés, le capitaine et ses hommes hissèrent ce qui restait de lui – le torse – sur le pont, où il resta étendu, complètement ahuri, à jacter et rigoler comme s'il ignorait qu'il lui manquait quelque chose.

La vedette recula et, de la berge, on vit les jambes tomber dans l'eau et couler. Sans doute gonfleraient-elles dans quelques heures avant de remonter en surface. Comme il portait des tongs dépareillées, les chances de retrouver ses deux pieds à temps pour les obsèques étaient minces.

– Si vous voyez des crises cardiaques partout, je me demande à quoi vous sert un coroner, camarade !

Siri avait atteint les limites de sa patience, des limites qui flottaient pourtant dans les sphères intersidérales. À soixante-douze ans, il en avait vu tellement qu'il avait acquis la sérénité d'un astronaute dérivant dans l'espace. Aussi piètre bouddhiste que piètre communiste, il était néanmoins capable de dominer sa colère par la méditation. Nul ne l'avait jamais vu perdre son sang-froid.

Le Dr Siri Paiboun était souvent décrit comme un nabot. Il était bâti de curieuse façon – un catcheur poids léger aux épaules voûtées. Quand il marchait, c'était comme si sa moitié inférieure tâchait de rattraper la supérieure. Ses cheveux coupés courts étaient d'une blancheur éblouissante. Alors que bien des hommes laotiens se réveillaient sur le tard pour découvrir que leurs cheveux, comme par miracle, étaient redevenus aussi noirs que dans leur jeunesse, Siri avait mieux à faire de ses indemnités que de les dépenser en teinture chinoise. En lui rien de chiqué, d'ajouté ou de retranché. Que de l'authentique.

Son système pileux n'avait jamais été très développé, sauf au niveau des sourcils. Les siens étaient si broussailleux qu'on mettait un moment, la première fois, à distinguer ses yeux si particuliers. Même ceux qui avaient fait dix fois le tour du monde n'en avaient jamais vu de semblables. Ils étaient du vert lumineux des tables de billard, et il en était le premier étonné en se voyant dans un miroir. Il savait peu de choses de ses parents véritables, mais on n'avait jamais évoqué à mi-voix la présence de sang étranger dans ses veines. Comment avait-il hérité de ces yeux-là, il aurait été incapable de l'expliquer.

Au bout d'une heure de séance, le juge Haeng n'avait toujours pas réussi à le regarder en face. Il avait regardé remuer son propre crayon. Il avait regardé le bouton pendillant à la manchette de Siri. Il avait contemplé le ciel nocturne par la persienne aux lattes cassées, comme si l'étoile rouge brillait par-delà les murs du ministère de la Justice. Mais pas une fois il ne l'avait regardé dans les yeux.

– Bien sûr, camarade Siri, qu'il faut un coroner, car, comme vous le savez, tout système socialiste organisé doit être responsable devant ses frères et sœurs. La conscience révolutionnaire se maintient sous le faisceau du phare socialiste, mais le peuple a le droit de voir sécher les slips du gardien !

Oh, sur ce point, ce gamin était fortiche ! Il avait l'art de trouver le slogan le plus... oiseux. Chacun, une fois chez soi, analysait ces slogans pour s'apercevoir, trop tard, qu'ils n'avaient aucun sens. Siri considéra ce garçon pâlichon et eut vaguement pitié.

Seul lui donnait droit au respect un diplôme soviétique, imprimé sur du papier si fin qu'on voyait en transparence le mur auquel il était accroché. Il avait été formé, en vitesse, pour combler l'un des nombreux trous laissés par les classes supérieures en fuite. Il avait étudié dans une langue qu'il ne comprenait guère, et reçu un diplôme qu'il ne méritait pas vraiment. Les Soviétiques avaient ajouté son nom à la liste des communistes asiatiques éduqués avec succès par la grande et glorieusement éclairée mère patrie socialiste.

Pour Siri, un juge était quelqu'un qui accumulait de la sagesse au cours d'une longue vie, couche après couche, comme un arbre acquiert ses cercles de croissance – non un individu ayant eu la veine de cocher les bonnes cases d'un test à choix multiples.

– Je peux partir ?

Il se leva et gagna la porte sans attendre la réponse. Haeng le regarda comme s'il était de la crotte.

– Je crois qu'il faudra discuter de votre attitude la prochaine fois...

Il sourit et résista à l'envie de faire un commentaire.

– Et puis, docteur...

Le coroner s'immobilisa, le nez à la porte.

– Pourquoi, à votre avis, la République démocratique délivre-t-elle gratuitement des souliers noirs à ses représentants officiels ?

Siri contempla ses sandales brunes en lambeaux.

– Pour faire tourner les usines chinoises ?

Le juge baissa la tête et la bougea latéralement au ralenti. C'était un truc copié sur des hommes mûrs, et cela ne lui convenait pas.

– Nous avons quitté la jungle, camarade. Nous sommes sortis des grottes. Aujourd'hui, nous sommes respectés par les masses et notre allure reflète notre rang dans la société nouvelle. Les gens civilisés portent des chaussures. Nos camarades s'attendent à nous voir ainsi. Me comprenez-vous ?

Il parlait lentement à présent, comme une infirmière s'adressant à un vieux gâteux.

Siri se retourna sans montrer qu'il avait été humilié.

– Il me semble, camarade. Mais je crois que si le prolétariat doit me baiser les pieds, je peux au moins lui présenter quelques orteils...

Il tira d'un coup sec sur la porte récalcitrante, et s'en alla.

Siri rentra chez lui par les rues poussiéreuses de Vientiane. D'ordinaire, il affichait un sourire chaleureux destiné à toute l'humanité. Mais depuis quelque temps, ceux qui lui rendaient la pareille étaient moins nombreux. Les commerçants avaient toujours un mot aimable, mais des inconnus commençaient à se méprendre sur son expression. « Qu'est-ce qu'il a, ce petit homme ? De quoi sourit-il donc ? »

Il croisa des employées des ministères ayant fini leur journée. Elles portaient des corsages beiges et le traditionnel *phasin* noir pendait avec raideur au niveau des chevilles. Chacune se débrouillait pour personnaliser son uniforme : une broche, un col original, un pli à la jupe qui n'appartenait qu'à elles.

Il croisa des écoliers en chemise blanche décrassée à la brosse dure, le cou irrité par leur foulard rouge. Ils paraissaient hébétés par leur journée, trop troublés pour rire ou chahuter. Siri se sentait comme eux.

Il passa devant des échoppes sombres, à moitié vides, qui semblaient toutes vendre les mêmes choses, la fontaine dont les orifices étaient devenus des niches à insectes, et des bâtiments inachevés dont les échafaudages en bambou étaient recouverts de lierre.

Cette marche lui prit vingt minutes : temps suffisant pour expulser l'image contrariante du juge Haeng de son esprit. Il logeait dans une vieille maison française d'un étage, dont le jardinet en façade regorgeait de légumes. La masure avait besoin de tout : peinture, ciment, vitres intactes, carrelage et tutti quanti ; mais devrait s'en passer pendant encore longtemps.

Comme à son habitude, Saloop surgit de derrière les choux tel un crocodile et, bien qu'à moitié endormi, se mit à hurler contre lui. Il hurlait contre Siri, et seulement Siri, depuis l'installation de ce dernier dix mois plus tôt. Nul ne savait ce qui poussait cette créature galeuse à s'en prendre ainsi à lui, mais il y avait des choses dans ce crâne qui dépassaient l'entendement humain.

Comme tous les jours, ces sinistres ululements déclenchèrent un chœur d'aboiements et de plaintes dans toute la rue et au-delà, et, comme à l'ordinaire, Siri ouvrit la porte grinçante sur cette musique-là. Jamais il n'avait pu rentrer discrètement chez lui. Même l'escalier le trahissait. Sous ses pas, les craquements se répercutaient dans le hall d'entrée nu et les lames de parquet flottant annonçaient son arrivée sur la galerie.

Ni la porte principale ni celle de sa chambre n'étaient fermées à clé. Inutile. Il n'y avait plus de criminalité. Son logement, à l'arrière, donnait sur le petit temple Hay Sok. Ayant quitté ses sandales, il entra. Un bureau et des livres l'attendaient à la fenêtre. Un mince matelas était roulé contre le mur, sous la cloche de la moustiquaire. Trois chaises en vinyle écaillé étaient rangées autour d'une petite table basse en fer-blanc et un évier taché était posé sur un gros tuyau métallique.

La salle de bains du rez-de-chaussée était à partager avec deux couples, trois gosses et une dame qui était la directrice intérimaire de la division de la formation des maîtres au ministère de la Justice. Tels étaient les gains d'une victoire communiste. Mais comme la situation n'était pas pire qu'avant, personne ne se plaignait. Il alluma son réchaud et fit chauffer la bouilloire pour le café. D'une certaine manière, c'était bon d'être à la maison.

Mais le week-end devait lui réserver d'étranges réveils. Ce soir-là, il se mit à son bureau pour lire à la lueur de la lampe à huile, jusqu'à ce que les papillons de nuit fussent devenus insupportables. Son couchage était disposé de façon à ce qu'il puisse s'endormir en regardant la lune passer à travers les nuages.

Son univers onirique avait toujours été singulier. Dans son enfance, les images qui s'y tenaient tapies troublaient continuellement son sommeil. La femme de bon sens qui l'élevait venait à son chevet lui rappeler que c'était sa tête à *lui*, et que personne plus que *lui* n'avait le droit de s'y trouver. Il avait appris à traverser dignement ces cauchemars sans s'en effrayer.

Mais même s'il avait cessé d'avoir peur, il n'avait jamais réussi à prendre le pouvoir sur eux. Il n'arrivait pas à tenir à distance ces indésirables, pour commencer. Il y avait un tas d'inconnus qui rôdaient dans ses rêves sans avoir, peu ou prou, l'intention de l'amuser. Ils rôdaient là, traînaient, fainéantaient comme si sa tête était une salle d'attente. Souvent, il avait l'impression que sa caboche n'était que les coulisses des rêves d'un autre.

Mais les plus étranges, c'étaient les morts. Depuis son premier échec professionnel, le premier homme criblé de balles à succomber sur sa table d'opération, tous ceux ayant trépassé sous ses yeux avaient pris la peine de lui rendre visite.

Plus jeune, il s'était demandé si c'était son châtiment pour ne pas les avoir sauvés. Aucun de ses confrères ne connaissait pareilles hantises, et un psychologue qu'il avait côtoyé au Vietnam avait suggéré que c'était seulement des manifestations de son sentiment de culpabilité. Tout médecin se demandait s'il n'aurait pas pu faire plus pour ses patients. En l'occurrence, estimait ce savant homme, ces doutes prenaient une forme visuelle. Ce qui l'avait apaisé, c'était que les défunts n'avaient pas l'air accusateur ; ils assistaient avec lui aux événements en simples spectateurs. Jamais il n'était menacé par eux. Le psychologue affirmait que c'était bon signe.

Depuis que Siri était, en tant que coroner, en contact avec les cadavres de gens qu'il n'avait pas connus de leur vivant, le phénomène s'était intériorisé. C'était comme s'il était en mesure de se représenter les sentiments et la personnalité du disparu. La vie pouvait avoir déserté depuis longtemps leur corps, aucune importance : dans ses rêves, il arrivait à reconstituer spirituellement cette personne, à converser avec elle et à se faire une idée de son caractère.

Naturellement, ses amis ou confrères n'étaient pas au courant. Ils n'auraient rien gagné à apprendre qu'il se transformait la nuit en fou furieux. Cela ne nuisait à personne et l'encourageait à respecter d'autant mieux ces dépouilles qu'il savait que leurs anciens propriétaires allaient se manifester.

Dans ces conditions, rien d'étonnant s'il se réveillait souvent sans savoir où il était. Ce samedi-là, il se retrouva dans l'un de ces états intermédiaires. Il savait qu'il était dans sa chambre et qu'un de ses doigts avait été piqué par un moustique. Il entendait goutter le robinet, sentait l'odeur des feuilles qu'on faisait brûler dans la cour du temple. Mais il rêvait encore.

Sur une chaise se trouvait un homme. Juste derrière sa tête, un jour grisâtre filtrait à travers le rideau. Avec la moustiquaire, ses traits étaient indiscernables, mais Siri savait bien qui c'était. Le visiteur n'avait pas de chemise et son torse frêle était bleu de vieux mantras tatoués. Sous son pagne à carreaux, deux moignons de jambes reposaient sur le siège. Le sang coagulé était assorti à la couleur du vinyle.

– Comment vous sentez-vous ? lui demanda-t-il.

Curieuse question à poser à un mort, mais c'était son rêve, après tout. Dehors, les chiens ululaient dans l'allée. Tout indiquait qu'il était réveillé, et pourtant le pêcheur refusait de s'en aller.

Il regardait Siri avec son grand sourire édenté. Puis il détourna les yeux et pointa un long doigt osseux devant lui. Siri dut se redresser contre l'oreiller pour voir. Sur la table basse, il y avait une bouteille de whisky Mékong. Du moins était-ce une bouteille de Mékong, mais elle contenait quelque chose de plus sombre et de plus épais que du whisky. Du sang, peut-être, mais ce n'était que l'imagination morbide de Siri qui travaillait.

Il se rallongea en se demandant ce qui pourrait le faire partir. Puis, le rideau frémit légèrement et un peu plus de fumée entra, portée par la brise. Pendant cette seconde de distraction, le doute s'insinua. Cette tête pouvait être un pli du rideau – ce corps, le creux formé par les dos innombrables qui s'étaient avachis contre le dossier.

Comme si un chef d'orchestre avait agité sa baguette, le chœur des chiens s'interrompit et il n'entendit plus que le robinet. Donc il était bien réveillé. Il s'émerveilla une fois de plus de ses rêves et sourit en songeant qu'un de ses « pensionnaires » avait peut-être tenté de s'échapper.

Soudain reposé, et mystérieusement exalté, il souleva la moustiquaire et se mit debout. Le moustique qui s'était retrouvé là-dessous pour se repaître de son sang vola jusqu'à la fenêtre afin d'aller se vanter de son audace.

Siri mit la bouilloire à chauffer, tira le rideau mal fixé et déposa son transistor sur la table. C'était un péché, mais un péché bien agréable.

Dès cinq heures du matin, les programmes de la radio officielle arrosaient toute la capitale grâce à des haut-parleurs installés dans les rues. Certains citoyens chanceux avaient l'honneur d'être bombardés au lit par des statistiques sur la récolte nationale de riz, tandis que les maisons de certains autres étaient toutes vibrantes de conseils de jardinage.

Mais Siri était par miracle dans un trou noir, loin des haut-parleurs dont il n'entendait que les bourdonnements. À la place, il écoutait son transistor bien-aimé. En restant discret, on pouvait capter les nouvelles du monde sur la chaîne militaire thaïlandaise. À la radio laotienne, le monde s'était quelque peu rétréci, ces temps-ci.

Naturellement, radio et télévision thaïlandaises étaient bannies de la République populaire démocratique. On n'était pas arrêté pour cela, mais le représentant du conseil de sécurité du district venait frapper très fort à votre porte et criait pour bien se faire entendre des voisins. « Camarade, ne vois-tu pas que la propagande étrangère décadente ne fera que fausser ton esprit ? Ne sommes-nous pas tous satisfaits de notre sort ? Pourquoi donner à ces porcs de capitalistes la satisfaction d'écouter leurs saletés ? »

Le nom du coupable était porté sur la liste des individus subversifs de catégorie 4 et, théoriquement, vos collègues cessaient d'avoir confiance en vous. Mais dans l'esprit de Siri, cet édit ne réussissait qu'à priver le peuple laotien d'un bon divertissement.

Les Thaïlandais avaient été désolés de voir les méchants communistes s'installer à leur porte, au Laos. Leur paranoïa militaire ne s'embarrassait pas de subtilités. Siri adorait leurs émissions. Il croyait sincèrement que, si le politburo avait autorisé le peuple à les écouter, les Laotiens auraient pu décider par eux-mêmes du régime qu'ils préféraient.

Un jour, un « spécialiste » avait expliqué que les cocos étaient naturellement portés sur l'échangisme, ce qui chamboulait la société, car « l'inceste était inévitable ». Comment le communisme avait-il pu provoquer une augmentation spectaculaire des naissances de frères siamois, il se le demandait bien, mais la radio thaïlandaise avait des chiffres pour le prouver.

Le mieux, c'était le samedi matin, car ils supposaient les Laotiens massés autour de leur radio le week-end, en manque de propagande. Mais aujourd'hui, Siri était préoccupé. Il ne pensa même pas à allumer le transistor et alla s'asseoir avec son épais café vietnamien sur sa chaise favorite, pour en humer le délicieux arôme. Le goût n'était pas à la hauteur de l'odeur.

Il s'apprêtait à le déguster, lorsque la lumière fit briller quelque chose sur la table. Une tache ronde, comme de l'eau laissée par un verre. Ça n'était pas extraordinaire, sauf qu'il n'avait rien posé là de la matinée. Sa tasse était sèche et il n'avait pas mis la main sur la table. Étant donné le climat de Vientiane, ce point d'humidité ne pouvait dater de la veille.

Buvant son café, il contempla ce rond sans s'émouvoir, tout en cherchant une explication. Il considéra la chaise où les ombres du matin lui avaient joué des tours, puis de nouveau la table. En poussant un peu, on pouvait dire que c'était l'endroit même où la bouteille de whisky du pêcheur s'était trouvée. Il se tourna vers l'étagère pour arracher une feuille de papier essuie-tout.

Mais lorsqu'il se retourna, la tache avait disparu.

Son second réveil étrange, ce week-end-là, fut moins surnaturel. Mlle Vong, du ministère de l'Éducation, avait la manie de frapper seulement *après* être entrée. Souvent elle le surprenait à s'habiller ou se déshabiller, mais se comportait toujours comme si c'était sa faute à lui. S'il avait fait pareil chez elle, il se serait retrouvé au tribunal.

Mais en ce dimanche matin, il était profondément endormi quand elle arriva, signe qu'il était très tôt. L'odeur d'encens émanant du temple avait déjà empli la pièce, mais les coqs rêvaient encore de vols enchantés par-dessus montagnes et lacs.

– Allons, paresseux ! Debout !

N'ayant pas d'enfant, cette femme enquiquinante avait coutume de materner tout le monde. Elle s'approcha du rideau qu'elle tira d'un coup sec. Au lieu d'éclairer vivement la pièce, le jour entra chichement. C'était vraiment l'aurore. Elle se campa devant la fenêtre, les mains aux hanches.

– On a un canal d'irrigation à creuser !

Quoi ? Qu'avait-on fait des week-ends, des loisirs, des jours de congé ? Ses matinées de travail se prolongeaient invariablement jusque dans la soirée, et voilà qu'on lui piquait son dimanche aussi ! Il ouvrit un œil.

Mlle Vong portait un pantalon de velours côtelé et une chemise sans grâce boutonnée jusqu'au cou. Avec ses nattes en fil de fer, elle lui rappelait cette paysanne chinoise immortalisée sur les posters maoïstes. À l'exemple des services de la propagande chinoise, la nature avait schématisé le visage de Mlle Vong. Elle devait avoir entre trente et soixante ans et sa taille était celle d'un gamin sous-alimenté.

– Mais enfin, foutez-moi donc la paix !

– Pas question. Le mois dernier, vous avez fait

exprès de louper la séance collective de peinture à la Maison des Jeunes. Je ne vous laisserai pas rater cette occasion-là...

Dans la cité de Vientiane, les tâches d'intérêt général n'étaient pas une punition, mais une récompense accordée aux citoyens méritants. C'était le cadeau des autorités au peuple. Pas un homme, pas une femme, pas un enfant ne devait être frustré de la fierté qu'on éprouve à regoudronner une route ou à draguer un cours d'eau. Le gouvernement savait que les gens renonceraient avec joie à leur unique jour de repos en échange d'une telle partie de plaisir.

– J'ai un rhume..., dit-il en tirant le drap par-dessus sa tête.

Il entendit sa bouilloire se remplir et le *pop* du réchaud à gaz. Il se sentit chatouillé par la moustiquaire et entendit un bruissement indiquant qu'on l'accrochait au mur. On passa un coup de balayette au sol.

– Voilà pourquoi je vous prépare une reconstituante tasse de thé avec un peu de...

– J'ai horreur du thé !

– Mais non...

– Je croyais qu'à mon âge, on savait ce qu'on aime... !

– Il faut prendre des forces avant de creuser.

– Qu'a-t-on fait de tous les prisonniers ? C'était leur tâche à eux ! Creuser des fossés, déboucher les chiottes...

– Docteur Siri, vous m'étonnez. Parfois, je me demande si vous avez réellement combattu pour la révolution. Il n'y a plus de raison de laisser aux ignares le sale boulot. Nous sommes tous parfaitement capables de manier la pelle et de brandir la hache...

– ... Et de disséquer un foie cancéreux, marmonna-t-il sous son drap.

– Tous nos criminels malavisés subissent une rééducation sur les îles. Vous le savez bien. Et maintenant, vous vous levez ou faut-il vous tirer du lit ?

Il décida de la punir pour cette familiarité de mauvais aloi.

– Non, je me lève, mais je vous préviens : je suis nu et j'ai une érection. Ce n'est pas sexuel, vous savez, seulement la pression de...

Il y eut un très léger déclic et un ébranlement des lames du plancher de la galerie. Il rabattit le drap et embrassa les lieux d'un regard victorieux.

En descendant, il trouva deux camions chargés de voisins somnolents, visiblement ravis. La zone 29C devait creuser la section 189 du canal d'irrigation. Le plus gros de la journée y serait consacré, mais un repas de riz gluant, poisson séché et liane *tam'nin* serait gracieusement fourni.

Ayant échappé à l'agression apathique de Saloop, il grimpa dans celui qui était en queue. Dans le premier, Mlle Vong sermonnait le jeune couple qui habitait au même étage que lui. Alors que le convoi se mettait en route, il plaisanta avec ses voisins. Ils répondirent sur le même ton, mais la gaieté n'était que de surface.

Bien qu'ayant adhéré au parti communiste pour des raisons extrapolitiques, Siri en était un membre patenté depuis quarante-sept ans. À dire vrai, la foi lui manquait. Il en était venu à avoir deux convictions d'égale importance : d'une part, que le communisme était le seul système capable de satisfaire l'Homme ; de l'autre, qu'étant donné son égoïsme, jamais le vrai communisme ne pourrait exister. Le produit naturel de ces deux points de vue était que l'Homme ne serait jamais content. L'Histoire, avec sa cohorte d'idéalistes désillusionnés, tendait à lui donner raison.

Après être passé par le système d'éducation français, stupide et inégalitaire, il avait finalement prouvé qu'un petit paysan pouvait s'en sortir. Un mécène français l'avait envoyé à Paris. Là, il était devenu un étudiant en médecine, sinon brillant, du moins honorable. La France n'était pas connue pour faciliter la vie aux pauvres nés hors de la métropole. C'était chacun pour soi.

Mais Siri était habitué à se battre. Pendant ses deux premières années à Vincennes, privé de distractions, il s'était classé parmi les meilleurs. Ses professeurs convenaient qu'il avait de l'avenir « pour un Asiatique ». Mais comme plus d'un brave garçon avant lui, il avait bientôt découvert que tout l'avenir du monde ne valait pas une belle paire de nichons. En troisième année de pathologie, il se surprit à se concentrer, non sur le grand tableau noir recouvert de schémas, mais sur le chandail de Boua. C'était une apprentie infirmière rougissante, qui s'installait par tous les temps près de la fenêtre. En regardant son chandail, on pouvait en général se faire une idée de la température extérieure. En été, il était remplacé par un corsage avec plus de boutons défaits qu'il n'était absolument nécessaire. Siri avait réussi de justesse son examen de pathologie et plongé dans les profondeurs du classement.

En quatrième année, ils s'étaient fiancés. Le couple partageait une chambre de bonne si exiguë qu'on avait dû scier le lit pour permettre l'ouverture de la porte. Boua était une Laotienne saine et bien roulée, originaire de Luang Prabang, l'ancienne capitale royale du pays. Sa famille était de noble ascendance. Mais tandis que ses parents s'agenouillaient et s'inclinaient au passage du roi, semaient des pétales d'orchidées sur son chemin, elle-même restait dans sa chambre, à fomenter sa perte.

Elle avait appris l'existence du parti communiste français par son premier amant, un jeune professeur maigrichon habitant Lyon. À la première occasion, elle était partie pour la ville de ses rêves. Alors que Siri avait l'intention de devenir médecin, les études n'étaient pour elle qu'un prétexte : elle était là pour devenir une bonne communiste et relever à son retour les masses opprimées.

Siri avait bien compris que, s'il voulait sa main, il devrait lui aussi embrasser la Cause. Cette main, il la désirait, le reste aussi, et à la réflexion quatre soirs par semaine, un dimanche par-ci par-là et cinq francs par mois, ça n'était pas cher payé. Au début, il croyait qu'assister à des réunions prônant la chute du capitalisme impérialiste le mettrait mal à l'aise. Il adorait la musique du capitalisme et comptait bien danser dessus dès que possible. Dans sa vie, il n'avait connu que la pauvreté, une maladie dont il espérait guérir en tant que médecin. Mais pour finir, il avait eu honte de ces idées-là.

Ainsi le communisme et Boua avaient-ils eu raison de ses rêves et espérances. En embrassant sa fiancée et le drapeau rouge, il s'arrachait lentement à l'emprise de la médecine. Afin d'être accepté en cinquième année, il avait dû passer plusieurs épreuves de rattrapage. À l'issue de sa scolarité, deux étoiles noires figuraient sur son dossier : cela indiquait que l'étudiant devrait se révéler un interne exceptionnel s'il ne voulait pas être embarqué sur un vol matinal de l'Aéropostale et perdre le soutien de son mécène.

Heureusement, Siri était fait pour la médecine. Les patients l'adoraient et l'équipe de l'Hôtel-Dieu le tenait dans une telle estime que l'administration lui avait proposé un poste à temps plein. Cependant, son cœur était à Boua et, lorsqu'elle rentra au Laos pour y faire la révolution, il l'accompagna.

Le lundi, il descendit au bord du Mékong et y passa quelque temps. Il avait plu sans relâche cette année, mais on pouvait à présent compter sur cinq mois de tranquillité. En ce matin de novembre, il faisait frisquet et le soleil n'avait pas encore trouvé la force de sécher les herbes de la rive. Pendant que la rosée rafraîchissait ses pieds, il se demanda si les reluisantes chaussures en vinyle du parti résisteraient longtemps à la prochaine saison des pluies.

À contrecœur il longea la berge, marchant dans les fientes de corbeau qui fleurissaient çà et là. En face, la Thaïlande le dévisageait sans aménité avec ses bateaux à quai. Ce fleuve, jadis voie de communication entre les deux pays, était devenu un mur.

En face de l'hôpital Mahosot, il s'installa sur un tabouret boiteux, au bord de la route, pour manger des nouilles *foi* pas fraîches achetées à un marchand ambulant. Aujourd'hui, plus rien n'avait le goût du frais. Mais avec toutes les maladies auxquelles il avait été exposé au cours de sa vie, ça n'avait plus aucune conséquence sur sa santé. Il aurait sans doute pu se faire une piqûre de salmonelle, ça ne lui aurait fait ni chaud ni froid.

N'ayant plus de prétexte pour traîner davantage, il se dirigea vers son bureau en passant entre les bâtiments cubiques. L'hôpital avait été monté rapidement par les Français et n'était au fond qu'un village de blockhaus. Il hésita devant le sien avant d'entrer. Sur l'écriteau au-dessus de la porte était écrit MORGUE, en français. Sur le paillasson, sa touche personnelle, c'était WELCOME.

Seules deux pièces bénéficiaient de la lumière du jour. L'une était son bureau. Il le partageait avec son équipe de deux personnes – « Une et demie », disait le juge Haeng, ce malotru.

– Bonjour, camarades !

Il entra dans la pièce grise tout en béton, et alla à son bureau. Dtui détacha les yeux de son magazine thaïlandais.

– Bonne santé, docteur !

C'était une jeune et robuste infirmière au visage bien lavé mais taillé à coups de serpe, et dont la bouche souriait toujours. Sa première réaction à toute chose était de sourire, et pourtant elle n'avait guère de motifs de le faire.

– Je me demande si, au ministère de l'Information et de la Culture, on serait content de vous voir lire ces torchons décadents...

– C'est pour me rappeler combien le système capitaliste est répugnant, camarade ! dit-elle.

Elle lui montra une photo en trichromie, mal cadrée, représentant une vedette de la télévision en minijupe.

– Enfin, quoi, vous me verriez dans cette tenue ?

Siri sourit intérieurement et fit jouer ses sourcils. Un homme qui se balançait dans son coin attira son attention.

– Ah, bonjour, monsieur Geung...

L'homme rocking-chair sourit en entendant son nom et releva la tête.

– Bonjour, camarade docteur... Il va... faire... chaud, aujourd'hui.

Il opina, se donnant raison à lui-même.

– Oui, monsieur Geung. Je pense que vous dites vrai. Avons-nous des clients aujourd'hui ?

Geung rit, comme à chaque fois qu'il entendait cette plaisanterie rituelle.

– Pas de client aujourd'hui, Docteur-Camarade.

Voilà. Tels étaient le staff dont il avait hérité, le job qu'il n'avait pas voulu, la vie qu'il ne s'était pas attendu à mener. Depuis presque un an il était le coroner principal et unique du pays. Il était le premier à confesser son manque de qualifications et d'enthousiasme pour ce travail.

Son premier mois de formation sur le tas avait été folklorique. L'unique médecin laotien à savoir pratiquer des autopsies avait traversé le fleuve – dans une chambre à air, disait-on – bien avant sa venue. Donc, à part M. Geung qui avait acquis une masse impressionnante – mais bien cachée – de connaissances, comme assistant de ce médecin-là, il n'y avait personne pour lui enseigner le métier.

Donc, ayant accepté d'ajourner son départ à la retraite, il s'était mis à apprendre en se référant à deux manuels français légèrement carbonisés. Un vieux lutrin ramené de l'ex-conservatoire américain lui servait à les maintenir ouverts pendant qu'il s'échinait à ouvrir et découper ses premiers cas. L'œil sur le lutrin, il disséquait ses clients comme un concertiste ses partitions. « Tournez ! » disait-il, et Dtui tournait la page. Avec peine, il suivait les étapes recommandées par les pathologistes français de 1948.

Dans la jungle, il avait très souvent opéré, mais maintenir quelqu'un en vie était tout différent. Ici, on avait des procédures à suivre, des observations à faire. À soixante-douze ans, il n'aurait jamais cru devoir se lancer dans une nouvelle carrière. En arrivant à

Vientiane avec le Pathet Lao le 23 novembre 1975, il avait eu des choses plus agréables en tête...

Après la conférence décisive du parti le 5 décembre, l'humeur était euphorique. Les célébrations furent copieusement arrosées par des cuvées d'alcool de riz. À force de s'embrasser, on en avait les joues en feu.

Le prince héritier, en costume aussi sombre que sa contenance, avait lu à haute voix l'acte d'abdication de son père, avant de décliner tout naturellement l'invitation à participer aux festivités. Le Pathet Lao, après des décennies de lutte clandestine, s'était rendu maître du pays. L'ancien royaume était devenu une république. C'était un rêve que bien des vétérans, au fond, n'auraient pas cru voir se réaliser.

Dans l'esprit de la guérilla, on avait sorti les tables à tréteaux de la salle des banquets et posé des nattes à même le sol. Puis, on s'était assis en cercle pour fêter la victoire. Mets et alcool devaient être apportés tout au long de la soirée par de jeunes et jolies cadres en uniforme vert, tartinées de rouge à lèvres.

Au cours de son existence, Siri s'était plus souvent assis par terre que dans un fauteuil. Lui aussi était gai, ce jour-là, même si ça n'était pas pour les mêmes raisons que ses camarades. Sans le senior camarade Kham, il serait retourné à sa pension pour y dormir du sommeil du juste.

Ce vétéran du parti, un grand maigre, avait profité qu'une place se libérait pour s'asseoir à côté de lui.

– Eh bien, camarade Siri, nous avons triomphé...

– C'est ce qu'on dirait...

Siri n'était pas habitué à boire autant, et il n'était pas tout à fait maître de sa langue.

– Cependant, j'ai l'impression que nous sommes

ici pour célébrer la fin de quelque chose, plutôt que le début...

– Marx nous enseigne que tout début est difficile.

– Ce n'est pas Marx qui vous aidera à régler les problèmes futurs... mais que diable, Kham, vous savez comment faire taire les sceptiques !

Il leva son verre pour trinquer avec lui, mais fut le seul à boire d'un trait. Les yeux du camarade, enfoncés dans leurs orbites, avaient quelque chose de reptilien.

– Vous dites « vous », comme si vous n'aviez pas l'intention de nous aider...

Siri se mit à rire.

– Camarade Kham, je suis presque aussi vieux que ce siècle ! Je suis fatigué. Je crois avoir gagné le droit d'avoir mon petit bout de jardin, de siroter mon café le matin, de lire l'après-midi et d'aller me coucher de bonne heure après avoir savouré un bon cognac...

Kham leva son verre à l'adresse du Premier ministre qui trônait, rubicond et au comble du bonheur, dans un autre cercle. Ils vidèrent leurs verres et s'interpellèrent.

– Bizarre... Si j'ai bonne mémoire, vous n'avez pas de famille. Comment au juste comptez-vous financer ce train de vie décadent ?

– J'imagine qu'après quarante-six ans passés au service du parti, on va me verser...

– Une pension ?

L'homme eut un rire grossier.

– Pourquoi pas ?

Siri s'était toujours dit qu'après la victoire, il prendrait sa retraite. Tel était son rêve dans la jungle du nord, au cours des nuits étouffantes – sa prière, audessus des cadavres de tous les jeunes gens, garçons et filles, qu'il n'avait pu arracher à la mort. Il y croyait depuis si longtemps qu'il pensait la chose acquise.

– Mon ami, je vous trouve bien naïf. Dans un régime socialiste, chacun doit contribuer jusqu'à l'extrême limite de ses forces. Quand vous commencerez à oublier où est votre bouche et à baver, qu'il vous faudra des couches, alors l'État vous témoignera sa gratitude... Mais vous, vous pétez le feu ! Vous avez toute votre tête. Comment refuseriez-vous de servir le pays que vous avez contribué à libérer de la tyrannie ?

Siri regarda en direction du président. Ce membre renégat de la famille royale était encadré par deux jolies combattantes à qui il avait commencé à chanter une chanson révolutionnaire vietnamienne. L'attention générale se porta sur lui et le brouhaha s'apaisa. La chanson s'interrompit au milieu du second couplet, parce qu'il avait oublié les paroles, et ce fut un concert d'applaudissements et de hourras. Sur l'estrade, un petit orchestre d'instruments en bois et bambou se mit à jouer et les conversations reprirent sur un mode plus digne. Siri n'avait pas encore eu l'occasion d'exprimer sa déception. Il attendit que Kham ait fini une discussion animée à sa droite pour l'entreprendre avec une fougue à laquelle l'autre n'était pas habitué.

– Alors, mon cas a déjà été débattu par le politburo ?

– En effet. Vous nous avez tous impressionnés par votre dévouement discret...

Par « discret » sans doute fallait-il entendre « passif ». Ces dix dernières années, Siri avait cessé de manifester la passion révolutionnaire qu'on attendait de lui, et on l'avait assigné à la pension du parti numéro 3, loin des débats politiques et des prises de décisions à Sam Neua. Là, il avait soigné les cadres blessés au combat, perdant le contact avec les camarades plus zélés et leurs intrigues.

Kham lui entoura les épaules. Le médecin n'était pas contre les contacts physiques, mais dans ce contexte, c'était un manque de respect.

– Nous vous avons attribué un poste à forte responsabilité.

Ces mots se voulaient un compliment, mais ils frappèrent leur destinataire comme un coup de massue en pleine figure. Il n'avait pas besoin de responsabilité.

– Pourquoi ?

– Parce que vous serez parfait pour le job...

– Je n'ai jamais été parfait pour rien.

– Ne faites pas le modeste. Vous êtes un chirurgien chevronné, un esprit curieux et qui ne s'en laisse pas conter. Nous avons décidé de vous nommer coroner principal de la République.

Il guetta dans son regard une lueur de fierté, mais n'y trouva que de l'effarement. On aurait pu tout aussi bien lui annoncer qu'il était le nouveau cracheur de feu de la République.

– Je n'ai jamais réalisé d'autopsie de ma vie.

– Rafistoler les gens, les découper, c'est du pareil au même.

– Non, justement !

Il ne se voulait pas agressif, mais Kham fut une fois de plus décontenancé par son culot. Les membres éminents du parti étaient habitués au respect. Siri, malgré son calme et ses manières courtoises, avait coutume de leur dire leur fait. C'était l'une des raisons pour lesquelles on l'avait mis sur la touche.

– Pardon ?

– Je ne saurais même pas comment m'y prendre.

Je ne suis pas de taille. C'est une tâche immense. Pour qui me prenez-vous ?

Malgré l'alcool qui faisait reluire ses yeux de reptile, le camarade Kham était visiblement perturbé par ce manque de gratitude. Il resserra sa prise autour de ses épaules et lui glapit à l'oreille :

– Je vous prends pour l'un des rouages de cette grande machine qui gouverne notre pays bien-aimé. Vous êtes un rouage, j'en suis un, le président aussi ! Chacun de ces rouages contribue à faire tourner la machine. Mais, réciproquement, un seul rouage défectueux peut la bloquer. En ce moment historique, il importe que tous les rouages soient bien engrenés et coordonnés. Ne nous laissez pas tomber, ne stoppez pas la machine, Siri !

Lui ayant serré durement, une dernière fois, les épaules, il hocha le menton et alla s'introduire dans un autre cercle. Comme dans un brouillard, Siri considéra autour de lui les éléments de la machine. Lubrifiés par l'alcool, les grands rouages avaient commencé à se fausser. Deux d'entre eux avaient fusionné pour dessiner un huit. Composant ces rouages importants, il y avait les petits rouages, les insignifiants, dont certains étaient allés faire pipi. Cela laissait des vides. D'autres, réunis en petits comités, formaient des circuits indépendants.

Soudain déprimé, Siri expliqua à son grand rouage qu'il avait un besoin urgent. Il partit en titubant dans cette direction, mais passa devant les toilettes pour ressortir de l'hôtel de ville. Les deux gardes à l'entrée lui présentèrent les armes. Il les salua et dénoua sa cravate qu'il alla accrocher à une baïonnette luisante.

Avec un sourire et des remerciements, il fit signe aux chauffeurs des limousines russes d'occasion – affrétées pour ramener les camarades à leurs quartiers provisoires – qu'il se débrouillerait. C'était une nuit froide de décembre, sans étoiles, mais le chemin du retour était en ligne droite. Il avança d'un pas hésitant dans l'avenue Lan Xang déserte. Devant lui se profilaient le palais présidentiel et un avenir qui ne l'intéressait guère.

2

L'épouse du camarade Kham

Même lorsque les temps étaient particulièrement durs à Vientiane, le vieux four en pierre près de la mosquée s'allumait tous les jours à trois heures du matin pour cuire le meilleur pain du pays. Trois hommes torse nu alimentaient le feu de bois et pétrissaient les baguettes qui étaient disposées en batteries sur des grilles noires et rouillées. L'hygiène laissait à désirer, mais d'aucuns affirmaient que c'était la poussière, la suie, la sueur et la rouille qui faisaient la saveur des baguettes de tante Lah. Les mains enveloppées de vieux torchons grisâtres, ses trois fils les sortaient toutes brûlantes du four pour en charger aussitôt sa charrette.

À six heures du matin, tante Lah se postait à l'angle, près du stupa noir. À sept heures trente, elle avait généralement tout vendu et revenait chercher une nouvelle fournée. Cette fois, elle allait au coin des rues Sethathirat et Nong Bon, le quartier des ministères. À cette heure-là, sa voiture à bras était devenue une sandwicherie. En allant au travail, les fonctionnaires pouvaient commander à partir du menu proposant « lait condensé sucré, sardine ou viande de buffle séchée ». Sous leurs yeux, elle confectionnait alors, avec amour, le sandwich demandé.

Il y en avait toujours un, emballé dans du papier sulfurisé, qui attendait son client privilégié. Jamais Siri ne commandait. Il mangeait ce que tante Lah avait choisi pour lui. C'était toujours différent et toujours délicieux. Il la payait à la fin de la semaine, et jamais plus que le tarif de base.

Lorsqu'il était trop occupé pour venir lui-même, il envoyait Dtui, qui jurait percevoir la déception de la vieille dame avant même de traverser la rue.

– Ne dites donc pas de bêtises !

– C'est vrai ! Elle a le béguin pour vous...

Le sang afflua au visage de Siri. Dtui gloussa et lui tendit son déjeuner.

– Les gens de notre âge... ne font plus cela.

– Tomber amoureux ?

– Précisément.

– Mon œil !

– Pardon ?

– « Tant que le cœur bat pour un, affirme Somchai Asanajinda, il peut le faire pour deux. »

– J'en déduis que ce n'est pas un médecin...

– On ne vous laissait jamais voir de films, dans la jungle ? C'est la plus fameuse des stars du cinéma thaïlandais...

– Ah oui ? Et comment un pays qui ne produit pas de films *fameux* pourrait-il avoir des stars *fameuses* ?

– Mais ils ont des films fameux ! Du moins, fameux en Thaïlande. Il y en a de très bons...

– Des films ultra-violents ou de vulgaires histoires d'amour...

– Ah ! Je savais bien que vous les regardiez en cachette ! Somchai est comme cette très vieille personne, mais il parle toujours d'amour et de romance...

– Quel âge a-t-il... la quarantaine ?

– Plus de cinquante ans.

– Mes aïeux ! Comment font-ils pour les maintenir en vie, là-bas ?

– Et l'amour n'a rien de vulgaire. C'est quelque chose d'inestimable...

Siri détacha les yeux de son rapport truffé de fautes d'orthographe. La jeune fille lui tournait le dos et regardait entre les deux lattes qui subsistaient des persiennes. Même ainsi, on voyait qu'elle était bouleversée. À sa connaissance, elle n'avait jamais été avec un homme. Étant donné son niveau d'exigence, elle n'avait aucune chance d'en dénicher un.

L'amour qu'elle recherchait n'allait pas se trouver ici, à la morgue. Ni dans la pièce unique qu'elle partageait avec sa mère malade, ni sans doute dans tout le Laos. Les hommes étaient des êtres à deux dimensions qui avaient des goûts bien spécifiques à trois dimensions.

À d'autres époques, les bustes plantureux avaient été à la mode, symboles de richesse et de fécondité. La sensibilité esthétique obéissait à des cycles. Mais au vingtième siècle, la maigreur avait la cote. Dtui, la femme-tonneau, était disqualifiée. Les prétendants ne se bousculaient pas à sa porte. Il n'aurait pas fallu creuser très profond pour découvrir sa gentillesse et son humour, mais ils n'apportaient même pas leur pelle.

Une fois son rapport réécrit, Siri amena son casse-croûte, des bananes et son Thermos de thé au bord du fleuve. Le camarade Civilai était déjà assis sur leur rondin, à scier son propre sandwich maison avec la lame émoussée d'un canif. Siri s'installa en riant à côté de lui. Civilai huma l'air.

– Qu'est-ce que je sens ? Un pancréas putréfié ? Un rein gangrené ?

– Si c'est le cas, il s'agit des tiens, imbécile ! Je n'ai pas même déboutonné la veste d'un macchabée ce matin...

– Ah, quelle vie ! poursuivit l'autre en s'escrimant toujours sur le pain rassis. C'est pour cela que le parti te paie ? Pour que tu restes assis sur ton cul à draguer ton infirmière ? À apprendre à la créature de Frankenstein à applaudir des deux mains ? Ah, zut... !

Un tronçon de sandwich jaillit de ses genoux et dévala la berge. Ayant remballé le reste dans le papier journal, il se lança à sa poursuite.

À la prochaine mousson, l'eau arriverait tout près de leur rondin, mais elle en était à présent distante d'une trentaine de mètres, et chaque pouce de terre sèche avait été requis pour y faire pousser des légumes. C'était un terrain fertile.

Civilai remonta la pente, récupérant son croûton en chemin. Des feuilles de laitue dépassaient de sa poche. Il était plein de poussière, en nage et hors d'haleine.

– Je me demande bien pourquoi tu ne mords pas dedans, comme tout le monde..., dit Siri.

Civilai bougonna.

– Parce que... Parce que j'ai de l'éducation !

Il souffla sur le pain saupoudré d'argile rouge.

– Et que je ne veux pas être vu déchiquetant des morceaux comme un homme des cavernes. Et que ma bouche est loin d'être aussi grande que la tienne !

Ayant exposé son point de vue, il se mit à grignoter poliment.

Civilai était l'ami le plus proche que Siri avait au politburo, et c'était sans doute dû au fait que lui aussi était un peu fou. Mais alors que la folie de Siri consistait surtout à pratiquer la résistance passive, Civilai était, lui, carrément génial. C'était un homme inspiré et excentrique, qui se trouvait à l'origine de la plupart des idées les plus hardies du parti.

Cependant, il était un peu trop rapide pour le système. Il ressemblait à ce chien fougueux que Siri avait vu un jour, promené par une vieille dame française percluse de rhumatismes. Haletant, bavant, l'animal tirait sur sa laisse sans jamais parvenir à presser sa maîtresse ni à lui faire changer de direction. Civilai avait plus que sa juste part de frustration.

C'était un petit homme anguleux, qui n'aurait pas paru ridicule juché sur un cyclo-pousse. Sa tête se passait de cheveux depuis belle lurette et ses lunettes à grosse monture lui donnaient l'air d'un insecte. Étant né deux jours avant Siri, il méritait à peine le titre de *ai*, frère aîné.

– Ta bouche serait aussi grande que la mienne, *Ai*, si tu t'en servais un peu plus souvent...

– Oh, non ! C'est reparti...

– Je suis souffrant. Je n'en ai plus pour longtemps...

Il arracha un bout de baguette avec les dents et parla la bouche pleine :

– Enfin, c'est une question de bon sens ! Lorsque le vieux papayer cesse de donner des fruits goûteux, on n'attend pas sa mort pour planter de jeunes pousses. Tous les trois mois, le parti envoie six jeunes gens étudier la médecine en Europe de l'Est. Tu n'aurais qu'à t'arranger pour que l'un d'eux – un seul – se spécialise en médecine légale.

– Je ne suis pas le chef des services médicaux !

– Non, mais tu es un cerveau ! Tu n'aurais qu'à dire oui, on t'écouterait...

Il prit une gorgée de thé et lui tendit le Thermos.

– Je ne veux pas charcuter des cadavres jusqu'au jour où j'en serai devenu un moi-même. Il le faut. Je dois savoir quand je peux espérer être remplacé. Je peux très bien m'écrouler à tout instant. Que ferais-tu alors ?

– Je finirais ton sandwich...

– À quoi bon avoir un copain au politburo si on ne peut pas compter sur son aide de temps en temps ?

– Tu n'as qu'à faire des bêtises...

– Quoi ?

– Tant que tu leur donneras satisfaction, ils te garderont. Si tu commençais – je ne sais pas, moi... – à confondre des organes, ils pourraient peut-être s'affoler...

– Confondre des organes ?

– Oui. Envoie à ton copain le juge la photo d'un cerveau en disant que c'est un foie.

– Il ne verrait pas la différence... il a un foie à la place du sien !

Ils s'esclaffèrent.

– J'espère que tu n'insultes pas la magistrature ? Je pourrais te dénoncer.

– Je n'ai rien contre la magistrature.

– Tant mieux.

– Mais tout contre les crétins qui l'incarnent. Et ton week-end ?

– Sensationnel. J'ai passé deux jours entiers en séminaire, à Van Viang. Et toi ?

– À creuser un fossé.

– C'était comment ?

– Sensationnel. Mon quartier a remporté le concours du chant de travail le plus inspirant...

– Bravo. Vous avez gagné quoi ?

– Une houe.

– Une seule ?

– Chacun aura le droit de l'utiliser pendant une

semaine, à tour de rôle. C'est quoi les grandes nouvelles du mois ?

– Voyons... On a battu un record mondial la semaine dernière.

– Celui du plus faible taux de criminalité ?

– Celui de la plus forte inflation.

– Du monde ? Mazette ! Il faudrait fêter ça...

– Et puis, il y a le scandale des marionnettes.

– Raconte...

– Le parti a ordonné aux marionnettes du temple Xiang Thong, à Luang Prabang, de ne plus utiliser les formules royales et de s'appeler entre elles « camarades ».

– C'est juste ! Il faut leur montrer qui tire les ficelles.

Civilai lui jeta une feuille de laitue.

– Qu'est-il arrivé ?

– Elles ont refusé.

– Garces !

– Les membres de la cellule locale les ont bouclées dans leur boîte et elles n'en sortiront que les pieds devant...

– Ça leur apprendra !

Ayant fait durer le moment du repas au maximum, ils repartirent vers l'hôpital bras dessus, bras dessous, comme deux ivrognes. Devant l'entrée, Civilai rappela à Siri qu'il allait passer une semaine dans le sud et qu'il faudrait réserver le rondin pour le lundi suivant. Puis ils se séparèrent et Siri remonta l'allée carrossable.

Il n'avait pas fait cinq mètres qu'il vit Geung trotter dans sa direction. L'assistant ne freina qu'une fois nez à nez avec lui. Il était ému, et l'émotion avait tendance à lui couper le sifflet. Il ouvrit la bouche pour parler, mais rien n'en sortit. Son teint virait au bleu.

Siri se recula d'un pas, le prit par les épaules et les massa vigoureusement.

– Respirez, monsieur Geung ! Rien ne justifie qu'on s'arrête de respirer... Bon, que s'est-il passé d'extraordinaire en mon absence ?

– L'épouse...

– L'épouse ?

– Du camarade...

– Du camarade... ?

– Du camarade Kham...

– Oui ?

– ... Est là.

– Sa femme est là ?

Ravi que la communication se fût instaurée, Geung renifla, battit des mains et frappa le sol du pied. Deux rustres qui passaient par là s'arrêtèrent pour le regarder. Le peuple laotien n'avait pas un tact excessif.

– C'est un idiot ! lança l'un d'eux à l'adresse de son compagnon.

Geung se retourna vivement.

– Et tu... t'y... connais !

Ils en restèrent baba et Siri, enchanté, entraîna son assistant en le prenant par les épaules.

– Bravo, monsieur Geung ! Qui vous a appris à parler ainsi aux insolents ?

– Vous !

Ils passèrent devant le siège de l'administration. Geung était apparemment plongé dans ses pensées. Enfin, il prit la parole :

– En fait, c'est ce que je suis... un idiot.

Siri s'arrêta.

– Monsieur Geung, quand allez-vous m'écouter ?

Vous n'êtes pas un idiot. Votre papa avait tort. Il ne comprenait pas. Que vous ai-je dit ?

– Que j'ai une... une...

– Une maladie.

– La trisomie 21.

Il débita la suite comme s'il la lisait sur l'une des innombrables listes engrangées dans son esprit.

– Dans certains domaines, je suis plus lent que les autres ; dans d'autres, supérieur...

Ils se remirent en route.

– En effet, par exemple, vous avez une excellente mémoire. Supérieure à la mienne.

Geung poussa un grognement de plaisir.

– Oui !

– Oui. Et un autre domaine où vous me surpassez, c'est l'eau glacée.

– Oui !

Depuis que le directeur avait défendu de conserver des boissons fraîches dans le congélateur de la morgue, le frigo le plus proche était celui de la cantine du personnel. Geung aimait aller y chercher des verres d'eau pour leurs hôtes, car les filles flirtaient avec lui.

– L'épouse du camarade Kham est-elle venue seule ?

– Oui.

– Pourriez-vous, s'il vous plaît, aller lui chercher un verre d'eau ? Il fait très chaud...

– Je peux.

Il trottina en direction de la cantine, et Siri ralentit, afin de deviner le motif de cette visite. La venue de Mme Nitnoy était toujours de mauvais augure, même s'il ne se souvenait pas avoir été en tort dans un passé récent. C'était une forte femme qui avait le verbe haut, une grosse poitrine menaçante et des hanches qui roulaient vers vous comme les chenilles d'un tank. Elle avait un poste important à l'Union des Femmes et pesait aussi lourd politiquement que physiquement. Surtout, elle était une fanatique des règlements.

Forcément, c'étaient les chaussures. Le juge Haeng avait cafté et appelé en renfort la grosse artillerie. Elle était venue lui faire enfiler de force ces inconfortables souliers en vinyle qui allaient l'estropier. Elle devait être assise à son bureau, en train de constater à la pendule qu'il était en retard. Avec une cordialité feinte, elle lui serrerait la main et s'inquiéterait de sa santé, avant de l'humilier.

Il avait des crampes d'estomac en franchissant le seuil de la morgue. Planté à la porte de son bureau, il compta jusqu'à trois avant d'entrer d'un pas assuré. Dtui était seule à son pupitre, en train de lire un truc qu'elle se hâta de dissimuler dans son tiroir.

– Mme Nitnoy ?

– Au congélo.

Son visage perdit toute expression.

– Quoi ?

– On l'a apportée juste après votre départ.

– Qu'est-ce qu'elle a eu ?

Il se laissa choir lourdement sur sa chaise grinçante.

– Elle est morte.

– Je l'espère bien, si elle est au congélateur. De quoi ?

La jeune fille leva les yeux et, comme c'était prévisible, lui sourit.

– Moi, je ne suis qu'infirmière. C'est vous, le coroner. N'est-ce pas à vous de nous le dire ?

– Ça vous dérangerait de me tuyauter ? Qui l'a amenée ? Qu'ont-ils dit ?

– Deux chauffeurs de l'Union des Femmes. Ils ont dit qu'elle était en train de déjeuner, quand elle a un peu bavé avant de s'écrouler. Ils ont voulu prendre son pouls, mais elle était morte. La doctoresse là-bas leur a demandé de l'amener ici, étant donné que c'est une... comment dit-on, déjà ? Une mort non naturelle.

Siri fut perturbé de découvrir que sa première réaction n'était pas de la compassion, mais du soulagement à l'idée de n'avoir pas à porter de chaussures en vinyle. Ensuite, il éprouva de l'anxiété. Il s'agissait de son premier cas important après dix mois de pratique ! Un tas de types haut placés allaient regarder par-dessus son épaule. Il songea aux éventuelles conséquences.

– Le camarade Kham est au courant ?

– Il est à Xiang Khouang. On lui a téléphoné. Il a donné son accord pour l'autopsie. Il sera de retour ce soir.

– Bon, alors au travail...

Il se leva, prit une profonde inspiration et alla dans la salle d'examen. M. Geung était déjà là, devant le congélateur, à se balancer anxieusement, un verre d'eau glacée dans une main, un mouchoir en papier dans l'autre.

À seize heures trente environ, toutes les procédures des manuels avaient été suivies. Elle avait été mesurée, mais non pesée car on n'avait pas de balance. Quelque temps plus tôt, ils avaient essayé de se débrouiller avec deux pèse-personnes. Siri et Geung montaient chacun sur le sien, puis soulevaient le cadavre entre eux. En raison de quelque obscure loi de la physique, le corps ne pesait jamais que la moitié de son poids estimé. Ils avaient donc renoncé.

À un moment donné, Siri se pencha au-dessus du visage. Il appela Geung.

– Monsieur Geung, votre odorat est plus développé que le mien. Que sentez-vous ?

Celui-ci n'eut même pas besoin de se pencher. Il avait déjà senti.

– Baume.

– Très bien. Et maintenant, on va la déshabiller...

– Et grain.

– Quoi ?

– Baume et grain. Ça... ça sent le grain.

Siri, qui ne sentait rien de tel, et se demandait bien ce qu'il entendait par là, demanda néanmoins à Dtui de prendre note.

Une fois les vêtements inspectés et mis dans des sacs, le corps fut photographié. Le budget de l'hôpital n'autorisait qu'un rouleau de pellicule couleur pour sept cadavres, ce qui signifiait un cliché du corps entier pris de face, un autre de dos, plus un troisième de la zone en cause. Le reste, soit un ou deux clichés, était destiné en principe aux zones litigieuses de l'anatomie, mais était souvent utilisé pour des photos de groupe par les infirmières qui les envoyaient à leur famille restée au pays.

De part et d'autre de la formidable poitrine de Mme Nitnoy, le Dr Siri pratiqua des incisions qui se rejoignirent à la base du sternum pour descendre jusqu'à l'os pubien. Ainsi commença l'autopsie. Tout ce qu'il faisait, il l'expliquait très lentement, car Dtui devait tout inscrire dans son calepin et elle ne connaissait pas la sténo.

Siri prit le ciseau à os pour couper les côtes et, un par un, il décrivit, pesa et étiqueta les organes, tandis que Dtui notait les irrégularités. Puis, armé d'un scalpel fin, il dégagea le cuir chevelu qui fut rabattu sur la figure de cette pauvre Mme Nitnoy. Tandis qu'il entreprenait une inspection plus détaillée des organes sur sa paillasse, M. Geung s'attaqua au crâne.

Une demande de scie électrique avait été déposée, que la direction était en train d'examiner, mais en attendant il fallait bien se contenter d'une scie à métaux. Heureusement, scier était l'une des spécialités de M. Geung. Tirant la langue, ce dernier s'appliqua à scier assez profond pour entamer la boîte crânienne et atteindre le cerveau sans l'endommager. Un art que Siri n'avait jamais réussi à maîtriser.

À la fin de l'année 1976, la morgue n'était guère mieux équipée que les abattoirs qui se trouvaient derrière le marché. Pour ses propres charcutages, Siri avait à sa disposition des scies et des couteaux émoussés, un ciseau à os et des forets hérités des Français. Il possédait sa collection personnelle de scalpels et autres instruments plus délicats. Il y avait une ou deux jauges, des goutte-à-goutte, des pipettes et autres choses du même genre, mais pas de laboratoire. Le plus proche était à une quarantaine de kilomètres de là, à Udon Thani, par-delà la frontière, laquelle était fermée aux hordes communistes redoutées.

Il y avait un vieux microscope qu'il avait réquisitionné, provenant des magasins de l'institut pédagogique de Dong Dok. Si le département des sciences rouvrait un jour, on regretterait sans doute l'absence de l'instrument. Même si c'était une vénérable relique digne de figurer dans un musée, il grossissait à merveille. Le hic, c'était que les reproductions de diapos dans ses vieux manuels étaient si floues qu'il ne pouvait pas toujours dire ce qu'il recherchait.

La plupart des résultats dépendaient de tests couleur archaïques : combinaisons de produits chimiques ou échantillons de papier de tournesol. Ils étaient plus faits pour exclure des hypothèses que pour en établir. En supposant que les substances chimiques nécessaires fussent disponibles au département chimie du lycée de Vientiane, Siri pourrait éliminer cinquante causes possibles de la mort, ce qui en laisserait subsister cent cinquante autres.

Rien de surprenant donc si, à seize heures trente, il n'avait pas la plus vague idée de ce qui avait tué Mme Nitnoy. En revanche, il pouvait donner une liste longue comme votre tibia distal de ce qui ne l'avait pas tuée. Elle n'avait pas été écrasée par un train (il n'y en avait pas au Laos). Elle n'avait été ni fusillée, ni poignardée, ni étouffée, ni mutilée par une vedette militaire. Mais comme elle était morte dans un lieu public, ça n'était pas une révélation.

Certains témoins affirmaient qu'elle s'était étranglée en mangeant, mais l'absence d'aliments dans l'œsophage ainsi que la soudaineté du décès contredisaient cette thèse. Sans labo, il était presque impossible de chercher des traces de poison, sauf à savoir de quoi il s'agissait, et comme la dame était en train de manger dans un réfectoire, elle n'aurait pas été la seule à mourir.

En l'absence du juge Haeng et de ses conseils utiles, Siri avait pris grand soin d'établir qu'elle n'avait pas succombé à une crise cardiaque. Pas d'indice d'occlusion, ou de thrombose.

Il existait, disait-on, des spécialistes de médecine légale dans le monde qui se régalaient de ce genre d'énigmes. Ça n'était pas encore son cas.

Au moment même où Dtui et Geung s'en allaient pour accomplir leur heure de jardinage dans l'enceinte de l'hôpital, le secrétaire du directeur arriva en coup de vent pour leur annoncer que l'avion du camarade Kham se poserait à l'aéroport de Wattay à dix-huit heures et qu'il faudrait l'attendre. Siri déclara à son staff qu'il resterait lui-même et qu'ils pouvaient s'en aller.

Il s'installa à son bureau pour parcourir les notes de Dtui. Elle écrivait si mal qu'il envisagea d'abord de se servir du microscope, puis passa l'heure suivante à jouer avec ses lunettes de lecture afin de tâcher de faire le point sur les mots. Cela lui valut une migraine et il finit par rédiger la seconde moitié du rapport de mémoire.

Il était neuf heures du soir quand le camarade Kham se présenta, et son haleine embaumait le whisky. Sa bouche seule indiquait de la tristesse et il paraissait faire de gros efforts pour réprimer un sourire.

– Mes condoléances, camarade...

– Où est-elle ?

– Dans le congélateur.

Siri se leva et lui fit signe de le suivre dans la salle d'examen.

– Où allez-vous ?

– Vous ne souhaitez pas la voir ?

– Sûrement pas ! Elle est bien morte, non ?

– Tout à fait.

Kham passa devant lui pour aller s'asseoir à son bureau, forçant Siri à s'installer à celui de Dtui. L'homme feuilleta distraitement les papiers étalés devant lui.

– Vous avez... ouvert le corps ?

– Oui, oui...

– Dommage. Vous avez perdu votre temps. Je sais ce qui l'a tuée.

– Ah oui ? Dieu soit loué. Je séchais complètement.

– Je la prévenais, cette imbécile, depuis des années ! Mais quand on est accro, on n'écoute pas la voix de la raison, pas vrai ?

– À quoi était-elle accro, au juste ?

Il n'avait vu aucune trace de piqûre aux bras et son foie était nickel.

– *Lahp.*

– *Lahp* ? Bon sang !

Ça aurait dû tellement lui crever les yeux que c'en était embarrassant. Dans la jungle, il avait vu d'innombrables décès dus à l'ingestion de *lahp*, *pa daek* ou tout autre plat à base de viande ou poisson crus que les paysans ingéraient en toute inconscience.

La viande crue n'est bonne pour la santé que consommée fraîche. Très vite, les bactéries s'y mettent et les parasites se répandent dans le corps du mangeur. Avec de la chance, on s'en tire avec des abcès, des crampes et une diarrhée chronique jusqu'à la fin de ses jours.

Mais il y a un type de parasites plus hardis qui pondent leurs œufs dans la chambre antérieure de l'œil. De là, ils migrent à travers la rétine, ou se creusent un chemin jusqu'au cerveau. Le sujet se sent bien, il ne présente aucun symptôme – et, la minute d'après, le voici à la morgue. Siri remarqua que le camarade était toujours en train de parler.

– ... Mangeait du porc cru depuis l'enfance. Elle en raffolait. Ça lui donnait la colique, mais elle prétendait que le corps finit par s'immuniser. Moi, j'ai horreur de ça – mais elle, c'était son péché mignon. Tous nos amis vous le diront... Je suis allé à la police pour expliquer cela. Personne ne remplira un certificat de mort non naturelle dans ces conditions.

– J'aurais dû y penser. Je n'aurais jamais cru qu'une femme comme elle mangeait du porc cru...

– Pourquoi pas ? C'était une fille de la campagne. Elle pouvait bien se mettre sur son trente et un, l'odeur du buffle lui collait à la peau...

Siri ne comprenait toujours pas pourquoi Kham parlait ainsi de son épouse. Avec générosité, il attribua cela au choc.

– En ce cas, je vais faire encore une ou deux vérifications, boucler mon rapport et...

– Oh, je crois que vous pouvez finir votre rapport sans l'embêter davantage. Nous souhaitons procéder à la crémation au plus tôt. Sa famille et ses proches ont hâte de lui rendre leurs derniers hommages. Ils l'attendent au temple.

– Mais j'ai besoin de...

– Siri, mon vieil ami...

Kham se leva pour aller s'asseoir sur le bureau de Dtui, et le considéra.

– En tant que médecin, vous êtes un scientifique. Mais même un homme de science a besoin de se montrer ouvert à la culture et à la religion. Ne le voyez-vous pas ?

C'était bien beau de la part d'un membre du comité qui avait aboli le bouddhisme comme religion d'État et interdit les aumônes aux bonzes.

– Je...

– Elle a subi assez d'affronts pour aujourd'hui. Laissons-la reposer en paix, hein ?

– Camarade Kham, ce n'est pas moi qui promulgue les lois. Je ne pourrai délivrer le certificat de décès avant d'avoir confirmation que ce sont les parasites qui l'ont tuée.

Kham se leva et eut un sourire cordial.

– Je comprends. Bien entendu. Quel genre de

membre du politburo serais-je, si j'ignorais le règlement ?

Il gagna la porte et s'attarda sur le seuil.

– C'est pourquoi j'ai décidé de faire signer ce certificat par son chirurgien.

– Quoi ?

– Je regrette de vous avoir donné tout ce tracas, camarade Siri, mais comme il n'y avait rien de suspect, cette autopsie ne s'imposait pas. Je dois dire que, pour un homme qui déteste autant son boulot, vous avez été fort méticuleux. Je suis très impressionné.

Il sortit, le laissant seul au bureau de Dtui à retourner les choses dans son esprit. Kham savait qu'il y aurait une autopsie, puisqu'il avait donné son feu vert par téléphone. À présent, il disait que c'était superflu. Siri avait perdu trois heures à chercher la cause du décès. Ce temps aurait pu être divisé par deux s'il avait su quoi rechercher.

Son regard se dirigea vers son propre bureau. Quelque chose n'était plus à sa place. Mais avant qu'il puisse préciser cette idée, il fut dérangé par un tohu-bohu. Ayant jeté un dernier regard à son bureau, il alla voir ce qui se passait.

En chemin, il rencontra un groupe d'hommes qui poussait un brancard ambulant supportant un cercueil en bois, simple mais surdimensionné. Kham marchait derrière eux.

– Vous l'emmenez tout de suite ?

Le convoi passa devant lui et entra dans la salle d'examen. Kham les suivit jusqu'à l'alcôve. Ici il faisait sombre.

– La famille attend...

En regardant cet homme de grande taille, Siri prit peu à peu conscience d'une présence derrière lui, à trois mètres de là. Pour une raison inconnue, il en fut épouvanté. Ça n'était pas net et le manque de lumière empêchait de distinguer des traits, mais cette silhouette lui rappelait précisément... précisément Mme Nitnoy.

Il songea au pêcheur qu'il avait vu dans son demi-sommeil. C'était déjà passablement effrayant. Mais là, il avait l'excuse du sommeil. Alors que maintenant il était bien réveillé. Ce n'était pas un rêve. Il voyait la silhouette d'une femme qui gisait, morte, dans le congélateur de la pièce du fond. Elle se tenait debout, tremblante. Puis elle se raidit, prit son élan et se rua sur son époux avec toute la sauvagerie d'un taureau bien décidé à l'encorner.

Elle fonçait et, eût-elle été réelle, elle l'aurait certainement culbuté. Pendant une fraction de seconde, la lumière de la salle tomba sur sa figure. Pas de doute, c'était elle, et son visage n'exprimait que la haine. Mais au contact de son mari, elle s'évanouit.

Le camarade Kham tressaillit.

– Comment faites-vous pour supporter cet endroit ? Ces courants d'air me donnent la chair de poule.

Il se retourna vers le coin que Siri contemplait fixement.

– Le congélo, c'est là ?

Le vieux cœur de Siri tambourinait. Il n'arrivait plus à parler. Il finit par passer devant lui d'un pas trébuchant pour entrer dans la salle où le groupe l'attendait patiemment. S'étant approché du congélateur, d'une main hésitante, il abaissa la manette condamnant la porte. Elle s'ouvrit lentement.

Elle était toujours là, toujours aussi morte. Siri ne s'attendait pas vraiment à l'y trouver. Tendant la main, il souleva le drap bleu pâle recouvrant sa tête.

Le visage était mollement plaqué sur les os. Elle ne cligna pas de l'œil, ni n'indiqua qu'elle venait de jouer les fantômes.

Siri la borda soigneusement pour la protéger des mains calleuses et des regards de ces hommes. Puis il tira la plate-forme amovible, se recula et les laissa l'emmener ; ses grands pieds dépassaient comme des palmes. Les types la soulevèrent plus doucement qu'ils n'en semblaient capables avant de la coucher dans sa boîte.

– Elle est bien... en un seul morceau ? demanda Kham. Faudrait pas en perdre en route !

Les autres rirent nerveusement, plus par égard pour ce qu'il était que parce qu'ils trouvaient ça drôle. Si le choc pouvait expliquer cette insensibilité, alors il était profondément perturbé par la mort de sa femme.

Mais Siri n'y croyait plus. Il regarda Kham droit dans les yeux, et le senior camarade se détourna avec une pointe d'embarras et quelque chose de plus. Siri n'ajouta plus rien. Kham sortit.

Les hommes gardèrent un silence respectueux et clouèrent le couvercle du cercueil en faisant le moins de bruit possible. Le chariot eut du mal à repasser la porte. En raison de sa charge, ses roues le déportaient sur la droite et il rentra dans le chambranle. On fit un nouvel essai, mais il continuait à dévier sur la droite. Il refusait de rouler.

Non sans peine, ils furent obligés de le soulever avec son chargement. Le camarade Kham les attendait à l'extérieur, une cigarette bon marché se consumant rapidement entre ses lèvres. Lui non plus n'avait plus rien à dire. Il marcha derrière le chariot, agacé par sa trajectoire zigzagante, et disparut derrière le bâtiment.

Siri resta planté sous l'écriteau MORGUE, la tête

inclinée comme un chien qui écoute. Mais ce vieux chien prêtait attention au débat qui se déroulait dans sa tête. Il prit plusieurs inspirations profondes pour calmer ses nerfs, mais son pouls battait toujours la chamade.

Une moitié de son esprit lui disait de s'en aller, de rentrer chez lui en laissant toutes les portes ouvertes, la lumière allumée. Sortir d'ici pour ne plus revenir. Mais la moitié saine, la scientifique, lui disait de ne pas être ridicule. Il retourna à la salle d'examen en passant par le petit vestibule.

Elle était éclairée par un néon faiblard. Il se mit au-dessous, au milieu de la pièce, et écouta. On pouvait entendre les papillons de nuit se cogner à la moustiquaire de la fenêtre, et le néon bourdonner. Des conversations étouffées provenant de l'hôpital et un coq qui répétait son cocorico. Mais c'était tout.

Un cafard détala sous ses pieds pour aller dans la réserve. Il n'y aurait pas eu assez de désinfectant sur toute la planète pour préserver des cafards un hôpital du Sud-Est asiatique. Dtui et Geung lavaient et frottaient quatre fois par jour, ils mettaient du poison et des pièges à glu, mais des êtres ayant survécu à l'ère glaciaire et aux météorites étaient assez malins pour survivre en ces lieux.

Il suivit la petite bête à l'intérieur de la réserve et alluma. Une dizaine de complices se joignirent à elle dans sa course à la cachette. Tout étant emballé deux fois ou enfermé dans des bocaux aux couvercles vissés, la vermine n'avait aucune chance de se repaître des prélèvements qui s'alignaient sur les étagères, mais l'arôme de la mort y régnait et, pour un cafard, c'était comme le parfum du jasmin par une belle soirée.

Les étagères formaient des rayonnages si serrés qu'on ne pouvait passer entre elles que de profil.

S'étant glissé entre les rangées 3 et 4, il progressa peu à peu vers les bocaux à spécimens. Juste au-dessus de sa tête, le cerveau de Mme Nitnoy, enrobé de coton, nageait dans son bain de formol. Le coton l'empêcherait de se déformer contre le fond du bocal. Le lendemain matin, il ne serait toujours pas assez ferme pour être disséqué, mais dans quelques jours, peut-être l'épouse du camarade aurait-elle enfin quelque chose à leur dire.

Lorsque M. Geung arriva le mardi matin, le Dr Siri était déjà penché sur sa paillasse. Le bocal à spécimens était devant lui, vide, et il s'apprêtait à découper en lamelles le cerveau de Mme Nitnoy.

– Bon... bonjour, Docteur-Camarade.

Siri leva les yeux.

– Bonjour, monsieur Geung.

Geung le regardait, décontenancé.

– Vous êtes là...

– Je sais.

Siri comprit le problème. Geung était toujours le premier sur place. Il n'était jamais arrivé pour le trouver au travail de si bonne heure et en était tout détraqué. Il avait besoin d'ordre, de cohérence. Au mépris de toute logique, Siri lança, comme à son habitude :

– Avons-nous des clients aujourd'hui ?

L'autre rit et battit des mains.

– Pas de clients aujourd'hui, docteur !

Réorienté, il alla déposer son petit panier de riz sur son bureau et entreprit de faire le ménage. Siri se remit au boulot.

– Ça alors ? On vous a enfermé ici hier soir ?

Dtui était à la porte, souriante.

– Il m'est déjà arrivé de venir tôt, par le passé, infirmière...

– Certes. Il est déjà arrivé qu'il neige au Vietnam, et ça fait néanmoins les gros titres des journaux.

Elle remarqua que le congélateur était ouvert.

– Elle est allée faire son jogging ?

– Si j'avais su que vous étiez aussi drôle le matin, je serais venu tous les jours plus tôt. Son mari l'a ramenée à la maison hier.

– Comme c'est romantique... !

Elle alla également au bureau déposer son en-cas. Sur le seuil, elle se heurta à Geung.

– « Bonjour, beau gosse... », lui souffla-t-il.

– Bonjour, beau gosse, dit-elle.

– Bonjour, belle dame. Blague ?

– Qu'est-ce qui a deux roues et qui dévore les gens ?

– Je sais pas.

– Un lion à bicyclette.

Geung rit si fort qu'elle se joignit à lui. Dans la pièce à côté, Siri fut gagné par cette gaieté. Il éprouvait une sorte de fierté paternelle à constater que son staff s'entendait aussi bien. C'était de toute évidence un rituel matinal qu'il découvrait seulement aujourd'hui. Geung ne saisissait peut-être pas toutes les blagues de Dtui, mais il serait capable de les réciter textuellement six mois plus tard.

Siri considéra le cerveau sur le plateau de verre. N'ayant pas eu le temps de durcir convenablement, il s'étalait comme du blanc-manger. Mais il ne pouvait plus attendre ; pour sa propre tranquillité d'esprit, il avait besoin de savoir. Avec son plus long scalpel, il le fendit soigneusement d'un seul coup net, puis répéta son geste jusqu'à ce que le cerveau se retrouve découpé en tranches comme une miche de pain détrempée. Alors il sépara délicatement chaque section pour les examiner une à une à la loupe.

Dtui, qui avait mis un masque de chirurgie pour se protéger de la poussière, balayait dans la réserve.

– Dtui, apportez-moi l'appareil photo, voulez-vous ?

Elle le regarda, sourcils froncés.

– L'appareil photo ?

– Oui, s'il vous plaît.

– C'est que...

– Quoi ?

– Il ne reste plus que trois photos à prendre sur la pellicule...

– C'est suffisant.

– Docteur, l'infirmière-major Bounlan fête son mariage ce soir. Je devais...

– Je compatis, mais c'est plus important. Croyez-moi.

Ayant mis de côté et étiqueté les prélèvements, Siri déclara qu'il s'absentait un moment. Puis il prit un sac en plastique plein de liquide, des fioles, et partit sans dire où il allait.

Il sortit de la morgue et passa devant sa vieille motocyclette éclopée. Couchée par terre, elle prenait la poussière et les toiles d'araignée sur le parking à cycles depuis trois mois. Pas les moyens de s'offrir un nouveau carburateur... Il allait vérifier s'il avait assez d'argent pour le taxi quand une idée lui vint, et il rentra pour surprendre Dtui en pleine lecture.

– Dtui...

– Oh, grand Dieu ! Ne refaites plus jamais ça ! J'ai eu une de ces peurs !

– C'est parce que vous n'avez pas la conscience tranquille. Vous êtes venue comment, aujourd'hui ?

– Hein ? Comme tous les jours. J'ai pris ma bicyclette.

– Bien. Je voudrais vous l'emprunter.

– Pour quoi faire ?

– Pour quoi faire ? À quoi sert une bicyclette, en général ?

– Pas question !

– Pourquoi ?

– Je ne me le pardonnerais jamais, si vous... vous savez bien.

– Non, je ne sais pas.

– Enfin, docteur ! Vous n'êtes plus un jeune homme.

– Vous suggérez que je suis trop âgé pour pédaler ?

– Non.

– Alors, quoi ?

– Après soixante-dix ans, les risques d'avoir une crise cardiaque augmentent de quarante pour cent par an.

– Mince ! J'en suis déjà à cent vingt pour cent. Ce n'est pas brillant.

– D'accord, j'ai peut-être confondu les chiffres, mais je ne voudrais pas que ma bicyclette soit la cause de votre mort.

– Dtui, ne dites pas de bêtises ! Je jure de ne pas avoir d'infarctus. Prêtez-la-moi...

– Non !

– S'il vous plaît...

Ses yeux s'embuèrent, ce qui avait le don de la faire fondre.

– D'accord, mais à deux conditions !

– Je vais sûrement le regretter, mais dites...

– Primo, que vous pédaliez lentement en vous arrêtant en cas de fatigue.

– Promis.

– Secundo, que vous me formiez pour faire de moi votre remplaçante.

– Quoi ?

– Docteur Siri, vous suppliez le ministère de la Santé d'envoyer quelqu'un se former en Europe de l'Est, et ce sans résultat...

– Non.

– Alors que vous avez ici une jeune et intelligente infirmière, absorbante comme du papier-buvard, enthousiaste comme un jeune chien, résistante comme un... un... une brique, déjà en place, et désireuse d'être votre apprentie !

– Non.

– Et là, vous pourriez dire que vous avez cette brillante jeune fille qui est déjà formée comme coroner et prête à approfondir son éducation en Bulgarie ou ce genre d'endroit.

– Non.

– Pourquoi ?

– Vous n'avez pas le profil.

– Parce que je suis une femme ?

– Parce que vous lisez des BD et des magazines pour midinettes.

– J'ai besoin d'être stimulée.

– Que vous posiez la question, déjà je n'en reviens pas... Vous êtes une écervelée. De quand date cet intérêt soudain pour la médecine légale ?

– Ça m'a toujours intéressée, mais vous ne me donnez pas la chance de faire des trucs intéressants. Vous me traitez comme une secrétaire...

Geung entra, tenant un seau d'une main, et de l'autre un balai-éponge.

– Vous... vous... disputez ?

Siri rafla la clé de l'antivol sur le bureau de la jeune fille.

– Non, on ne se dispute pas. Dtui essaie seulement de m'extorquer trois ans d'enseignement gratuit et un voyage en Europe en échange de vingt minutes de bicyclette. C'est équitable, non ?

Dtui sortit en coup de vent.

– Prenez-la, cette foutue bécane !

Au bout d'une bonne vingtaine de minutes, Siri se retrouva devant une petite maison qui avait vue sur le grand stupa jaune. Il n'avait pas pédalé depuis trente ans et aurait dû descendre pour se reposer à mi-côte, sur la route That Luang, lorsque le souffle lui avait manqué et que ses jambes avaient commencé à mollir, mais il voulait montrer à Dtui que les plus de soixante-dix ans pouvaient être coriaces.

– Bonjour, oncle...

Le Pr Oum se tenait à sa porte et le regardait haleter en se demandant pourquoi il ne disait rien. Elle ne savait que faire pour l'aider, et ne fit donc rien. C'était une scientifique, pas une infirmière.

Oum était une jolie enseignante, tout en rondeurs, du lycée de Vientiane. Elle était particulièrement séduisante pour un homme comme Siri, et ce pour deux raisons. D'abord, c'était le dernier des professeurs à enseigner la chimie pratique au Laos. Siri manquait cruellement de produits chimiques, et elle en possédait. Si vous avez la bonne clé, la couleur résultant du mélange de liquides organiques à des produits chimiques peut répondre à de nombreuses questions.

Oum était rentrée depuis peu d'Australie, où elle avait obtenu un diplôme en génie chimique et vécu avec un garçon de Sydney sexuellement actif nommé

Gary. Elle y avait gagné une connaissance des composés chimiques inégalée au Laos, une maîtrise de l'anglais courant et un enfant d'un an qui avait les cheveux roux.

L'anglais était le second de ses charmes pour Siri. Il possédait un guide de l'université Chiang Mai qui révélait bien des mystères des tests couleur. Rédigé en français, il lui aurait été infiniment précieux dans son travail, mais hélas, c'était en anglais. Le pauvre docteur pouvait se flatter de disposer d'un lexique de dix ou onze mots en anglais, et sa prononciation était si atroce que nul ne savait ce qu'il disait.

Ainsi avait-il besoin du Pr Oum non seulement pour ses produits chimiques mais aussi pour déchiffrer le texte qui indiquait comment s'en servir.

– Qu'y a-t-il là-dedans ?

Siri tenait toujours un petit sac en plastique scellé par des élastiques. Son souffle et sa voix lui revenaient.

– Le contenu d'un estomac.

– Miam ! D'autres auraient apporté du lait de soja ou du café glacé.

– Désolé...

– Vous avez déjà pris votre petit déjeuner ?

– Non.

Une heure plus tard, ils étaient à l'école. Le mardi, elle n'enseignait pas avant dix heures. En lui agrippant le bras tandis qu'il chevauchait son vélo, elle avait pu le tracter le long de sa motocyclette. Il était encore un peu stressé de l'effort fourni pour empêcher ses roues de se prendre dans celles de la moto ou de plonger dans les nids-de-poule.

Le labo était pauvrement équipé. Le bureau d'Oum était un placard avec des étagères jusqu'au plafond, une toute petite paillasse et deux tabourets. Sur ces étagères s'entassaient des centaines de flacons propres aux étiquettes manuscrites qui se vantaient de contenir toutes sortes de sulfates et de nitrates. Hélas, ces promesses étaient aussi vaines que les flacons étaient vides. Les généreuses donations américaines s'étaient depuis longtemps taries et la pièce contenait surtout ce qui était localement disponible. Ça n'était pas beaucoup ; Oum s'était efforcée de garder un peu de tout en souvenir du bon vieux temps, mais les visites de Siri avaient sérieusement entamé ses stocks.

Ensemble ils avaient déposé des demandes par le biais du ministère de l'Aide étrangère, mais ils se savaient en bas de la liste. La pénurie était générale. Aussi, un dimanche, s'étaient-ils mis à rédiger laborieusement des lettres en russe et en allemand, qu'ils avaient envoyées directement aux écoles et universités du bloc soviétique. Jusqu'à présent, elles étaient demeurées sans réponse.

De son sac à bandoulière en toile Siri tira un manuel de toxicologie chimique écorné, une brochure marron ronéotypée qu'il avait rapportée de Chiang Mai. Elle n'était imprimée qu'au recto, ses propres notes détaillées des traductions du Pr Oum remplissant les versos vierges.

– Que cherche-t-on aujourd'hui, oncle ?

– Commençons par le cyanure.

– Oh ! Poison...

Elle alla à la page cyanure et considéra les divers tests.

– Nous n'avions jamais fait « poison », avant. Vous n'avez pas l'air très sûr de vous...

– Vous me connaissez, Oum... je n'ai jamais été sûr de rien. Encore une conjecture. Mais il y a deux indices...

– Dites-moi !

Elle prenait des bocaux sur les étagères et vérifiait la quantité de produit restant à l'intérieur.

– Pour commencer, elle, la victime, est morte subitement sans avoir manifesté aucun signe de détresse. Ensuite, ses entrailles étaient d'un rouge particulièrement vif. Qu'est-ce que vous reniflez ? Ce n'est pas avarié, j'espère ?

– Non, je me fais un petit trip... Ça vous dit ?

– Non, merci. Enfin, mon M. Geung a noté un truc étrange au cours de l'autopsie. Il a dit que ça sentait le grain.

– Le grain ?

– Il n'a pu préciser, mais je crois qu'en fait il voulait dire « amande ». L'odeur est caractéristique.

– Dans ce cas, vous-même et l'infirmière, vous l'auriez remarqué aussi !

– Pas forcément. Beaucoup de gens sont incapables de distinguer cette odeur-là. Certains des sens de M. Geung sont très aiguisés. Je me demande si on n'aurait pas fait avaler à la victime une pilule de cyanure. Si j'avais encore le corps, il existe d'autres signes que je pourrais rechercher.

– Vous l'avez égaré ?

– Il a été réclamé par la famille.

Oum leva les yeux sur lui.

– Quelle coïncidence... !

– Quoi ?

– J'ai entendu dire que l'épouse du camarade Kham avait subitement trépassé hier et qu'il était allé kidnapper le corps à la morgue.

– Ah oui ? Et où avez-vous entendu pareille chose ?

– Vous oubliez que vous êtes à Vientiane, et non à Paris...

Bien sûr, elle avait raison. La population était passée sous la barre des trois millions et Vientiane ne comptait pas plus de cent cinquante mille habitants. Les chances de connaître soi-même quelqu'un, ou d'en avoir entendu parler, étaient très élevées : au Laos, la règle des « six degrés de séparation » pouvait aisément se réduire à trois, voire à deux.

– C'est vrai. À Paris, on n'a pas de rumeur ni de scandale qui sortent des poubelles ou remontent des égouts. Si les gens de Vientiane n'entendent rien de scandaleux pendant deux jours, ils inventent, histoire de garder le rythme...

– Ainsi, vous affirmez que ce contenu d'estomac que vous m'avez apporté pour le petit déjeuner n'a aucun rapport avec...

– Oum, ma belle, je promets de ne pas vous mentir, si vous ne me posez pas cette question !

– Bon, alors je ne la pose pas. Continuons. Il y a trois tests couleur pour le cyanure dans le livre magique. J'ai les produits pour en réaliser deux...

Siri sortit deux boîtes à pellicule de son sac.

– Ici, j'ai aussi son urine et son sang, donc il faudra faire trois prélèvements pour chaque test.

– Oui, chef ! Vous n'avez plus d'autres morceaux de l'épouse du camarade là-dedans ?

Il lui décocha son regard le plus furieux et le moins convaincant.

– Oum, si jamais j'ai vu juste, moins il y aura de gens au courant, mieux ce sera. Est-ce clair ?

– Oui. Je vous jure ! Ne vous en faites pas.

C'était déjà midi quand il revint à la morgue. Tante Lah était rentrée chez elle après avoir vendu toutes ses baguettes, mais M. Geung avait eu l'amabilité d'aller chercher son sandwich, qui l'attendait sur son bureau. L'endroit étant désert, il alla s'asseoir seul sur le rondin pour réfléchir tout en mangeant. Il fut surpris d'entendre la voix de Geung toute proche.

– Dtui... Elle... elle est rentrée chez elle.

Siri se retourna. Son laborantin était penché sur lui comme un maître d'école, pointant le doigt sur son nez.

– Oh, c'est vous, monsieur Geung. Merci pour mon...

– Vous avez été méchant.

– Quoi ?

– Vous avez été très, très, très méchant.

– Qu'ai-je fait ?

Il se sentait curieusement nerveux.

– C'est pas... pas... une écervelée. Elle est gentille.

– Je...

– C'était très méchant de lui di... di... dire ces choses.

Siri songea à ce qu'il avait dit. Il n'aurait jamais cru qu'elle en serait vexée. Il ne la prenait pas pour une personne susceptible.

– Vous dites qu'elle est rentrée chez elle ?

– Oui.

– Mais elle ne rentre jamais déjeuner ! Et j'ai sa bicyclette.

– Elle est rentrée parce qu'elle était triste. Vous l'avez rendue triste.

– Je...

Mais Geung en avait fini. Il s'en retourna vers l'hôpital.

– Monsieur Geung ?

L'autre n'eut pas un regard en arrière.

Siri n'était jamais allé au domicile de Dtui. Il était coincé derrière le stade national, dans une enfilade de baraques qui abritaient des gens venus du nord pour participer à la reconstruction du pays. Ces cabanes étaient censées être provisoires, mais au bout de presque une année, personne encore n'avait été relogé. Les cadres supérieurs avaient la priorité pour les nouveaux logements qui se bâtissaient dans les faubourgs. Les petits rouages devraient attendre.

N'ayant ni numéro ni nom pour se repérer, il mit un moment à trouver son abri, qui était composé de feuilles de bananier tressées avec des vides aux angles et entre les feuilles. Les ouvriers laotiens avaient l'art de donner au provisoire l'allure du provisoire. Un cabinet de toilette collectif avait été aménagé à un bout de la rangée.

Par terre, au centre de l'unique pièce, il y avait deux matelas déroulés et, sur chacun, une grosse femme. L'une d'elles était Dtui. Elle lisait un magazine thaïlandais.

– J'espère que je ne vous dérange pas ?

Dtui et sa mère levèrent un regard surpris vers la porte, mais seule Dtui bondit sur ses pieds. Elle paraissait catastrophée de montrer ainsi ses conditions de vie. Au début, elle ne dit rien, s'attendant peut-être à des reproches, mais Siri ne parla pas.

– *Ma*, voici le Dr Siri...

La vieille dame était dans le cirage et concentra lentement son attention sur lui. De toute évidence, elle ne pouvait pas bouger de son lit.

– Bonne santé, docteur. Pardon, mais je ne peux pas me lever.

– *Ma* a une cirrhose. Je vous en ai parlé.

– Oui. Bonne santé, madame Vongheuan.

Il paraissait curieux de souhaiter une bonne santé à quelqu'un de si visiblement malade, mais c'était la formule de salutation traditionnelle. Cette femme souffrait depuis des années d'une infection parasitaire du foie contractée dans le nord.

Dtui le prit par le bras pour l'entraîner à l'extérieur. Des bambins sans culotte, déchaînés, se roulèrent dans la poussière. Un chien gronda instinctivement sur son passage. Dtui le conduisit jusqu'au mur du stade, à l'abri des oreilles indiscrètes. Siri avait préparé un discours pour s'excuser, mais elle le devança.

– Pardon, docteur. J'ai passé toute la nuit à veiller *ma*. Je ne voulais pas m'énerver. J'étais...

– Je suis venu vous demander de me faire l'honneur d'être mon apprentie à la morgue.

– Ah, non ! Vous faites ça parce que j'ai perdu la boule. Vous n'avez pas à...

– Je suis sérieux. J'y réfléchissais justement avant de m'écraser avec votre bicyclette contre le mur du palais présidentiel.

– Vous... ?

– Je crois qu'il faudrait faire régler ces freins.

– Je ne vais jamais assez vite pour avoir à m'en servir. Vraiment, vous avez... ?

– Depuis That Luang, ça descend tout le long du chemin, et je n'avais pas pensé à vérifier les freins avant de partir. Je suis passé à toute allure sous l'arc de triomphe et j'allais à cent vingt à l'heure quand j'ai dépassé le bureau de poste. C'était assez flou.

– Docteur !

– Je confesse que je ne me suis pas effectivement écrasé contre ce palais, mais c'est seulement grâce au pauvre type qui vendait ses balais et ses brosses au bord de la route. J'ai estimé qu'il devait être plus mou que le mur. On s'en est assez bien tirés : moi, je ne me suis rien cassé et lui, il a vendu trois balais à la morgue.

– Et la bicyclette ?

– Les Chinois ne font pas des chaussures terribles, mais leurs vélos sont indestructibles. Alors, vous acceptez ?

– Quoi ?

– D'être mon apprentie ?

– Et comment !

– Bon. Avant de partir, je vais jeter un coup d'œil à votre mère.

– Elle vous plaît ?

– La cirrhose, ma petite – la cirrhose !

Le mercredi, Siri fut de nouveau le premier au travail. Comme si Geung n'était pas déjà assez déconcerté comme cela, il alla à l'incinérateur pour y trouver son patron à quatre pattes, dans la cuve en béton, en train de mettre des cafards morts dans un bocal.

– Bonjour, monsieur Geung. De nouveaux clients, aujourd'hui ?

– Pas de nouveaux clients aujourd'hui, Docteur-Camarade.

Geung se mit à rire mais resta là, à le surveiller.

– C'est... c'est sale. Il ne faut pas jouer là.

– Monsieur Geung, vous avez parfaitement raison. C'est ici que vous mettez les sacs qui doivent être jetés dans l'incinérateur, n'est-ce pas ?

– Oui.

– Je n'ai pas vu le concierge. Savez-vous s'il a brûlé nos déchets, hier ?

– Il doit. Il doit. C'est le règlement. Il doit détruire tous les déchets de l'hôpital dans un délai inférieur ou égal à douze heures à compter du moment où ils ont été déposés. Il doit.

– Douze heures. Donc, ce qu'on a jeté lundi soir aura passé la nuit ici ?

– Oui.

– Bon. Veuillez mettre nos petits amis que voici au frigo, tandis que je vais me débarbouiller.

– Ha ! Petits amis.

Ayant ri, Geung repartit en courant avec le bocal.

Siri se doucha, se changea et s'en alla de nouveau aux alentours de dix heures, sans dire où il se rendait.

Il traversa la route devant l'hôpital pour prendre son sandwich chez tante Lah. Se rappelant les commentaires de Dtui, lundi, il prit la peine de noter une rougeur aux joues de la dame. Pendant une seconde, il se demanda s'il y avait là une parcelle de vérité. Ils échangèrent des politesses pendant quelques minutes, puis il poursuivit son chemin.

– L'hôpital, c'est par là, frère Siri ! lui rappela-t-elle.

– Je fais l'école buissonnière. Ne dites rien au directeur.

– Vous devriez la faire avec moi, un de ces jours...

Il rit.

Elle rit.

Il y avait *bel et bien* quelque chose.

Il marcha le long du fleuve et s'engagea dans l'une des sentes. L'Union des Femmes laotiennes occupait un bâtiment d'un étage dont le terrain en bordure était envahi par des arbustes en fleurs. Ces derniers avaient été entretenus de façon à donner une impression de naturel, alors qu'en fait rien n'était laissé au hasard. L'écriteau avait été récemment repeint. Une coulure blanche descendait d'une lettre.

Il entra dans un hall animé où tout le monde semblait appelé par une affaire urgente à laquelle il n'avait aucune part. Il dut se jeter devant l'une de ces véloces jeunes filles pour lui poser une question.

– Savez-vous où se trouve le Dr Pornsawan ?

Elle se troubla.

– Oh, quelque part. Vous avez rendez-vous ?

– Non, il en fallait un ?

– Il fallait téléphoner. Aujourd'hui, c'est la panique. L'épouse du président de la Mongolie arrive...

Siri eut l'impression d'être en terre étrangère. Toute cette hâte, toute cette activité. Rendez-vous. Téléphones. Il ne se sentait plus du tout au Laos. Sa culture n'était pas celle du rendez-vous. On se présentait ; on voyait si la personne était là. Si oui, on s'installait pour attendre une heure. Sinon on rentrait chez soi.

Qui étaient-elles, ces femmes avec leurs idées d'extra-terrestres ? Et pourquoi l'épouse du président de la Mongolie déclenchait-elle une telle effervescence ?

Après avoir troublé deux autres femmes pressées, il trouva enfin le Dr Pornsawan à la cantine ; elle accrochait des décorations fabriquées avec des pailles en plastique. Une immense banderole en retrait de l'estrade souhaitait la BIENVENUE À NOS AMIS DE MONGOLIE en laotien et en français, deux langues que l'épouse du président ne savait sans doute pas lire.

Le Dr Pornsawan fut moins troublée et plus obligeante que ses collègues. Elle avait entendu parler du célèbre Dr Siri et avait un inexplicable respect professionnel pour lui, ce qui ne l'empêcha pas de le forcer à attacher des fils de coton à des pailles bleu et rouge pendant qu'ils se parlaient. C'était une femme élancée d'une trentaine d'années, qui n'avait pas de sourcils. Elle avait vécu un temps dans un couvent où ils avaient été rasés pour ne jamais repousser. Étant totalement dénuée de vanité, elle n'avait pas pris la peine de s'en faire tatouer, ni même d'en dessiner. Cela lui donnait un air très net.

– Vous êtes là pour Mme Nitnoy...

– Oui. Vous étiez à sa table, quand elle est morte ?

– On se faisait face.

– Et elle a mangé comme tout le monde ?

– Ah ! Voilà qui est intrigant.

– Quoi ?

– Vous avez réalisé l'autopsie et vous pensez encore qu'elle a été empoisonnée.

Les joues de Siri devinrent un peu plus empourprées que d'habitude.

– Je n'en ai pas la moindre idée.

– Bien sûr. Excusez-moi.

Elle sourit aux pailles dans sa main.

– Elle a mangé comme nous, et on avait déjà commencé quand elle est arrivée. Elle a pris quelques bouchées de riz gluant, trempées dans le nuoc-mâm pimenté. À la seconde ou troisième bouchée, elle n'avait pas encore avalé, quand son regard s'est terni. Elle a recraché le riz, un peu bavé, et s'est effondrée sur la table... J'ai tenté de la ranimer, mais elle est morte très soudainement. Elle ne s'est pas étranglée, n'a pas pris un teint violacé. Elle est tout simplement morte. J'ai pratiqué un massage cardiaque, le bouche-à-bouche, mais sans trop d'espoir.

– La gnathostomose, vous connaissez ?

– Oui, les parasites m'ont tué assez de patients au fil des ans, mais ce n'est pas cela...

– Pourquoi donc ?

– C'est une mort très douloureuse. Elle survient brutalement, mais les dernières minutes sont atroces. Quelques secondes avant sa mort, Mme Nitnoy était tout à fait normale.

– Très juste. Vous paraissez avoir noté un tas de choses.

– On n'a pas arrêté de se parler...

– Savez-vous si elle avait mal à la tête ?

– Eh bien, oui... c'est drôle que vous me posiez la question. C'est de cela qu'on parlait. Elle avait une gueule de bois terrible. Mme Nitnoy ne crachait pas sur la bière, et il y avait eu une réception la veille au soir. Elle avait un peu trop bu et s'était réveillée avec une migraine carabinée. S'il n'y avait eu tous les préparatifs pour aujourd'hui, elle aurait sans doute pris un jour de congé.

– A-t-elle pris un remède ?

– Elle avait un flacon d'aspirine.

– Elle avait un bureau personnel, ici ?

– Oui, mais ce n'est pas là que vous trouverez ses médicaments. Elle les gardait dans son sac à main.

– Il n'est pas arrivé à la morgue avec elle...

Un surveillant passa dans la pièce d'un pas coulant, braillant des ordres.

– Il était ici, mais un officier à lunettes noires, qui n'avait pas l'air commode, est venu le chercher au cours de l'après-midi.

Siri haussa les sourcils. Elle fit de même, dans une moindre mesure.

– Il a dit qu'il y avait des documents sensibles à l'intérieur et qu'on l'avait chargé de le prendre.

– Qui ?

– Sa hiérarchie. Il n'a pas cité de noms.

– Il a pris autre chose ? Sur le bureau ?

– Non. Juste le sac.

– Vous n'avez pas eu, j'imagine, l'occasion de regarder dedans ?

– Docteur Siri, pour qui me prenez-vous ?

Elle monta sur la chaise pour suspendre une nouvelle guirlande de pailles. L'estrade commençait à avoir l'air d'une marquise déchiquetée par une pluie de mousson.

– Notre spécialiste en décoration nous assure que c'est beau comme tout. Qu'en pensez-vous ?

– J'en pense que c'est ce qu'on appelle une entreprise ratée.

Elle rit.

– Vous devez sans doute à votre tact votre actuelle situation ?

– Je le crains, en effet...

– Il nous faudrait plus de gens ayant le courage de leur opinion. Ça se fait rare...

Elle redescendit.

– Ses pantoufles...

– Quoi ?

– Elle avait ses pantoufles dans son sac. Le parti tenait à ce qu'elle mette des escarpins de vinyle noir pour ses apparitions publiques. Elle les avait en horreur. Ça lui donnait des ampoules. Aussi, elle avait de confortables pantoufles qu'elle enfilait à la première occasion.

Siri eut un sourire.

– Qu'y a-t-il ?

– Rien. Qu'avait-elle encore là-dedans ?

– Maintenant, vous me prenez pour une fouineuse !

– Fouiner est bon pour le régime.

– Ah ? Bon. Des petits trucs, principalement. Un carnet d'adresses. Des clés. Des sels. Du baume. Des cartes de visite. C'est à peu près tout.

– Vous avez regardé les cartes de visite ?

– Docteur !

– Pardon. Pas de produits de maquillage, de rouge à lèvres ?

– Mal vu, et hors de prix aujourd'hui.

– Donc, à part son carnet d'adresses, il n'y avait rien qu'on puisse qualifier de « documents sensibles » ?

– Non.

– Et tout a été embarqué par l'officier pas commode ?

– ... Oui.

Ce « oui » n'était ni franc ni spontané.

– Docteur Pornsawan ?

– Presque tout.

– À part... ?

– Eh bien, si je connais le contenu de ce sac, c'est que j'ai pris ses cachets d'aspirine. Une ou deux dames ont été traumatisées par le sort de la camarade Nitnoy.

– Et vous n'avez pas remis le flacon...

– C'est dur de se procurer des médicaments. Et dans la précipitation...

– Mais celles à qui vous avez donné ces cachets ne se sont pas subitement écroulées, donc...

– Donc, nous pouvons éliminer ces pilules des causes potentielles du décès.

– J'aimerais prendre ce qui reste, si ça ne vous fait rien. Il pourrait s'agir d'une réaction allergique. Même si je n'aurai pas les moyens de détecter laquelle...

– Je vais vous les chercher. Puis-je savoir pourquoi vous avez pensé qu'elle avait eu la migraine ?

– Durant l'autopsie, j'ai noté une odeur de Baume du Tigre. C'était concentré au niveau des tempes. En général, cela suggère une migraine.

– Admirable ! Vous savez, tout cela est bien passionnant. Pouvez-vous accrocher cette dernière guirlande au-dessus de l'estrade ? Dommage qu'on n'ait pas de ballons...

Elle fila, le laissant se débrouiller. Tandis qu'il grimpait sur la chaise branlante pour accrocher les pailles à des clous convenables, il réfléchit à ce qu'il venait d'apprendre. C'était effectivement passionnant, cette enquête. Il devait reconnaître qu'il appréciait cette ambiance romanesque. Il était content d'échapper à la morgue pour parler à des vivants, outrepassant ses pouvoirs très limités. C'était la première fois depuis sa prise de fonction qu'il ressentait des bouffées d'adrénaline.

– Il n'en reste plus que trois, hélas...

Tout essoufflée, le Dr Pornsawan brandissait un petit flacon brun.

– Vous n'auriez pas dû prendre cette chaise. Les pieds ne sont pas collés.

Siri se hâta de redescendre, laissant une guirlande de paille pendre au-dessus du podium. Mais il était trop tard pour y remédier.

La frénésie qui régnait enfla pour virer à l'émeute. Siri et Pornsawan regardèrent vers la porte, où un régiment d'hommes en uniforme d'apparat s'infiltraient dans la salle à manger presque prête. Ils allèrent se placer le long des murs.

– Houp-là ! Notre invitée est en avance. Vous déjeunez avec nous, docteur ?

– Plutôt mourir... Pourquoi tout ce tintouin pour l'épouse d'un président de la Mongolie ?

– On nous accorde une subvention considérable pour développer l'éducation des filles dans nos provinces.

Siri se demanda ce que les Mongols obtiendraient en échange, mais il garda pour lui son cynisme. Ayant remercié le Dr Pornsawan, il se dirigea vers la porte.

Dans la mêlée, il entra en collision avec une petite femme dont les traits étaient concentrés au milieu du visage. Elle était entourée par des gens plus volumineux en costume ou en grande toilette. Présumant, puisque c'était un homme, qu'il s'agissait de quelqu'un d'important, elle fit le geste de lui serrer la main.

Siri prit sa baguette de la main gauche, et lui tendit la droite. Pour une épouse de président, elle avait de la poigne. Elle regarda l'interprète à son côté et lui posa une question. Il posa une question analogue à l'interprète chinois, qui interrogea l'interprète lao/chinois, qui demanda à Siri qui il était.

– Je suis le goûteur officiel. On n'est jamais trop prudent...

S'étant incliné poliment, il passa son chemin. Au moment où le murmure chinois parvint jusqu'à l'épouse du président, il était déjà dehors, au soleil.

3

Le requiem du pêcheur

Comme il était bien loin de son rondin et qu'il avait faim, il marcha jusqu'au bord du Mékong et trouva un coin ombragé sous un arbre pour y déguster son sandwich en paix. Ce jour-là, il apprécia tout particulièrement son casse-croûte. Il était envahi par la sensation curieuse que, comme il n'était pas dans ses dispositions d'esprit ordinaires, son apparence devait avoir également changé. Il avait l'impression de porter un déguisement.

Durant son séjour à Paris, jadis, il avait pris grand plaisir à suivre les feuilletons hebdomadaires d'un certain M. Sim dans le journal *L'Œuvre*. On y relatait les enquêtes d'un commissaire de la police parisienne qui était capable d'élucider les mystères les plus compliqués sans autre arme que sa pipe.

À son arrivée au Vietnam, il avait été ravi d'apprendre que M. Sim avait repris son nom entier de Simenon et que les enquêtes du commissaire Maigret paraissaient désormais sous forme de livre. Les Français de Saigon en avaient des étagères entières et bon nombre d'entre eux étaient mystérieusement arrivés dans le nord pour être lus par ceux des cadres communistes qui avaient passé leurs années de formation en France.

Siri avait élucidé la plupart des énigmes avec une longueur d'avance sur le commissaire – et il ne fumait même pas. À présent, sous les rameaux mollement agités de l'arbre de Bouddha, il sentit une nette fusion. Le coroner et le détective se confondaient. Agréable sensation. Pour un septuagénaire, toute stimulation qui avait la bonté de se présenter d'elle-même devait être saisie à deux mains.

Il repartit en longeant le fleuve, mais arrivé au croisement qui le ramènerait à la morgue, il répondit non pas à l'appel du devoir mais à son instinct. Hélant un *songtaew*, l'un des taxis de plus en plus rares qui sillonnaient les rues de Vientiane, il annonça sa destination au chauffeur et se serra contre les villageois entassés à l'intérieur. Le *songtaew* suivit le fleuve vers l'est, loin de la ville. Il n'était jamais plein au point de ne pouvoir prendre de nouveaux passagers.

Vingt minutes plus tard, une vigoureuse jeune fille, qui tenait un jeune coq sous l'autre bras, l'aida à descendre. Il paya ses cinquante *kip*, traversa la route et se tint un moment devant la toute nouvelle patrouille du Mékong, en se demandant ce qu'il faisait là. Cette patrouille, un genre de marine militaire dans un pays entouré de terre, avait la mission quasi impossible de surveiller le long fleuve-frontière.

Les pilotes des ferries hâtivement reconvertis étaient des militaires, formés en deux semaines pour faire marcher des bateaux si bruyants qu'on pouvait les entendre à un kilomètre de distance. Quiconque franchissait le fleuve illégalement, à moins d'être sourd comme un pot, pouvait facilement se cacher jusqu'au passage de la poussive embarcation cuirassée.

On le dirigea vers le dortoir des officiers supérieurs. Là, les commandants de l'équipe de nuit jouaient aux cartes ou se tenaient en rond, à taper dans un ballon en rotin qu'ils se renvoyaient. C'était son jour de chance. À la suite d'un regrettable accident, celui qu'il recherchait avait été versé dans la patrouille de nuit. Siri trouva le capitaine Bounheng en train de se balancer dans un rocking-chair en osier, comme un vieillard. Il n'avait guère plus de vingt ans.

Siri se présenta et lui serra la main.

– Ça vous ennuie si on va se promener ?

Bounheng parut déconcerté mais le suivit jusque dans la rizière asséchée.

– Est-ce normal ?

– Pour un coroner, de suivre des affaires ? Oh, oui ! C'est très fréquent. Je passe autant de temps à interroger les personnes qu'à disséquer des cadavres. C'est vraiment la routine. Les rapports – vous savez...

Bounheng sembla un peu plus à l'aise.

– Il n'aurait jamais dû être là...

– Le pêcheur ?

– On accostait. Il pêchait dans un coin défendu.

Le capitaine marchait exprès à longues enjambées devant Siri, qui peinait à le rattraper.

– Je comprends. Le vieux fou ! Ces pêcheurs sont des ignorants. Ils ne font jamais ce qu'on leur dit.

Il courut pour se mettre devant le fuyard.

– Et vous ?

– Moi ?

– Oui. Depuis combien de temps avez-vous... le commandement de votre bateau ?

Il eut une longue hésitation.

– C'est une unité nouvelle. On vient de la créer...

– Je comprends. Alors ? Des mois ? Des semaines ?

– Une semaine.

– Et j'imagine que c'est un boulot stressant ?

– Stressant ?

– Et comment donc ! Surveiller la frontière pour parer aux attaques anticommunistes lancées de l'autre rive.

Bounheng eut un rire involontaire.

– Docteur Siri, j'ai combattu au corps à corps pendant deux ans dans l'arrière-pays. En comparaison, c'est de la navigation de plaisance. Jamais un anticommuniste sain d'esprit n'irait lancer une armada à travers le fleuve dans une agglomération urbaine. Le plus stressant qu'on ait jamais vu, ce sont des villageois qui gagnent à la nage la Thaïlande. Le niveau étant très bas, beaucoup tentent leur chance.

– Donc, ce n'est pas une responsabilité écrasante ?

– C'est très calme.

– Quelle est votre allure ?

– Dix nœuds. C'est la règle.

– Quel boulot sympa ! Je devrais postuler.

De nouveau, Bounheng eut un rire un peu nerveux.

– Mais je...

– Quoi ? demanda le capitaine.

– Non, rien. J'ai ce qu'il me faut pour mon rapport. Aucune importance.

– Si voyons !

– Si vous faisiez du dix nœuds et que vous vous prépariez à accoster...

– Oui ?

– Comment expliquer que vous n'ayez pas eu le temps de stopper en voyant le pêcheur ?

Aussitôt, Bounheng détourna les yeux et reprit sa fuite à travers la rizière.

– Je vous l'ai dit : il n'aurait pas dû se trouver là.

– Mais vous aviez bien un pilote qui regardait... Non ?

De toute évidence, Bounheng était habitué à avoir

une montre. Il regarda son poignet et jura vigoureusement en s'apercevant qu'elle n'y était plus.

– Je dois rentrer. Puisque vous avez ce qu'il vous faut pour votre rapport...

– Mais naturellement ! Désolé de vous avoir retenu aussi longtemps. Merci de votre coopération.

Sur le chemin du retour, Bounheng ralentit légèrement et reprit une certaine contenance. Jusqu'au moment où il s'aperçut que Siri ne le suivait plus, mais se tenait immobile au milieu de la rizière morte, les yeux sur le chaume non irrigué.

– Qu'y a-t-il, docteur ?

Il revint pour voir ce que Siri regardait, mais le docteur ne regardait rien. Il était en train d'échafauder une hypothèse. Quand il se mit à pouffer de rire, le capitaine se sentit mal à l'aise.

– Docteur ?

Siri leva sur lui des yeux vagues, puis le fixa carrément.

– Bon, fiston, voici ma théorie. Ce sont peut-être les élucubrations d'un vieillard, mais écoute-moi jusqu'au bout. Il me semble, à moi, qu'il y a beaucoup de contrebande par ici. La plupart des cigarettes et de l'alcool introduits au Laos proviennent de Thaïlande.

– Qu'est-ce que vous... ?

– Écoute bien !

Siri remarqua que ce qui subsistait de ses aimables couleurs avait disparu du visage de Bounheng. Il mit les mains à sa taille.

– Je crois que vous autres, capitaines, êtes... tentés de fermer l'œil, de temps en temps. Voire de modifier vos horaires.

– Que suggérez-vous ?

– Je suggère que pour deux cents caisses de whisky que vous n'avez pas vu passer... (Bounheng lui tourna le dos) l'une d'elles peut très bien se retrouver à bord de la vedette à titre de remerciement. Je suggère que le soir où le pêcheur a perdu ses jambes et la vie, l'équipage et son chef étaient complètement ivres. Tellement ivres que vous n'aviez plus la moindre maîtrise de votre navire – navire qu'on ne t'avait appris à manœuvrer que depuis une semaine.

Il vit un tressaillement parcourir les jeunes épaules de Bounheng et se rapprocha de lui.

– Je suggère que le pêcheur n'était pas au mauvais endroit – mais vous, si ! Et quand tu l'as réalisé, c'était trop tard. Je suggère que c'est le whisky Mékong qui a tué le vieux pêcheur.

Les larmes coulaient sur les joues du jeune homme et sa bouche était crispée par la douleur. Siri resta là, muet et submergé par ses propres révélations. L'adrénaline s'était accumulée dans son estomac, et elle y frémissait comme des papillons de nuit piégés dans un bocal. Quelques minutes passèrent avant que Bounheng fût en mesure de parler. Il n'arrivait pas à le regarder.

– Lequel... lequel d'entre eux a parlé ?

– Quoi ?

– Parmi l'équipage ?

– Non, fiston. Je n'ai pas parlé à tes hommes, ni à aucun témoin.

Bounheng le regarda, les yeux rouges.

– C'est le pêcheur lui-même qui me l'a dit.

Le capitaine baissa la tête et sanglota comme si le poids du fleuve écrasait sa poitrine. Trop gêné pour se contenter d'assister à la scène, Siri s'avança et le prit dans ses bras. Il sentit ce corps palpiter de douleur et comprit que ce garçon avait déjà souffert de sa sottise. Il n'y avait plus rien à dire.

Par miracle, il avait échappé à la justice des

hommes, mais dans les années à venir il connaîtrait les remords, les cauchemars. Un soldat pouvait tuer un millier d'ennemis dans les combats sans rien ressentir, mais la mort d'un innocent se logeait pour toujours dans sa conscience.

Lorsqu'il ne put en supporter davantage, Siri se recula pour chercher un stylo et du papier dans son sac ; il nota quelque chose au dos d'une vieille enveloppe, qu'il lui mit de force dans la main.

– Fiston, c'est le nom du pêcheur et celui de son village natal ; il y a sûrement un petit autel là-bas. Cela t'aiderait peut-être d'aller lui parler...

Il repartit lentement vers la route en coupant par la rizière. Peu à peu, la signification de ce qui venait de se produire l'entraînait sous la surface du bon sens. Son vieux cœur se mit à battre comme un poisson-chat géant pris dans un filet. D'une manière ou d'une autre, il avait compris. D'une manière ou d'une autre, la visite du pêcheur lui avait tout révélé ; mais où était la logique dans tout cela ? Quelle était l'explication scientifique ?

Il n'éprouvait pas la moindre satisfaction d'amour-propre. Il s'avançait sur un sentier étroit entre peur et émotion, pouvoir et impuissance, bon sens et... il ne voulait pas réfléchir à ce qui lui arrivait.

Deux puis trois *songtaews* le croisèrent sur le chemin du retour. Ils actionnèrent leurs klaxons enroués pour le prier de monter, mais il les laissa passer et alla s'asseoir sous un jacquier pour repenser à cette rencontre. Il rumina, et rumina, et rumina... Mais s'il espérait trouver une explication, il dut déchanter.

– Oh, quel plaisir de vous revoir ! On vous croyait mort de vieillesse.

M. Geung rit de l'impertinente remarque de Dtui, qu'il répéta.

– On... ah... ah... ah... vous croyait mort de vieillesse.

Il était quinze heures passées, et Siri avait été absent cinq heures durant. Le sergent avait demandé où il était. Le chef de la sécurité du barrage de Nam Ngum avait demandé où il était, et le juge Haeng, par téléphone, avait demandé où il était. Mais personne n'avait pu répondre. De l'avis général de son staff, il était dans une belle panade.

Et voici que le Dr Siri apparaissait, tout souriant, au seuil de son bureau. Il y avait une expression effrontée, quelque peu juvénile, sur son visage. Il entra d'un pas décidé et alla à son bureau comme si tout était normal.

Ce qui était loin d'être le cas.

– Pas de nouveaux clients, monsieur Geung ?

Geung chercha sa réponse-type numéro 2.

– Nous avons un hôte, chambre numéro 1.

Ce n'était pas la réponse que Siri escomptait. Il désirait la paix. Il désirait rentrer chez lui. Il avait assez de choses en tête sans avoir un nouveau cadavre au frais.

Dtui s'avança d'un pas hardi, un sourire plus épanoui que de coutume sur son visage ingrat.

– Inutile de vous dire combien le juge Haeng a été contrarié de constater votre absence pendant les heures de travail. Étant votre assistante et votre stagiaire officielle, je projetais de mentir et d'affirmer que c'était l'affaire d'une minute, mais il avait déjà eu deux témoins dans son bureau disant que vous n'aviez pas été là pendant la plus grande partie de la journée.

Loin de paraître s'en émouvoir, il continua à sourire.

– Qu'est-ce qu'il voulait ?

– Il aimerait que vous le rappeliez avant la tombée du jour, car il a plusieurs questions à vous poser sur notre hôte.

– Ne me dites pas que c'est encore une célébrité !

– Personne ne sait qui c'est, mais il intéresse en effet un tas de gens. Ils voudraient tous savoir de quoi il est mort.

– Monsieur Geung...

Siri lui lança un regard, et Geung cessa de se balancer.

– Vous avez vu le corps ?

– Oui, Docteur-Camarade.

– De quoi est-il mort ?

– Noyade.

– Parfait ! Voilà, Dtui. Si jamais le juge rappelle, tel est le diagnostic initial. Dites-lui que je le contacterai demain matin.

Il se mit à ratisser les papiers sur son bureau comme s'il manquait quelque chose d'important. Intrigués, Dtui et Geung se regardèrent.

– Vous avez pris quelque chose, ces deux derniers jours ?

Geung secoua violemment la tête. Dtui parut indignée.

– Je n'y toucherais même pas en rêve, à votre bureau...

– Alors, où est le...

Il se reporta par la pensée au jour de l'autopsie de Mme Nitnoy. Il avait travaillé au rapport jusque tard dans la soirée, jusqu'à... voilà. C'était cela, le « petit quelque chose de différent ». La nuit où le camarade Kham avait pris place à son bureau pour lui demander d'arrêter les tests sur son épouse, le rapport était sous ses yeux. Ce saligaud l'avait fauché.

– Comme un vulgaire voleur...

– Qui ça ?

Dtui était prête à défendre son honneur.

– Pas vous. Un méprisable individu nous a « emprunté » quelque chose. Dtui, vous avez toujours votre calepin ?

– Le registre des autopsies ?

– Oui.

– Ouais. Il est là, dans le tiroir.

Elle l'ouvrit et en tira le calepin.

– Bravo. Je vais vous l'emprunter, si vous le permettez, pour rédiger un nouveau rapport sur Mme Nitnoy...

Il alla le prendre.

– On sait de quoi elle est morte ?

– Pas tout à fait, mais ce n'était certainement pas d'avoir mangé du *lahp*. Et interdiction d'évoquer cela hors de ces murs, compris ?

Ils hochèrent la tête.

– On dirait qu'une personne a hâte de faire classer le dossier. Mes enfants, nous ne sommes plus de quelconques coroners, mais des détectives enquêtant sur un meurtre. Commissaire Siri et ses fidèles lieutenants. Un pour tous... tous pour un !

Il gagna le seuil, se retourna vers son équipe, fit claquer ses talons et salua. Puis il partit en gloussant jusqu'au parking. Ils l'entendirent chanter *La Marseillaise* en s'éloignant.

À l'intérieur, tout était silencieux. Les cafards restaient tranquilles. Pour une fois, Dtui ne savait que dire. Même Geung, depuis son autre dimension, était capable de reconnaître l'anormal quand il le voyait.

– Le camarade docteur est... fou aujourd'hui.

4

Tran l'aîné

Avec toutes ces émotions, c'était étonnant qu'on ne fût encore que jeudi. Siri arriva au travail reposé et bourré d'énergie. De nouveau il était le premier. Il ouvrit la porte, les fenêtres, provoquant un sauve-qui-peut général parmi les cafards.

Avant de s'embarquer pour la grande aventure téléphonique, il alla rendre visite à son hôte, chambre 1. Ce n'était pas beau à voir. La peau bouffie avait commencé à bouger, comme si elle avait été retirée et remise hâtivement. Elle commençait à prendre une apparence brune et cireuse qui suggérait, de prime abord, que le corps était resté dans l'eau pendant deux ou trois semaines. Siri ôta le drap et remarqua un fil de nylon entortillé autour de la cheville gauche. Il était si serré que la peau en avait été entamée. Le sang s'était accumulé à l'arrière du corps et aux jambes. S'il avait flotté depuis la mort, la congestion hypostatique aurait été visible devant. Or ce n'était pas le cas.

Il nota tout cela puis replaça le drap et s'en alla trouver l'expert en magie téléphonique.

Une jolie fille occupée à du classement se tourna vers le nouveau venu.

– J'ai besoin d'appeler le ministère de la Justice.

– Le téléphone est sur la table, derrière vous, docteur... Veuillez noter le numéro dans le registre, le nom de votre correspondant et la durée de l'appel.

Elle retourna à son classement. Siri restait planté là, mal à l'aise, pas encore prêt à regarder l'appareil. En jetant un œil par-dessus son épaule, la jeune fille s'aperçut qu'il n'avait pas bougé.

– J'avais pensé que vous pourriez le faire..., dit-il doucement.

– Quoi donc ?

– Téléphoner pour moi.

– C'est un modèle ordinaire. Pas besoin de téléphoniste.

Il regarda du côté de la ténébreuse chose noire et marcha dans sa direction d'un pas hésitant. Les chiffres le regardaient furtivement depuis les trous du cadran. L'ayant longuement examiné, il décrocha avec précaution le combiné, le porta à son oreille et guetta le chaleureux bourdonnement.

– Allô ?

Pas de réponse.

– Vous vous êtes déjà servi d'un téléphone ?

Abandonnant sa tâche, elle alla se tenir derrière lui. C'était le moment de vérité. Il avoua :

– Non.

– Docteur ?

Il paraissait difficile de croire que, à soixante-douze ans, Siri n'avait jamais utilisé de téléphone. Mais le Laos n'avait pas la culture du téléphone. Il y avait moins de neuf cents appareils en service dans tout le pays, et la plupart se trouvaient dans les bureaux du gouvernement. Même au plus fort de la corruption, seules les familles très fortunées en possédaient un.

Pour un pauvre étudiant laotien en France, avoir le

téléphone était hors de question et, de plus, il n'aurait eu personne à appeler. De toute façon, déjà à cette époque, il avait la phobie de ce truc. Ainsi n'était-il pas surprenant que cet homme, qui avait vécu une grande partie de sa vie dans la jungle, eût laissé passer l'occasion d'apprendre à manipuler l'appareil redouté.

– J'ai utilisé des émetteurs-récepteurs, mais il y avait toujours un technicien pour tourner la manivelle, dit-il en souriant.

C'était de toute évidence une jeune fille charitable, car l'idée de se trouver en présence d'un vieux médecin si démuni lui tira les larmes. Elle lui prit le combiné et sourit à son tour.

– C'est quoi, le numéro ?

– Le numéro ?

Au bout d'un moment, elle trouva le ministère de la Justice dans le très mince annuaire et lui apprit à faire tourner le cadran. En définitive, c'était d'une simplicité assommante.

Comme il l'avait espéré, le juge Haeng venait de partir au tribunal pour statuer sur un énième cas de divorce. Il avait un dossier bourré à craquer de disputes conjugales et d'actions en recherche de paternité, mais rien ne pouvant être qualifié sérieusement de crime. Sa secrétaire, Manivone, lui assura que le juge était furieux et comptait bien trouver le rapport d'autopsie sur son bureau à son retour, dans l'après-midi.

Siri l'interrogea sur son nouveau-né et le cochon qui avait posé des problèmes à son époux, et finit par se sentir tellement à l'aise que la jeune fille dut lui arracher le combiné, pour ne pas bloquer la ligne.

Ainsi avait-il accompli deux grands exploits avant même le milieu de la journée : il s'était servi d'un téléphone pratiquement tout seul et avait communiqué avec le ministère de la Justice sans avoir à parler directement au contrariant petit homme. Hélas, sa chance devait le trahir au cours de l'autopsie.

Plus enthousiaste que jamais, Dtui se tenait au côté de Siri avec son bloc-notes, tandis qu'il exposait de nouveau ses précédentes observations. Il remarqua plusieurs anomalies au niveau de la peau. Les plus visibles étaient comme des marques de brûlure aux seins et aux parties génitales.

La jeune fille nota fort justement que la cordelette à la cheville indiquait que la victime avait été attachée à quelque chose de lourd et avait coulé ; mais elle fit une autre observation à laquelle Siri n'avait pas pensé.

– Pourquoi n'a-t-on pas utilisé de la corde ou, par exemple, du fil de fer ?

– Comment cela ?

– Quitte à se donner la peine de le lester, ils n'auraient pas dû employer un truc pareil. Tout le monde sait que ce nylon vietnamien bon marché ne résiste pas longtemps dans l'eau. On s'en sert pour maintenir ensemble les bambous des échafaudages. À la saison des pluies, tout s'écroule parce que la ficelle est pourrie.

– Hum... c'était peut-être tout ce qu'ils avaient à leur disposition. Ou bien ils étaient pressés. Mais c'est une bonne remarque. Notez...

Elle obéit avec orgueil.

La dernière remarque faite, avant la dissection, concernait l'expression du sujet. Sa mâchoire était grande ouverte et il avait un air horrifié qu'aucun d'eux n'avait jamais vu sur un cadavre. Le phénomène ne pouvait pas être apparu après la mort.

Une fois le cadavre ouvert, et les vivants s'étant remis de la puanteur, deux ou trois autres surprises attendaient Siri. Avec un corps si endommagé, il aurait été très difficile de déclarer catégoriquement que la noyade était la cause du décès. Mais, a contrario, on avait des moyens de montrer qu'*il ne s'était pas noyé*.

On met quatre minutes à se noyer en eau douce. À ce moment-là, l'eau absorbée s'est diffusée dans la moitié du sang circulant dans le corps. L'eau, et les algues qu'elle contient, aura pénétré jusque dans les alvéoles les plus profondes des poumons si la victime respirait encore au moment de son immersion.

Siri prit des prélèvements de l'estomac, des poumons et des artères, mais son instinct lui soufflait que l'homme était déjà mort en entrant dans l'eau. Rien n'indiquait qu'il respirait encore ou que son cœur battait, mais on pouvait pardonner à M. Geung son évaluation de la veille. Tous les autres signes étaient là. L'homme avait passé deux ou trois semaines dans l'eau. C'était une certitude.

– Secundo...

Un homme à la voix de stentor apparut soudain sur le seuil. Il avait un linge sur la bouche et les regardait comme s'il les surprenait en pleine débauche.

– Qu'est-ce que vous foutez donc ? C'est une infection !

Siri ne releva pas la tête.

– Sortez...

– Pas tant que vous n'aurez pas arrêté. Qu'est-ce que c'est ? Un cadavre ?

– Monsieur Geung, veuillez virer ce grossier personnage...

Geung allait s'en occuper quand l'intrus se réfugia dans l'alcôve. Cela ne l'empêchait pas de beugler.

– Je vais vous dénoncer au directeur de l'hôpital ! Ça ne se passera pas comme ça !

Siri se mit à rire. Il n'était pas plus avancé.

– Où en étions-nous ?

– Secundo...

– Ah oui ! Secundo, il y a apparemment une anomalie au niveau de la cavité thoracique. La lividité cadavérique autour de l'aorte indiquerait une importante hémorragie interne.

– Causée par quoi ?

– Aucune idée. On verra plus tard.

Il ne trouva rien d'autre. Le foie montrait un abus d'alcool, qui n'aurait toutefois pas suffi à lui être fatal. Le cœur et le cerveau ne révélaient rien. Tandis que Geung et Dtui recousaient, Siri observa les prélèvements de peau au microscope.

– Dtui, venez donc voir ceci...

Elle s'empressa d'aller coller son œil à la lentille, devant la paillasse.

– Que voyez-vous ?

– Euh... du vert ? Des petits trucs brillants ?

Elle déplaça la plaque.

– Du noir ? Encore des petits trucs brillants ? C'est très joli. C'est quoi ?

– Ma foi, c'est la peau des seins qui a l'air brûlée. La zone verte pourrait être due au cuivre. Les brins brillants sont sans doute des dépôts métalliques.

– Ce qui signifie ?

– Il faudra faire des tests chimiques au lycée, mais je dirais que ce sont des brûlures à l'électricité.

– Quoi ?

– Des brûlures électriques aux seins et aux testicules. Qu'est-ce que ça vous dit ?

– Aïe !

– Pourriez-vous essayer de trouver quelque chose de plus constructif ?

Elle prit le temps de réfléchir.

– Torture ?

– C'est l'impression que ça donne. On ne s'électrocute pas tout seul par hasard à ces endroits-là. Je ne vois pas d'autre explication.

– Donc il a été torturé, lesté d'une grosse pierre et jeté dans le lac. Ça devait être un type très aimé. Il est mort sous la torture, d'après vous ?

– Rien ne le prouve. Je suppose que le sang dans la cavité thoracique pourrait être lié à cela, mais j'en doute. Je vais me replonger dans mes manuels. Vous voulez rédiger le rapport ?

– Moi ?

– Pourquoi pas ? Vous en avez vu assez. Cette fois, écrivez assez gros, que je puisse vous relire.

– Vous voulez que je le tape à la machine ?

– Vous savez taper ?

Geung se mit à rire.

– Elle a... a... a... des aptitudes.

– C'est ce que je constate. Vous n'avez pas besoin d'une machine ?

– Ça m'aiderait. Il y en a une dans le bureau de l'administration sur laquelle on me laisse m'entraîner.

Siri hocha la tête.

– Vous savez quoi ? Je pense que j'ai été très avisé de vous choisir comme nouvelle apprentie. L'un de vous saurait-il qui était le gueulard de tout à l'heure ?

– Non.

– Non.

Le rapport fut dactylographié, correctement orthographié et déposé sur le bureau du juge une heure avant son retour du tribunal. Le corps avait repris sa place dans le congélateur et la morgue était impeccable. Siri ayant promis de ne plus rentrer dans les murs ou heurter des vendeurs de balais, Dtui lui prêta de nouveau sa bicyclette. Il se rendit directement au lycée.

Comme le Pr Oum faisait cours, il s'assit dehors pour écouter avec plaisir les rumeurs des leçons de russe, d'histoire contemporaine et d'idéologie politique données par des professeurs de français, d'anglais et d'histoire ancienne reconvertis, dans les différentes salles entourant la cour de récréation. Ils lisaient directement les brochures du ministère de l'Éducation, et les élèves recopiaient ce qu'ils entendaient. Il n'y avait pas de questions, car les enseignants n'avaient sans doute pas les réponses, mais à part ces petites additions et soustractions au programme, la vie n'avait guère changé pour les étudiants et leurs professeurs restés dans la capitale.

Le passage de ce que le président appelait une « version abâtardie de l'Amérique » à un État marxiste-léniniste s'était opéré en douceur. Le Parti populaire révolutionnaire du Laos, l'ancien Front patriotique, avait semé les graines de la révolte bien avant décembre 1975. Certains villages avaient des sympathisants en place, prêts à appliquer de nouvelles politiques. Le Pathet Lao avait déjà des sièges au Parlement et un bureau du parti à deux pas de l'ambassade des États-Unis.

Dans tous les services publics importants, des organisations syndicales clandestines étaient prêtes à cesser le travail au premier signal, et quand ce signal fut donné, la police et l'armée manquaient si bien d'officiers supérieurs qu'il n'y avait plus personne pour donner l'ordre de mater la révolte. À ce moment-là, la plupart des cadres avaient traversé le Mékong à la nage ou sur des rafiots pour se réfugier dans des camps le long de la frontière.

Les habitants de Vientiane ne s'en souciaient pas. Ils avaient connu les années grisantes du dollar-roi, de la corruption et de la débauche, et peu bénéficié de la présence américaine. Ceux qui s'étaient enrichis à cette époque ne partageaient pas leur fortune mal acquise avec le vulgaire. Avant les Américains, il y avait eu les Français, et le sentiment général était que moins on en parlait, mieux c'était.

En fait, bien des Laotiens demeurés dans la capitale après la prise du pouvoir soutenaient le nouveau régime. On estimait qu'ils ne pouvaient pas faire pire que leurs prédécesseurs, et le peuple était écœuré et las d'être une possession coloniale. Quitte à être mal gouverné, autant l'être par d'autres Laotiens.

Quand la cloche sonna la fin de la journée, le lycée devint le théâtre d'une heureuse évasion plutôt que d'un départ en bon ordre. Siri croisa les adolescents souriants, qui le saluèrent en joignant les mains, dans un *nop* poli. Tant qu'ils ne se seraient pas habitués aux visages de la nouvelle administration, il était plus sûr de saluer quiconque ayant plus de cinquante ans.

Le Pr Oum releva la tête de ses notes.

– Oh, deux visites dans la même semaine ! Vous devez être fort occupé.

– Je crois que Bouddha me met à l'épreuve...

– Que puis-je pour vous ?

– Je suis désolé, Oum. Peut-on refaire le test du cyanure ?

– Sur quoi ?

Il sortit le flacon de cachets.

– J'espère trouver des résidus là-dedans, mais je pense qu'il s'agit tout bonnement d'aspirine. Et puis, il y a ceci...

Il sortit un petit bocal contenant deux cafards morts.

– Ne me dites pas que vous menez une enquête criminelle pour la communautés des insectes. Vous savez qu'il ne nous reste plus beaucoup de produits...

– Alors faisons en sorte que ça donne quelque chose.

Et cela donna quelque chose.

5

Le compteur de poules

Le vendredi matin, le mystère du fort en gueule fut élucidé. Siri et son équipe étaient en train de recoudre une vieille dame qui avait avalé de l'eau de Javel pour ne plus encombrer les siens avec sa maladie. Comme cela s'était passé dans les toilettes de l'hôpital, une autopsie s'imposait.

Le directeur de l'établissement, Suk, se présenta à la porte et demanda à Siri de venir dans son bureau. Le fort en gueule se tenait là, les bras croisés sur sa poitrine. Le directeur était encore l'un de ces gestionnaires investis trop jeunes d'une autorité dont ils se sentaient obligés d'user. Lui aussi se sentait menacé par l'impertinence de Siri.

– Siri, je vous présente M. Ketkaew.

Siri lui tendit la main, mais l'homme refusa de la serrer.

– J'imagine que vous avez remarqué la nouvelle construction derrière chez vous ?....

– Non.

Ce n'était guère la peine d'aller derrière la morgue, puisqu'il n'y avait là qu'un terrain vague.

– En ce cas, je vous suggère d'aller voir...

Tous trois contournèrent la morgue, pour se retrouver devant une cahute en bambou. À l'intérieur, il y avait un bureau, une chaise, un meuble de rangement et un tableau noir. Au-dessus de la porte, un écriteau peint à la main disait : REPRÉSENTANT *KHON KHOUAY*.

Les *khon khouay* étaient les espions de quartier, affectueusement surnommés les « compteurs de poules » par la population. Leur rôle était de juguler les dépenses somptuaires et autres extravagances. En général, c'étaient des travailleurs à mi-temps qui n'acceptaient ce poste qu'avec répugnance, en plus de leurs autres responsabilités. Le fait que ce M. Ketkaew eût son propre bureau et une véritable plaque suggérait qu'il prenait ses fonctions à cœur.

– M. Ketkaew a été affecté en zone 18. L'hôpital étant au cœur de cette zone, nous avons eu l'honneur de lui permettre d'installer ici son bureau.

Sa façon de dire « honneur » laissait entendre que ce n'en était pas un. Loin d'être riche, l'hôpital peinait à joindre les deux bouts. Il n'avait vraiment pas besoin d'un compteur de poules – enthousiaste, qui plus est.

Ketkaew prit la parole. C'était un type qui ne savait pas maîtriser sa voix.

– Je ne supporterai plus ces odeurs, compris ?

Siri ne savait pas trop comment réagir. Il avait déjà vu certains de ces petits chefs à l'œuvre, découvrant les joies du pouvoir. Au mieux, ils étaient enquiquinants, mais en certaines occasions, si on les prenait à rebrousse-poil, ils pouvaient se révéler franchement dangereux.

– Monsieur Ketkaew, peut-être sauriez-vous m'indiquer comment on empêche des cadavres de sentir ?

Ketkaew dut y réfléchir.

– En vaporisant quelque chose ?

– Un genre de désodorisant ?

– Par exemple...

Siri se mit à rire. Même le directeur réprima un sourire.

– J'ai bien peur que ce ne soit interdit. La loi établit clairement qu'on ne peut vaporiser sur un corps tout produit pouvant affecter son odeur naturelle. C'est une atteinte aux droits de l'homme.

– Alors fermez vos fenêtres. Je ne peux pas travailler dans ces conditions...

– Vous voulez qu'on ferme nos fenêtres ? Dans ce cas, l'hôpital va devoir dépenser ses maigres ressources dans l'achat d'un climatiseur. Vous voulez qu'on respire, non ?

Ketkaew haussa les épaules, comme s'il ne s'en souciait guère.

– Le mieux serait que monsieur le directeur vous fasse installer ailleurs, où vous n'aurez pas à supporter cela.

– Non ! intervint l'intéressé. Non, c'est hélas le seul endroit disponible dans l'enceinte de l'hôpital. À *l'extérieur*, il y a un ou deux...

– Surtout pas ! Je tiens à être sur place afin d'accomplir mon devoir avec le maximum d'efficacité.

Tout devint clair. L'hôpital ne voulait pas de Ketkaew, mais ne pouvait pas refuser sa présence. Donc on l'avait mis derrière la morgue dans l'espoir que l'odeur le chasserait. Siri avait la nette l'impression que ce serait lui qui souffrirait le plus. Pourquoi ce genre de choses arrivaient-elles toujours le vendredi ? Il commençait à les voir se pointer sournoisement sur le calendrier avec une certaine angoisse. Et il lui restait encore à affronter le juge Haeng.

Il fut difficile à ce dernier de discuter de l'« attitude » de Siri à la seconde séance de « partage du fardeau », car ils n'étaient pas seuls. Sur la seconde chaise avait pris place un sémillant quadragénaire. Avec son beau visage plein de douceur et son physique de sprinter, il avait sûrement la même allure qu'à vingt ans.

Le juge fit les présentations.

– Inspecteur Phosy de la Police nationale. Monsieur l'inspecteur nous revient à l'issue d'un très fructueux stage de formation à Viengsai. Il est dorénavant prêt à reprendre ses fonctions ici, à Vientiane.

Siri s'inclina et lui serra la main. Ce fut une longue poignée de main qui lui livra quelques renseignements sur cette personne. Au Laos, la plupart des gens se serraient la main, et à travers ce contact quelqu'un d'intuitif pouvait savoir à quoi s'attendre : sincérité, impatience, faiblesse. Siri s'interrogea sur ses sensations.

Il réfléchit. « Formation à Viengsai » signifiait « rééducation ». Quand le Pathet Lao avait pris le pouvoir, tous les étudiants de l'Académie de Police et leurs supérieurs avaient été invités à suivre une formation dans le nord, en partie pour établir à qui allait leur fidélité. Si Phosy rentrait seulement maintenant, il avait passé une année dans ce camp. Siri se demanda comment cela avait pu l'affecter. Jusqu'à présent, ce type avait ri à toutes les plaisanteries de Haeng et approuvé toutes ses paroles. Ça devenait exaspérant. Haeng toussota.

– J'ai voulu vous réunir ici pour parler des corps que nous avons repêchés à Nam Ngum...

– *Des* corps... ?

– Oui, docteur. Ils sont deux.

– On ne m'en a rien dit. Pourquoi n'en a-t-on reçu qu'un à la morgue ?

– Patience, Siri. Phosy, avez-vous reçu le double du rapport de Siri que j'avais adressé à votre service ?

– Oui, camarade juge. Je l'ai apporté. C'était très aimable à vous de l'envoyer.

– Ce n'est rien de plus que la courtoisie naturelle qui devrait toujours exister entre les différents bras de l'appareil judiciaire. Si on me l'avait remis plus tôt... vous l'auriez reçu également plus tôt.

Il jeta un regard sévère à Siri, qui souriait, la conscience tranquille.

– Parfait, monsieur...

Siri commençait à se demander quand l'inspecteur allait se lever pour cirer les boutons de braguette du juge.

– Où est l'autre ? demanda-t-il.

– À l'ambassade vietnamienne.

– J'ignorais qu'ils avaient un congélo, là-bas.

– Ils n'en ont pas. Je crois qu'ils le conservent sur de la glace.

– Pour quoi faire ?

– En attendant l'arrivée de leur coroner.

– Leur coroner... Ils n'ont pas confiance en moi ?

– Ce n'est pas la question. S'ils découvrent des traces de torture sur leur homme, comme vous sur le vôtre, cela pourrait tourner à l'incident diplomatique.

– En quoi est-ce « leur » homme ?

– Voyez...

Il tendit un petit dossier, s'attendant à ce que Siri vienne le chercher. En fait, ce fut l'inspecteur lèche-bottes qui bondit sur ses pieds pour tendre la chose à Siri. Il resta planté à côté de lui et fut le premier à commenter les photos du cadavre.

– Des tatouages traditionnels vietnamiens. Très nettement visibles.

– Oui, très..., convint Siri.

Une telle netteté était même surprenante.

– À quel moment l'a-t-on réacheminé vers l'ambassade vietnamienne ?

– Quelqu'un au barrage a reconnu les tatouages. On a appelé l'ambassade, qui a envoyé l'un de leurs conseillers.

On ne manquait pas de « conseillers » vietnamiens dans la capitale. Les cyniques – et Siri en était un grand devant l'Éternel – insinuaient qu'avec tous ces conseils en provenance de Hanoi, la langue officielle ne tarderait pas à devenir le vietnamien.

– Vous n'imaginez pas comme cette affaire est délicate... Un ressortissant vietnamien interrogé et torturé au Laos. Le cabinet en a débattu hier. Nous allons demander à ce que vous soyez autorisé à assister à leur autopsie et à comparer vos notes.

– Demander ? Pourquoi « demander » ? Nous sommes au Laos. Ne devrait-on pas plutôt « exiger » ?

– Ce n'est pas si facile.

– Ça devrait. Ils ne nous ont pas encore annexés, vous savez...

– Siri, si vous devez passer du temps avec les Vietnamiens, je vous conseille de tenir votre langue. Ils ne sont pas aussi compréhensifs que nous...

La réunion dura plus longtemps que d'habitude, le juge se sentant obligé d'évoquer toutes les affaires sur lesquelles Siri et lui-même avaient « collaboré ». Siri croyait entrevoir le bout du tunnel – il louchait déjà vers la sortie – quand Haeng toussota de nouveau.

– J'ai réfléchi, docteur. Maintenant que votre travail est reconnu par la police, je crois qu'il serait temps de vous débarrasser du crétin.

Siri frissonna.

– Le crétin... Oh, vous croyez ? Je sais que notre

directeur est parfois mal luné, mais ce n'est pas une raison pour le flanquer dehors. Il a une famille à nourrir. S'il vous plaît, offrez-lui donc une seconde chance...

– ... Suk ? Grands dieux, non, Siri ! Je parle du débile qui travaille avec vous. Je suis prêt à offrir un salaire correct pour ce poste, à présent.

– À la bonne heure. M. Geung sera bien content d'apprendre qu'il va enfin pouvoir gagner sa vie !

– Écoutez-moi ! Je vous prie de vous débarrasser de lui pour engager quelqu'un de normal.

– Impossible. C'est le seul à savoir ce qu'il convient de faire.

– C'est un attardé mental !

– Comme tout le monde, non ?

– En ce qui vous concerne, je commence à me le demander, docteur...

Siri soupira.

– Monsieur le juge, M. Geung est un trisomique léger. De par son handicap, il est fait pour les tâches répétitives. Mon prédécesseur a passé beaucoup de temps à lui enseigner le boulot. Il ne l'oubliera pas. Il n'est ni dangereux ni maladroit, et je ne crois pas que la clientèle ira se plaindre de lui. Voilà trois ans qu'il est à la morgue. Aussi, quand je prétends qu'il s'y connaît mieux que moi, ce n'est pas une facétie. Il me rappelle constamment les procédures que j'ai oubliées et où sont rangées les choses. Sa mémoire est phénoménale ; et mon infirmière et moi-même l'aimons beaucoup.

Haeng commençait à s'agiter. Il frappa si violemment la table de son crayon que la mine se brisa.

– L'émotion me submerge, mes yeux se mouillent de larmes... mais à présent redevenons raisonnables.

De quoi on aurait l'air, si un dignitaire de l'étranger venait visiter l'hôpital ?

– Et que je ne portais pas mes godasses en plastoc, et que Dtui avait oublié de mettre sa culotte...

– Docteur !

– Les dignitaires ne vont pas à la morgue, et si par miracle cela se produisait, ils s'émerveilleraient de voir la charité dont fait preuve notre grande et clairvoyante République en faisant travailler trois représentants de groupes minoritaires dans le même bureau : les femmes, les attardés mentaux et les personnes du quatrième âge...

Phosy, qui était resté silencieux et impassible pendant toute cette embarrassante confrontation, se racla soudain la gorge et déclara :

– J'ai un cousin mongolien. Il n'est pas méchant. Même, le vendredi, il nous fait frire des bananes. La plupart du temps, on oublie qu'il n'est pas comme nous...

Les deux autres se tournèrent vers lui, mais il fuyait leurs regards.

Ce simple commentaire apaisa la tempête. Cela fit comprendre également au juge Haeng qu'il était en minorité. Il convint que Geung pouvait rester, en attendant un audit externe, mais pas qu'il méritait l'augmentation de salaire évoquée.

Sur ce, la réunion prit fin. Les deux visiteurs serrèrent la main au juge et partirent ensemble. Mais avant de suivre Siri dans le couloir, Phosy se retourna.

– Camarade juge, je me sens obligé de vous dire que cette réunion fut une grande leçon pour moi. J'espère ne pas trop vous gêner en disant que ma foi dans le système socialiste se ravive au contact de personnes de votre qualité. Je suis très heureux que mon pays ait à sa tête de telles figures de proue...

En entendant cela depuis le couloir, Siri eut envie de vomir. Lorsque le policier finit par le rejoindre, ils marchèrent en silence sur le passage asphalté menant au parking. Tel était le type avec lequel il allait devoir travailler ; il devrait donc être poli. Il le vit mettre son calepin dans le panier placé à l'avant de sa vieille moto française.

– Alors, votre cousin habite chez vous ?

Le policier contempla ses bottes.

– Qui ?

– Le cousin mongolien qui fait frire des bananes.

Aucune réaction.

– Il n'existe pas, n'est-ce pas ?

L'inspecteur Phosy enfourcha sa bécane. Une ombre de sourire effleura ses lèvres.

– J'ai une sœur qui a des hémorroïdes.

Il fit trois tentatives avant de démarrer l'engin avec le pied. Le moteur fit entendre un épouvantable boucan. Une fumée noire s'échappa du pot d'échappement et ne consentit ni à s'élever ni à se dissiper.

Enveloppé de ces nuées, Siri rejeta la tête en arrière pour rire, et au même moment prit sa décision – la plus rapide et la plus potentiellement dangereuse qu'il eût jamais prise depuis longtemps.

– J'ai absolument besoin de vous parler d'un cas.

– Ça peut attendre lundi ?

– Non.

L'inspecteur plongea son regard dans les yeux verts de Siri et hocha la tête.

– Je viendrai chez vous ce soir.

– Vous savez où j'habite ?

– Je suis de la police...

Sans daigner s'expliquer, il partit en fendant un peloton de cyclistes, qui se mirent à cracher leurs poumons.

Mystérieusement, Phosy réussit à monter l'escalier sans faire de bruit en dépit des lames de plancher flottantes. Aussi, quand il frappa à la porte, Siri sursauta-t-il.

– Entrez...

Le policier obéit. Il avait déjà laissé ses chaussures à la porte. Il avait une tenue décontractée et une bouteille à la main. On ne pouvait s'empêcher de respecter un homme se présentant à votre porte avec une bouteille. Siri la considéra.

– J'espère que ce n'est pas un prélèvement d'urine à analyser ?

L'autre s'avança franchement dans la pièce, repéra aussitôt les verres et se mit à les remplir.

– Seulement de l'eau-de-vie thaïlandaise. J'aurais dû vous demander si vous buviez...

Il tendit un verre à Siri, qui hocha la tête à l'adresse de son généreux invité.

– C'est un service de notre nouvelle police ?

– On m'a appris à respecter mes supérieurs.

– Vous n'avez pas à me cirer les pompes, vous savez.

– Je sais.

– À la vôtre !

– À la vôtre !

Ils burent.

– Vous avez l'air d'avoir appris beaucoup dans ce camp.

– Ce fut une expérience profitable. Je sais identifier soixante-treize variétés de légumes. Je peux dire l'âge d'une pousse de riz, ou depuis combien de mois une bufflonne est grosse.

– À la vôtre ! fit Siri, amusé.

– À la vôtre !

Ils finirent leur premier verre, et Siri prit la bouteille pour une seconde tournée.

– Donc, ils ne vous ont pas converti au communisme ?

– Ils m'ont rendu conscient de la grandeur du système socialiste et de la...

– OK, OK, je ne vous poserai plus de questions sur le camp. Parlez-moi de Phosy, l'homme.

Pendant l'heure suivante, Siri apprit que Phosy avait été marié et père de deux enfants. Tandis qu'il était dans le nord, sa famille avait fui en traversant le fleuve. Depuis, il n'avait plus de nouvelles. À son retour, il avait trouvé une maison complètement vide, et logeait actuellement dans une chambre.

Phosy apprit que Siri avait été marié et fidèle à la seule femme de sa vie. Comme elle n'avait pas voulu interrompre sa contribution à la Cause, ils n'avaient pas eu d'enfant. Cela lui avait rendu la solitude encore plus insupportable quand, onze ans plus tôt, elle avait été tuée dans des circonstances mystérieuses, le laissant sans grand enthousiasme pour la vie, le travail, ou la réalisation du communisme.

Étonnant ce que deux inconnus pouvaient se dire en un court laps de temps, avec l'aide de l'eau-de-vie thaïlandaise. Intéressant, également, que chacun eût jaugé l'autre si rapidement et décidé qu'il était fiable.

– Bon, tu avais réellement un cas à me soumettre ou tu espérais seulement que je me radinerais avec de la gnôle ?

Siri savait qu'il était allé trop loin pour reculer. Il baissa la voix.

– Je peux t'en parler, mais j'ignore si tu auras envie de faire quelque chose.

– Pourquoi pas ?

– Ça pourrait t'attirer des ennuis.

– Et toi ? Tu ne crains pas de t'en attirer ?

– Moi, c'est mon lot quotidien...

– Qui t'a dit que tu pouvais te fier à moi ?

– Ton cousin mongolien et ta sœur qui a des hémorroïdes.

Ils vidèrent leurs verres.

– Et tu les as crus ? Quelles pipelettes, ces deux-là ! Tu n'as pas du café ?

Tout en préparant les filtres en aluminium et en dosant le café, Siri lui servit la version officielle du décès de Mme Nitnoy. Mais après avoir déposé les tasses fumantes sur la table, il alla fermer les volets.

L'arrivée de M. Ketkaew lui avait rappelé qu'il y avait des oreilles partout : au temple, à la maison, dans la pièce à côté. Les petits communistes de la Ligue de la Jeunesse étaient entraînés à écouter les bavardages de leurs parents et à rapporter. Des mouchards comme Ketkaew rôdaient sous les fenêtres, guettant trahison et rumeurs d'émissions de la radio thaïlandaise. Les Laotiens avaient été le peuple le plus relax de la région, mais toute cette méfiance les rendait lentement et sûrement paranoïaques.

Siri tira sa chaise près de celle de Phosy. Il en était aux tests du mardi. Sa voix n'était plus qu'un murmure.

– Il n'y a rien au cerveau pour indiquer qu'elle a été tuée par des parasites. Rien. Pour décéder si brutalement, elle aurait dû avoir des kystes.

– Et si les parasites avaient élu domicile ailleurs ?

– En ce cas, il y aurait eu une agonie. Il n'y a qu'une atteinte au cerveau qui puisse causer une mort aussi soudaine. Aussi avons-nous réalisé des tests au lycée. On a trouvé une forte concentration de cyanure dans l'estomac.

– Du cyanure ?

Ils se dégrisaient rapidement.

– Une dose mortelle. J'avais prélevé du liquide stomacal pour la forme, mais rien gardé de solide. Les ordures ont toutes été jetées le lundi. Lorsque j'ai compris qu'elles pourraient être utiles, tout avait été incinéré. J'ai pensé que, peut-être, tout le comprimé n'avait pas été dissous dans son estomac. Ce qui n'avait pas été absorbé par le sang avant sa mort a produit des émanations dans l'incinérateur. Ce n'est pas étanche à l'air. Le concierge qui brûle les déchets était malade le lendemain. Il montrait des signes nets d'empoisonnement au cyanure. J'ai trouvé des cafards morts du côté de l'incinérateur et on les a testés : ils étaient positifs.

– Qu'est-ce qui te fait croire que le cyanure était dans un comprimé ?

Phosy était penché en avant. Il n'avait pas touché à son café. Siri lui parla de la gueule de bois de Mme Nitnoy et des pilules.

– J'espérais retrouver des traces de cyanure dans le flacon, mais en fait, on a eu une veine incroyable...

– Une autre pilule ?

– Il restait trois cachets dans ce flacon. L'un d'entre eux était du cyanure. Il avait été façonné de façon à ressembler exactement aux autres. Les dames de l'Union des Femmes ont eu beaucoup de chance.

– Donc, quelqu'un a mis deux pilules de cyanure dans un flacon de cachets d'aspirine. Il ne savait pas quand elle les prendrait, mais je suppose que ce n'était pas important. En as-tu parlé au camarade Kham ?

– Ah, c'est là où ça se complique !

Il raconta à Phosy la visite du camarade à la morgue, le lundi, et la disparition du rapport. Il ne mentionna pas que Mme Nitnoy était brièvement revenue à la vie.

L'inspecteur siffla dans sa barbe et but d'un trait son café.

– Quelle histoire !

– J'envisageais d'attendre pour voir si mon rapport inachevé réapparaîtrait comme étant la version définitive.

– Il était signé ?

– Pas quand je l'ai perdu.

– Bien. Ce serait très compromettant. Je ne crois pas qu'il convient de rendre cela officiel avant qu'on en sache plus. Le ministère de la Justice n'a pas grand-chose à faire actuellement. Il pourrait y avoir des fuites... À ton avis, qu'est-ce que ton copain le juge ferait de ceci ?

– C'est bien le problème : je n'en sais rien. Quand nous étions dans le nord, il y avait une sorte de justice immanente – un code d'honneur. Mais aujourd'hui que nous sommes civilisés, un tas de gens semblent assumer des rôles qui datent de l'ancien régime. Je ne sais plus à qui me fier.

Après un autre café, les deux hommes redescendirent. Saloop était fidèle au poste. À onze heures du soir, il était bien réveillé. Il bondit sur les jambes de Siri et aboya contre lui, la truffe exposée à un coup de pied vengeur, inconscient du danger.

– Qu'est-ce qu'il a ?

– Il ne m'aime pas. Il aime tout le monde, sauf moi. J'ai un problème avec les chiens. Je n'en ai jamais connu qui réagisse autrement.

– Étrange...

Il leva la tête. Le volet en bois de la chambre en façade se referma en grinçant. Siri suivit son regard.

– Bonsoir, mademoiselle Vong !

Elle ne répondit pas. Il savait qu'elle avait voulu jeter un coup d'œil à celui qui avait fait la bringue avec lui à l'étage. Si elle avait eu le moindre penchant romantique, elle aurait été impressionnée par ce beau policier.

Comme ce dernier remontait sur sa moto, alors que le chœur d'ululements canins éclatait dans les rues alentour, il se pencha à l'oreille de Siri :

– Laisse-moi le temps de réfléchir à ce dossier avant qu'on passe à l'action, nous deux...

– Nous deux ?

Ils se sourirent et Phosy démarra sa bécane avant de s'éloigner. Siri resta seul au milieu de l'allée, dans un nuage de fumée, vulnérable aux attaques de la meute. En dépit de toutes ces menaces, jamais il n'avait été mordu. Le volet de Mlle Vong était de nouveau entrebâillé.

– Bonne nuit, mademoiselle Vong.

– Allez vous coucher, docteur Siri.

Le samedi, le cerveau de Siri refusa de fonctionner, ce qui était mérité. La chaise grinça quand il se repoussa en arrière, après avoir bûché son épais texte de médecine légale. Il se prit la tête dans les mains et creusa le rayon « français » de sa mémoire, à la recherche d'un mot. Il savait que c'était là. Il l'avait rangé là un demi-siècle plus tôt et n'avait plus eu de raison de l'en sortir. Mais pas moyen de le trouver.

Une rupture de l'aorte thoracique peut être causée par une collision à grande vitesse, ou une défenestration. Qu'est-ce que c'était donc, une *défenestration* ?

Les pages de son dictionnaire de français s'étaient retrouvées collées à la suite d'un typhon, l'année précédente, et il n'avait pas pu s'en procurer un autre.

– Ça va venir...

Il se pencha le plus en arrière possible, les mains derrière la tête.

– Ça va venir...

Il regardait vers l'embrasure de la porte et fut surpris d'y apercevoir un individu fluet dans un uniforme beaucoup trop grand pour lui. C'était un uniforme qu'il connaissait très bien, celui de l'armée de l'ex-Vietnam du Nord, aujourd'hui Vietnam réunifié. Cela lui rappela un monstre qu'il avait vu dans des films de science-fiction japonais. Le cou du type émergeait d'un col où il y avait de la place pour quatre. Le reste de l'uniforme flottait sur lui comme s'il était pendu à un crochet. Il prit la parole en vietnamien :

– Je cherche le Dr Siri Paiboun.

Siri parlait un vietnamien fortement accentué mais fluide. Il avait passé quinze années dans le nord de ce pays pour s'entraîner d'abord à faire la révolution. Mais en fin de compte, quand on s'était aperçu de ses limites comme guérillero, on l'avait fait travailler dans des hôpitaux de campagne avec les viêt-congs.

– C'est moi.

L'homme eut un sourire soulagé et s'avança d'un pas timide. Il sourit et lui serra la main.

– Vous m'excuserez pour le...

Il contempla sa propre poitrine.

– L'uniforme ? Vous avez perdu un pari ?

L'autre se mit à rire.

– Non ! C'était le seul disponible à l'ambassade.

– Dans ce cas, pourquoi le porter ?

– Je suis venu à titre de conseiller militaire. L'ambassadeur a peur que, si je me promène en vêtements civils, je puisse être, techniquement parlant, fusillé comme espion.

Ce fut au tour de Siri de rire. L'histoire était encore plus drôle que l'uniforme.

– Je suis le Dr Nguyen Hong.

– Prenez cette chaise, installez-vous bien à votre aise et dites-moi ce que je peux faire pour vous...

Nguyen Hong sourit et prit place.

– Vous avez reçu quelqu'un qui se serait noyé, cette semaine.

– Ahh ! Mon alter ego. Vous êtes médecin légiste.

– Juste un vieux coroner, en fait.

Sur le seuil, il ne paraissait pas si vieux, mais de près on voyait que ses cheveux étaient un peu trop noirs et ses dents un peu trop grandes pour sa bouche. Il avait sans doute le même âge que Siri, mais avait subi quelques rénovations.

– Comment puis-je vous être utile ?

– J'aimerais pouvoir examiner votre victime. Je suppose que je pourrais passer par la voie officielle, mais je suis partisan de la méthode directe.

– Moi aussi.

– Bien. Nous avons toutes les raisons de croire que votre type est vietnamien aussi, mais sans tatouages, nous n'avions aucun droit à le réclamer. Si vous saviez le ramdam que cela cause à Hanoi...

– Pourquoi ?

– On prétend là-bas que vous avez kidnappé et torturé nos ressortissants. Ils ont hâte de découvrir jusqu'à quel point c'était officiel.

– Pourquoi tout le monde suppose-t-il que c'est officiel ? Il pourrait s'agir d'un trafic de drogue, ou...

– Nous avons identifié notre homme. C'était un représentant du gouvernement : Nguyen Van Tran. Il faisait partie d'une délégation qui a disparu après avoir franchi la frontière du Laos à Nam Phao. Ils se rendaient ici même, à Vientiane, mais ne sont jamais arrivés. Leur mission était top secret.

– Combien étaient-ils dans cette délégation ?

– Trois. Deux officiels et un chauffeur.

– Et vous avez identifié votre homme grâce aux tatouages ?

– Non, nous avons ses empreintes digitales et son dossier dentaire, et il avait une chevalière.

– Il portait encore une chevalière ?

– Oui. Le nom de son père était gravé à l'intérieur. Comme il n'y avait rien sur les tatouages dans son dossier militaire, ils devaient dater d'après son incorporation.

– Vous avez les dossiers des trois hommes ?

Nguyen Hong retroussa sa longue manche et plongea la main dans sa sacoche. Il en tira trois chemises cartonnées qu'il déposa sur le bureau.

– Je vous en prie...

Siri les ouvrit et regarda les photos. Le second lui était familier.

– Lui, c'est le nôtre.

– Alors, c'est le chauffeur. Il s'appelle aussi Tran.

– Bon, docteur... Je propose que chacun emporte ses dossiers à la cantine et qu'on échange nos renseignements en mangeant un morceau. Vous n'auriez pas envie, par hasard, de tomber cet uniforme pour emprunter une blouse blanche ?

– J'en rêve !

Nguyen Hong se changea, et Siri assembla sa copie carbone du rapport d'autopsie. Puis, ils allèrent disséquer leur déjeuner à la cantine. Étant donné le sujet de leur conversation, ils étaient assurés d'avoir une table pour eux tout seuls.

6

Envie d'autopsie

– Qu'est-ce que j'apprends ? Je m'absente quelques jours et tu en profites pour coucher avec les Vietnamiens ?

– Je savais bien que tu serais jaloux...

On était lundi. Installés sur leur rondin, Siri et Civilai faisaient passer leurs sandwiches à coups de café du sud tiède. Ils regardaient une sterne blanche au plumage soyeux voler au ras de l'eau. En se jetant sur un poisson, elle enfonça trop profondément le bec et se crasha, culbutée par le courant.

– Ça doit faire mal...

– Ça embête le comité que je fraie avec les Vietnamiens ? Ce sont toujours nos alliés, non ?

L'oiseau, tout ébouriffé, ressurgit victorieusement, le poisson au bec. Les deux amis déposèrent leurs gobelets pour l'applaudir.

– Il y a alliés et alliés... il y a la façon dont nous les voyons et celle dont *eux* se voient. Pour nous, les conseillers sont des ressources à utiliser à notre convenance. Ils croient avoir été placés dans tel ou tel service pour orienter nos choix, nous rendre encore plus dépendants d'eux. Plus nous laissons entrer de conseillers, plus Hanoi se croit le maître. C'est pourquoi notre ligne de conduite officieuse est d'ignorer quarante pour cent de leurs conseils.

– Même les bons ?

– On ne les rejette pas totalement. En fait, on les met de côté en attendant que le type reparte, dégoûté par notre attitude, puis on les ressort en prétendant que l'idée vient de nous.

– Comment mon flirt avec le coroner vietnamien s'inscrit-il dans cette ligne de conduite officieuse ?

– Ma foi, tant qu'on en tire quelque chose... il partage bien avec toi ses informations ?

– Tout ce qu'il sait, je le sais. Le seul problème est qu'on n'aboutit pas aux mêmes résultats avec nos cadavres respectifs...

– L'erreur vient forcément de toi. Tu n'es pas très doué, hein ?

– J'ai cru avoir fait des bêtises en voyant ses conclusions. Mon type serait le chauffeur, Tran. Il était dans un état pire que le Tran conservé sur de la glace, à l'ambassade vietnamienne.

– Ils s'appellent tous Tran, dans ce pays ?

– Quand ce n'est pas Nguyen... Bref, notre Tran a été déposé au temple local pendant deux jours, en attendant qu'une décision soit prise. Mais quand l'autre a été retrouvé, celui aux tatouages vietnamiens, ils ont naturellement contacté l'ambassade vietnamienne. Une fois le corps hors de l'eau, il se dégrade très vite. Ainsi mon Tran était-il en piteux état quand on me l'a amené. Ils ont mis le leur dans la glace en attendant que Nguyen Hong vienne y jeter un coup d'œil. La glace a pas mal abîmé leur cadavre. Donc, ni lui ni moi n'avions un matériel optimal à notre disposition...

– Excuses acceptées. Vous vous accordez sur quelque chose ?

– Nous sommes certains qu'ils ne sont pas morts noyés. Et qu'ils ont été lestés.

– Donc ils ne devaient pas être retrouvés...

– Ça dépend. Si tu adhères à la théorie de Dtui...

– Qui est... ?

– Si on avait voulu que les cadavres restent au fond, on aurait utilisé du câble, du fil de fer, un truc qui ne se désagrège pas aussi vite.

– Admirable ! Donc, si l'on retient l'hypothèse de Dtui, ceux qui les ont flanqués à l'eau voulaient qu'ils refassent surface. Vous savez de quoi ils sont morts ?

– Eh bien, le mien semble avoir subi un choc important à l'aorte thoracique. Nguyen Hong a souvent vu ça chez les victimes d'accident de moto : collision à grande vitesse.

– Et comme c'était le chauffeur, on peut supposer qu'ils ont eu un accident de voiture...

– Possible.

– Tu as vu son Tran ?

– Je me faufile dans l'ambassade cet après-midi, quand tous les dignitaires seront à la réception. Vous faites souvent la fête, vous autres, hein ?

Civilai leva les yeux au ciel. Apparemment, il avait été désigné pour recevoir la délégation cubaine lui aussi.

– Et les rumeurs selon lesquelles ils auraient été torturés ?

– Fondées.

– Curieux. Quel intérêt de torturer un chauffeur ?

– On a plus de questions que de réponses pour le moment. Selon Nguyen Hong, son homme pourrait avoir succombé à la torture.

– Aucun rapport avec une collision à grande vitesse ?

– Dans son cas, non.

Rajid, l'Indien fou, marchait le long du fleuve dans leur direction. Il portait son unique sarong, un vieux machin élimé. C'était un jeune homme débraillé mais très beau, qui survivait grâce à la générosité des commerçants qui le connaissaient depuis son enfance. Jamais on ne l'avait entendu parler.

S'étant assis en tailleur à quelques mètres de là, il se mit à se masturber. Le rondin était autant à lui qu'à eux.

– Hello, Rajid !

– Salut, Rajid !

Mais il était trop occupé pour répondre.

Pour une obscure raison, Civilai baissa la voix.

– As-tu appris par ton ami pourquoi les Viets nous accusent, *nous*, plutôt que les Hmongs ? S'ils ont traversé Borikhumxai, ils ne demandaient qu'à se faire kidnapper par leurs ennemis héréditaires...

– Très juste, mais il y a deux raisons pour lesquelles on ne croit pas à cette thèse, et je ne te ferai pas payer tous ces renseignements que tu m'extorques gratos. Primo, ils avaient une escorte armée jusqu'à Paksan. De là, la route était bien surveillée et considérée comme sûre. Ils ont été aperçus pour la dernière fois à Namching, à soixante kilomètres seulement de Vientiane. Secundo, s'ils n'ont pas atteint la ville, pourquoi les ravisseurs se seraient-ils donné le mal de leur faire franchir tous les barrages routiers, traverser Vientiane et parcourir quatre-vingts kilomètres pour aller les flanquer dans ce lac ? Ils pouvaient les larguer ailleurs – dans le fleuve, par exemple. Donc, les sceptiques d'Hanoi pensent qu'ils sont bien arrivés à Vientiane, mais ont été cueillis par nos unités spéciales, arrêtés...

– Pour quelle raison ?

– Ils ne me l'ont pas encore dit.

– Qui ?

– Les esprits.

Comme toujours, Civilai se tordit de rire à la simple mention des esprits de Siri. Pour lui, le fardeau du docteur n'était qu'une blague récurrente. Il était trop pragmatique pour prendre cela au sérieux. Lestement, il se mit debout, tendit les bras devant lui et se mit à sautiller comme un spectre de Hong Kong.

– Oh, docteur Siri, à l'aide ! Le Pathet Lao m'a électrocuté les tétons parce que je ne m'étais pas arrêté au feu rouge.

Le spectacle ridicule de son ami caracolant comme un gamin fit rire le Dr Paiboun malgré lui. Ils ne le voyaient jamais ainsi, au politburo...

La plaisanterie était bien sûr d'actualité dans la mesure où l'administration de Vientiane était en train de débattre pour savoir s'il fallait investir dans un dix-septième feu de signalisation et qui devrait le faire fonctionner. Le volume du trafic n'imposait pas un tel investissement, mais on s'inquiétait de l'image qu'un nombre insuffisant de feux pouvait projeter à l'étranger. Le ministère des Transports s'était procuré un rapport démontrant que, parmi toutes les capitales, seule Bujumbura en avait encore moins.

– Idiot ! Rassieds-toi et sois sage. Mettons que je n'aie rien dit...

Riant mais essoufflé, Civilai reprit sa place sur le rondin et but d'un trait le café qu'on lui présentait.

– Tu ne perds pas de temps, frère aîné...

– Comment cela, frère cadet ?

– Tu n'es rentré qu'hier. Tu n'as pu voir Haeng que ce matin...

– Qu'est-ce qui te fait croire que... ? Ah, quel cerveau chez un être si âgé et fragile ! Tu ne m'avais pas parlé des tétons électrocutés, n'est-ce pas ? Je ne ferais pas un grand criminel...

– C'est que tu n'es tout simplement pas habitué à traiter avec une intelligence supérieure.

– Eh bien, l'intelligence supérieure, quelle est la phase suivante de vos investigations ?

– Nguyen Hong et moi, on part en car à Nam Ngum.

– Lune de miel ?

– Partie de pêche.

– Le troisième cadavre ?

– On a pu balancer les trois au même endroit. Peut-être que Hok n'a tout simplement pas eu la chance de se détacher de son rocher. S'il est encore au fond, son corps sera mieux préservé que les Tran. Il pourrait nous en dire plus.

– Tu emportes ton tuba ?

– Je ne sais pas nager.

– Ah, voilà pourquoi tu es encore au Laos !

Ils finirent le café et firent de leur mieux pour ignorer Rajid, qui s'éclatait tout seul sur la berge.

7

Le rebelle pathologique

Dr Siri,

Vous partez pour le Khamouane dès que possible. Contactez-moi pour les détails.

Haeng.

– Quoi ?

Siri releva la tête. Geung, le messager funeste, lui renvoya un regard vide.

– Où avez-vous eu ceci, monsieur Geung ?

– Un ho... ho... homme à moto.

– C'est quoi, cette histoire ? Pendant neuf mois, on turbine gentiment : deux vieilles dames, le coup de jus fatal, un drame de la bicyclette. Pas de meurtre, pas d'énigme, pas de mutilation. Et soudain, le marché explose ! J'ai des cadavres jusqu'aux oreilles...

Geung regarda les oreilles de Siri mais n'y vit pas de cadavre. Après avoir envisagé d'utiliser le téléphone, le docteur choisit de traverser la rue pour se rendre au ministère de la Justice. Il attendit quarante minutes.

– Siri, entrez ! L'armée a... asseyez-vous, grands dieux ! L'armée nous a contactés : elle a un besoin urgent de notre assistance dans le Khamouane. Vous partez demain.

– Mais je...

– Il y a eu une série de décès mystérieux parmi les militaires encadrant un projet...

– Je...

– ... Un projet de développement agricole là-bas. Ni l'armée ni la police n'ont pu en déterminer avec certitude la cause. Jusqu'à présent, on ignore s'il s'agit de crimes.

Siri ne s'était toujours pas assis. Il attendait qu'on le regarde, mais le juge lisait un rapport, ou faisait semblant.

– C'est tout. Voyez ma secrétaire pour les détails.

– Vous me demandez de laisser tomber l'affaire des Vietnamiens pour me précipiter dans le sud ?

– L'affaire ? L'affaire ? L'affaire ?

Siri se demanda si le disque était rayé.

– Siri, vous êtes un coroner, pas fameux d'ailleurs... On vous envoie des corps. Vous les examinez. Puis vous m'envoyez vos conclusions. Les coroners n'ont pas d'affaires. Les *juges* ont des affaires. La *police* aussi. Vous, Siri, vous avez des cadavres. Il y en a deux qui vous attendent là-bas. Je commence à être fatigué de votre folie des grandeurs. Vous avez les chevilles qui enflent dans vos... vos vieilles sandales !

Il eut un sourire qui se voulait subtil, mais ne l'avait toujours pas regardé en face.

– Et maintenant, sortez.

Siri resta là un moment à rassembler ses pensées. Puis il pivota sur ses talons et gagna la porte. Le juge Haeng guettait le déclic de la gâche. Quelque chose lâcha soudain dans sa poitrine. Il releva la tête pour s'apercevoir que Siri le regardait par-dessus son épaule.

– Que signi...

Siri retourna sur ses pas, contourna le bureau et alla se jucher à quelques centimètres de lui. Le jeune juge paraissait confus, curieusement vulnérable. Siri lui arracha son horripilant crayon tapoteur et le pointa sur lui.

– Écoute, fiston, je sais que tu es censé m'en imposer. Je sais que tu es sans doute nerveux, paumé de temps en temps. Je comprends que c'est une tâche écrasante... Mais je n'ai plus l'intention de me farcir tes problèmes d'ego.

– Comment osez-v...

– Non ! Ne dis plus rien qui pourrait me pousser à exprimer mon opinion sur tes qualifications.

Le juge se trémoussa légèrement dans son fauteuil. Il paraissait plus boudeur, plus jeune, à chaque mot proféré froidement par Siri.

– J'ai beau savoir que tu as obtenu ce poste grâce à tes parents...

– Je...

– Tu as indubitablement certaines aptitudes, sinon on n'aurait pas pris le risque de te prendre. Et tu n'aurais pas tenu le coup en URSS.

– Je...

– Mais moi aussi j'ai un boulot très difficile. Je l'accomplis à contrecœur, et mal, car je n'ai ni les facilités, ni les moyens, ni l'expérience requis. Et toi, fiston, tu ne me facilites pas la tâche. Que tu le veuilles ou non, je suis le coroner en chef. Dorénavant, je gérerai les « affaires » qu'on me confie comme il me plaira, et je t'enverrai mes rapports quand il me plaira. Ceux-ci étant signés, on n'y apportera aucune modification pour convenir à tes statistiques. Ferme la bouche, bon sang !

Haeng réunit ses lèvres. Elles tremblaient.

– Si je t'offense par ma franchise, pardon. Je présente mes excuses à ta mère, qui doit t'aimer malgré tout. Qu'elle m'excuse d'avoir à te rappeler qu'on doit le respect à ses aînés. Si je n'ai réussi qu'à semer en toi des idées de vengeance, songe que j'ai soixante-douze ans. J'ai dépassé de vingt-deux ans l'espérance de vie nationale. Je suis allé trop loin, j'ai fait mon temps. La vie m'a déjà exposé à toutes les formes de châtiments auxquels tu pourrais penser. Tu ne peux rien me faire qui me foute un tant soit peu la trouille. Si tu me virais, j'en serais ravi, enchanté. Me retrouver dans un camp de rééducation, quel paradis ! Tiens, je fais mes bagages tout de suite ! Même finir devant un peloton d'exécution ne serait pas une grande perte. Maintenant, j'imagine que cela te met dans une situation difficile, car je n'ai plus l'intention de subir ta grossièreté. Alors, voici ce que je vais faire. Demain, j'accompagne le coroner vietnamien au barrage de Nam Ngum. On y passera la nuit, peut-être deux. Je reviendrai ici pour procéder à mes examens dans ma morgue, et m'entretenir avec le Dr Nguyen Hong. Puis, quand je n'aurai plus rien à faire ici, il se pourrait que j'envisage un voyage dans le Khamouane. À ce moment-là, tu auras réglé toutes les formalités, négocié un vol dans le sud par avion militaire. Je suis trop vieux pour aller là-bas en me tapant les routes défoncées. J'aurai aussi besoin d'un petit pécule pour mes faux frais. Tu auras rappelé aux militaires qu'il n'y a qu'un seul coroner et qu'il est débordé. Que je sache, le ministère de la Justice n'est pas aux ordres de l'armée en temps de paix. On leur fait une fleur... Et maintenant, je m'en vais.

Il se leva et lui rendit son crayon.

– Naturellement, je ne parlerai à personne de cette petite conversation. À toi de savoir si tu veux l'ébruiter. À l'avenir, tu me traiteras avec déférence et je t'offrirai mon expérience et ma coopération afin de t'aider à devenir, petit à petit, le juge que tu devrais être.

Haeng n'avait pas cessé de le fixer dans les yeux, fasciné. Siri hocha la tête, regagna la porte et frotta sa sandale contre son mollet avant de quitter la pièce où régnait un silence sinistre.

8

Une petite partie de pêche

– Eh bien, je dois dire que c'est bien plus civilisé que le car...

Siri et Nguyen Hong étaient assis à l'arrière de la limousine noire, les yeux sur la nuque épaisse du chauffeur, étranglé dans un uniforme de l'armée vietnamienne. Nguyen Hong avait endossé une tenue plus adaptée à ce périple.

– L'ambassadeur n'aurait pas voulu me laisser prendre les transports en commun. Il dit qu'il y a des bandits partout.

– Et il nous croit plus en sécurité dans une grosse voiture de luxe ?

– On a une escorte.

Par la vitre, ils observèrent la courte mais joyeuse escorte armée, juchée sur sa motocyclette de facteur, un fusil de chasse en bandoulière. Une embuscade les aurait tous balayés en quelques secondes.

– Votre ambassadeur ne doit pas sortir beaucoup...

– Siri, je me suis documenté sur la résistance du sphincter.

– Et on dit que les Vietnamiens ne sont pas un peuple cultivé...

– Vous savez qu'on s'est demandé comment les

intestins avaient pu se remplir à ce point d'eau pendant deux semaines ?

On avait trouvé dans les deux corps un volume d'eau anormal.

– Étant donné les dégâts minimes infligés aux organes internes par les poissons et les algues, les textes disent que la contraction musculaire aurait dû rendre les intestins relativement étanches. On n'aurait pas dû y trouver autant d'eau.

– Allons, Hong ! N'est-ce pas assez compliqué comme ça ? Ils ont peut-être eu soif, et bu avant d'être assassinés.

– Cette eau n'a pas du tout transité par les reins.

– Alors... votre opinion ?

– Vous avez déjà fait du ski nautique ?

– Mais oui ! J'accroche le câble à mon yacht chaque fois que je pars en croisière...

Le chauffeur jeta à Siri un regard de mépris dans son rétroviseur.

– Ne me dites pas que vous, si... ?

– J'ai eu une jeunesse privilégiée, avant d'avoir la révélation.

– Bonté divine. Et c'est comment ?

– Le ski nautique ? Tonifiant.

– Et il y a un rapport avec les sphincters de Tran et Tran ?

– Je ne sais pas encore. Éventuellement. Voyez-vous, je n'étais pas un champion. J'étais plus souvent dans l'eau que dessus. Et il n'y a rien de mieux pour se donner un lavement que...

– Compris. Donc les Tran étaient en train de faire gaiement du ski nautique sur le lac ?

– Non, mais s'ils avaient été tirés par un bateau...

– L'effet aurait été le même. Très ingénieux. Et cela faisait peut-être partie de la torture. Seigneur, j'espère que les bourreaux ont obtenu ce qu'ils voulaient, car ils se sont donné du mal pour les faire parler. Vous croyez que leurs victimes savaient des choses d'une telle importance... ? Vous ne me dissimulez rien, n'est-ce pas ?

– Je vous ai dit tout ce que je sais. Et je suis sûr que le chauffeur ne savait rien. Tout ce qu'il aurait pu révéler, c'est la quantité d'essence consommée par sa jeep au cent.

– Moi, à sa place, je l'aurais avouée tout de suite. Pas vous, chauffeur ?

Ce dernier l'ignora, mettant toute son énergie à éviter les ornières et à disperser les piétons.

Au réservoir, ils rencontrèrent le chef du district de Nam Ngum, qui les présenta aux deux pêcheurs ayant trouvé les Tran. Le second de ces pauvres bougres se trouvait dans sa barque, sans rien demander à personne, quand un Tran avait jailli de l'eau telle une fusée. La figure brunâtre, déformée, l'avait regardé dans les yeux avant de retomber en arrière. Il avait failli en avoir une crise cardiaque.

Lorsque Siri expliqua son idée au chef de district, il savait que les volontaires ne se bousculeraient pas. Même les meilleurs plongeurs du coin répugneraient à aller chercher un cadavre vieux de trois semaines. Dans les villages alentour, les croyances traditionnelles étaient vivaces et la macabre découverte avait ébranlé la population. Mais dans une communauté de pêcheurs, il y a toujours un ancien prêt à faire n'importe quoi pour quelques *kip*. Là, c'était Dun. Dun ne pouvait même pas s'offrir une barque. En général, il se contentait de s'avancer dans l'eau jusqu'à la taille pour y jeter son filet maintes fois rafistolé. Il se nourrissait des minuscules poissons et des insectes qui n'avaient pas été assez malins pour l'éviter.

– Bien sûr que je le fais... pour cinq cents *kip*.

Depuis la dévaluation en juin, un dollar américain valait deux cents *kip*. C'était culotté de sa part de demander une aussi forte somme, mais il s'attendait à ce que ces messieurs de la ville marchandent. Ce ne fut pas le cas. On lui donna même la moitié à l'avance. C'était son jour de chance.

Le second pêcheur l'amena là où il avait été effrayé par la soudaine apparition de Tran, et Siri resta sur la berge avec Nguyen et le chef. Dun mit le masque de plongée apporté par Siri et se laissa glisser de la barque, toujours en T-shirt. Il n'était pas sous l'eau depuis plus de cinq secondes qu'il remontait pour respirer. Le chef expliqua que c'était un gros fumeur. Tandis qu'il replongeait, suffoquait, replongeait, suffoquait, Siri obtenait du chef des détails sur le jour où ils avaient trouvé l'homme tatoué.

– Qui exactement a identifié ces tatouages ?

– Oh, mon opinion était faite, mais cela a été confirmé par un militaire. Il a dit qu'il avait été en garnison là-bas, au Vietnam, et les a reconnus aussitôt.

– Il est encore par ici ?

– Non, il n'était pas de chez nous. Il faisait juste une étude.

– Sur quoi ?

– La circulation des bateaux entre la berge et les îles de réhabilitation, enfin c'est ce qu'il a dit.

Au loin, on voyait ces deux îles : Don Thao pour les scélérats de sexe masculin et les toxicomanes, Don Nang pour les femmes. Rien que de penser au type de réhabilitation qui avait cours là-bas, Siri en avait des frissons.

– Vous avez vu son ordre de mission ?

– Non, docteur. Les gens en uniforme n'aiment pas être enquiquinés par des civils, et comme il avait un très gros calibre, je n'ai pas demandé...

Du côté de la barque, le vieux M. Dun commençait à ressembler à un candidat à la noyade. Nguyen Hong n'était pas tranquille.

– On ne devrait pas le rappeler ? Je ne crois pas qu'il y arrivera.

Siri hocha la tête ; ils s'apprêtaient à crier quand Dun cessa de remonter.

– Oh, merde...

S'abritant les yeux du soleil, ils survolèrent du regard la surface des eaux, à sa recherche. Elle était lisse comme du verre et l'homme dans sa barque n'avait pas l'air concerné par le drame qui était peut-être en train de se jouer là-dessous.

Tous deux savaient qu'en eau douce, le plongeur n'en a que pour un peu plus de quatre minutes. Nguyen Hong consultait sa montre.

– Trois. Qu'est-ce que le pêcheur attend pour aller l'aider ?

Siri demanda au chef.

– Il dit qu'il n'est pas très bon nageur. Inutile de les perdre tous les deux.

Il s'était écoulé un peu plus de quatre minutes quand Dun resurgit, hilare et violacé. C'était un effet théâtral à la Houdini. Il leva la main pour montrer qu'il tenait quelque chose. On aurait dit l'extrémité d'une corde. Lorsqu'il tira d'un coup sec, d'abord un pied puis une jambe sortirent de l'eau. Hok avait été repêché.

Afin de s'attaquer au corps avant que l'air n'ait eu le temps d'accélérer la décomposition, les deux coroners improvisèrent une morgue dans un local vide en béton, derrière le barrage. La femme du chef n'arrêtait pas de faire des allées et venues avec du thé.

Les découvertes sur Hok furent analogues à celles du second Tran, à deux différences importantes près. S'il y avait des marques de torture à l'électricité, le mort portait surtout une énorme plaie, apparemment due à un coup de feu tiré à bout portant. La balle avait pénétré par la poitrine pour passer à quelques centimètres du cœur et ressortir par l'omoplate. Nguyen secoua la tête.

– C'est absurde. Cela seul aurait dû le tuer.

– Et ce n'est pas le cas ?

– Impossible. Regardez...

En se penchant, Siri vit ce qui chiffonnait son confrère. Le point d'entrée était toujours ouvert et à vif, mais on apercevait des marques nettes de cicatrisation autour du second trou. Il s'agissait donc d'une blessure ancienne, en voie de cicatrisation à l'heure de sa mort.

– Que faisait-il à vadrouiller dans le cadre d'une délégation, avec ce truc à la poitrine ? Il aurait dû être en convalescence quelque part...

– Question un, dit Siri. Et il y a la question deux. Expliquez-moi ceci...

Il brandissait le fil électrique gainé qu'ils avaient trouvé enroulé autour de la cheville.

– Ça devient de plus en plus étrange...

– Vous vous demandez pourquoi, puisqu'ils avaient ceci, ils ne s'en sont pas servi pour les trois ?

– Il y en aurait eu assez pour tout un régiment. Vous croyez que ça signifie quelque chose ?

– Par exemple, qu'on nous aurait laissé exprès des indices ?

– Par exemple.

– Dans ce cas, sans vouloir vous vexer, je crains qu'on ne nous ait surestimés. Je n'ai aucune idée de ce que ça peut bien signifier. Et vous ?

– Pas encore, mais ça viendra. Quand on aura fini, je crois qu'il conviendrait d'aller voir M. Dun.

Dun était assis tranquillement sur la véranda de son bungalow minable, à boire et fumer ses gains. L'idée de leur offrir quelque chose ne lui vint pas à l'esprit.

– C'était une bombe.

– Quel genre de bombe ?

– Le genre que ces connards d'Américains utilisaient pour nous offrir un aller simple au paradis. Il y en a trois au fond, à moitié enfouies dans la vase. Il y a des inscriptions dessus...

– Vous savez en quelle langue ?

L'idée qu'il aurait pu savoir lire le fit rire.

– Non, mais je vais vous dire une chose : il y avait un drapeau chinois sur l'une d'elles.

– Ce n'est pas mon boulot, figurez-vous ! Je me plaindrai officiellement à l'ambassade. Vous en entendrez parler !

Siri se demanda s'il y aurait jamais une fin à ces jérémiades. Le chauffeur vietnamien n'avait pas arrêté depuis qu'ils avaient repris la route. Lui-même, assis à côté de lui à l'avant, devait supporter le plus fort de la tempête.

– Ce n'est pas... naturel.

– Je sais. Prenez garde à ce cycliste, voulez-vous ?

Le coffre aurait pu être assez vaste sans le pneu de secours et les huit jerricans d'essence. Le garde armé ayant refusé de le prendre en selle, ils n'avaient pas eu le choix.

M. Hok, entortillé dans sa bâche mais toujours

dégoulinant, se tenait adossé à la banquette, non sans une certaine raideur, auprès du Dr Nguyen Hong. Même avec la climatisation poussée à fond, l'odeur était suffocante. Le chauffeur s'était fourré la moitié d'un rouleau de papier hygiénique dans les narines. Siri se tourna vers son confrère.

– Vous parlez français ?

– Un peu.

– Et vous, chauffeur ?

– Ha ! Et où aurais-je gagné le privilège d'avoir une éducation française ? Je suis un prolétaire, un homme de la terre. L'âme du nouveau régime...

– Très bien.

Siri passa au français.

– Vous avez des idées, docteur ?

– Des centaines, mais aucune de valable. Vous-même ?

– Essayons ceci : Tran et Hok étaient en mission, une mission si urgente que Hok n'a même pas attendu la cicatrisation de sa plaie. Supposons que cela pouvait nous porter préjudice, et que nous avons intercepté cette délégation avant qu'elle n'atteigne sa destination. Ces hommes ont été amenés dans les îles, parmi tous les autres criminels, torturés à des fins d'interrogatoire, puis flanqués dans le lac, lestés avec de vieilles pièces d'artillerie chinoise. Mais les nôtres voulant que les vôtres sachent qu'on les avait capturés, ils ont utilisé une cordelette peu solide. Ils savaient ainsi qu'on irait chercher le troisième homme, qu'on découvrirait ces obus chinois, ce qui, étant donné le refroidissement des relations entre Hanoi et Pékin, ne ferait que vous irriter davantage. Qu'en dites-vous ?

– L'étincelle idéale pour un incident diplomatique ; sans doute suffisant pour nous pousser à rompre...

– C'est précisément le genre de chose dont se saisiraient les têtes chaudes de nos politburos respectifs.

– Vous ne me paraissez pas très convaincu...

– C'est que... il me semble que c'est un peu simpliste. À moins que... Peut-être ne s'attendait-on pas à ce qu'on progresse aussi vite. Si cela n'avait dépendu que de la police, elle aurait rédigé un rapport qui serait allé directement au comité. Si l'info n'était pas parvenue à votre ambassade, les Vietnamiens n'auraient jamais rien su. L'affaire aurait été étouffée... Ou bien c'est une curieuse coïncidence que quelqu'un se soit trouvé là pour identifier les tatouages, ou bien c'est un coup monté point par point. Ce militaire par hasard sur place... J'ai peine à croire que notre bord se soit donné autant de mal pour rompre avec le Vietnam.

– Que doit-on faire, à votre avis ?

– Je dois passer deux jours dans le sud. Pourriez-vous faire traîner votre autopsie officielle jusqu'à mon retour ?

– Je n'écris pas très vite...

– Parfait ! J'aime autant ne pas déclencher de nouvelle guerre avant d'avoir compris exactement ce qui s'est passé.

– Moi de même.

[illegible]

En allant faire de la place sur son bureau pour son confrère, Sim trouva une grande enveloppe adressée à son nom, calée contre le crâne en plastique plein de crayons. Supposant que cela venait de [illegible], il décida de ne pas l'ouvrir. À présent qu'il prenait du plaisir à son travail, il n'avait aucune envie d'être viré. Ce qu'il avait dit au juge n'était que du bluff.

Mais après le départ du médecin vietnamien, [illegible]

9

Assassinat

Hok fut amené directement à la morgue, où Siri le présenta, ainsi que Nguyen Hong, à son staff. Il expliqua que, pendant qu'il serait dans le sud, le Dr Hong pratiquerait des examens sur Hok et disposerait de son bureau. Comme Nguyen Hong ne parlait pas le lao et qu'apparemment Dtui et Geung ne parlaient rien d'autre, la conversation ne risquait pas d'être animée dans les jours à venir, mais Siri avait l'impression qu'ils s'entendraient bien.

Grâce au concours involontaire de M. Ketkaew, ils fabriquèrent une plate-forme en bambou courte sur pattes avec ce qui restait des matériaux employés pour construire le bureau du compteur de poules. En la déposant avec précaution au-dessus de Tran, ils purent glisser Hok à l'intérieur du congélateur comme s'il reposait sur une couchette superposée.

En allant faire de la place sur son bureau pour son confrère, Siri trouva une grande enveloppe cachetée, à son nom, calée contre le crâne en plastique porte-crayons. Supposant que cela venait de Haeng, il décida de ne pas l'ouvrir. À présent qu'il prenait du plaisir à son travail, il n'avait aucune envie d'être viré. Ce qu'il avait dit au juge n'était que du bluff.

Mais après le départ du médecin vietnamien, Dtui

et Geung étant allés soigner leurs papayers et manguiers dans l'enceinte de l'hôpital, il ne put y tenir et s'installa pour ouvrir avec le coupe-papier l'enveloppe brune. Elle contenait une lettre dactylographiée, émanant effectivement du ministère de la Justice. Il se demanda si le comité allait lui permettre de prendre tranquillement sa retraite ou si on allait encore le punir.

En regardant la signature, il vit avec plaisir le nom de Manivone, la secrétaire. Elle expliquait qu'il avait une place dans le vol pour le Khamouane qui décollerait de l'aéroport Wattay le lendemain matin, à six heures. L'expression « si vous n'y voyez pas d'inconvénient » avait été ajoutée, sans doute sur l'insistance de Haeng, en post-scriptum. Là-bas, il serait accueilli par le capitaine Kumsing. Au fond de l'enveloppe se trouvaient ses papiers de voyage et trois mille *kip* en grosses coupures.

Un sourire satisfait se répandit sur son visage comme du saindoux dans un wok bouillant. Il se releva pour exécuter une petite danse autour de sa chaise.

– Comment s'appelle-t-elle ?

Appuyé au chambranle, l'inspecteur Phosy lui souriait de toutes ses dents.

– Claudette. Claudette Colbert.

– Ça m'a tout l'air étranger comme nom...

– Ah ! C'est le détective qui parle. Quelqu'un de normal n'aurait pas repéré une chose pareille.

Phosy s'approcha et ils se serrèrent la main avec chaleur.

– Que fait un policier dans une ville sans criminels ?

– Plein de rencontres intéressantes, et il participe à un tas de séminaires politiques passionnants. En fait, il y a un seul cas qui me pose problème, c'est celui de ta copine, Mme Nitnoy.

Siri mit un doigt sur ses lèvres et désigna du menton la fenêtre ouverte.

– J'allais me promener. Tu viens ?

– Avec plaisir.

Ayant pris tout ce qu'il lui faudrait pour le lendemain, Siri boucla la morgue et entraîna son ami du côté du fleuve.

Devant l'hôtel Lan Xang, il y avait un bar de plein air qui avait vu des jours meilleurs. Le peuple n'avait plus de quoi jouer et s'offrir le restaurant. Cette cahute en bambou ne faisait ses affaires qu'en fin de journée. Là, les gens qui n'étaient pas de la ville, les conseillers gouvernementaux, les « experts » et les membres du parti, venaient admirer le coucher du soleil. Les autochtones, eux, cassaient leur tirelire une fois par mois pour siroter une heure durant une unique boisson sans alcool.

Comme il n'y avait ni murs ni règlement, les clients pouvaient mettre les tables branlantes partout où ils avaient envie de voir le soleil disparaître. Phosy et Siri emmenèrent leurs sièges presque au bord de l'eau, et la grosse mama du bar traîna la table après eux en rouspétant. Elle fut enchantée de les entendre commander une demi-bouteille de rhum thaïlandais et des œufs de caille. Après tout, Siri avait trois mille *kip* en poche.

– Tu n'allais sans doute pas me parler de Mme Nitnoy, dit-il enfin, mais l'hôpital a son propre compteur de poules qui campe juste derrière la morgue. J'ai l'impression que tout ce qu'on dit là-bas est enregistré quelque part. Alors, allais-tu le faire ? Me parler de Mme Nitnoy ?

– En effet. Tu es sûr qu'on peut se fier aux grenouilles par ici ?

– Moi-même je me trouve ridicule. Je sais qu'il n'y a pas de grand système d'espionnage de la population. Je sais que tout ça, c'est dans la tête, mais quand la tête s'y met...

La mama arriva en trottinant avec son plateau. Dessus, il y avait le rhum, de l'eau potable, des petits œufs mouchetés et, miracle d'entre les miracles, des glaçons. Ils les considérèrent comme s'il s'agissait de choses tombées d'une autre planète.

– Où avez-vous trouvé ça, mère ?

Elle baissa la voix, au cas où il y aurait eu des policiers dans les parages.

– J'ai des amis dans la cuisine, là-bas...

Elle désignait la façade du premier hôtel du pays, d'une austère vulgarité. Si on avait peu de chances d'y croiser les membres de la jet-set internationale, le Lan Xang était l'orgueil de la capitale. Tout y était hors de prix et le personnel ne pouvait avoir été formé que par Mack Sennett, mais au moins on pouvait y loger les étrangers.

– Ils ne pourraient pas nous faire des steaks, par hasard ? demanda Phosy.

– Si vous les aimez crus... Si vous saviez ce qu'ils ont dans cette foutue cuisine ! On se demande qui a le fric pour s'offrir tout ça... Du vin et tutti quanti, m'a-t-on dit. Du vin !

– Scandaleux !

– Si vous avez besoin de moi, criez...

Elle remonta la berge en se dandinant.

Ils se servirent à boire et ne lésinèrent pas sur les glaçons, tant qu'il en restait.

– Alors, Mme Nitnoy ?

– Ça n'a pas été facile. Je ne pouvais pas me

contenter de me radiner pour interroger les gens, tu l'imagines... Mais à en croire la rumeur publique, et Dieu sait qu'il n'y a pas pénurie en la matière, notre camarade aurait une maîtresse.

– Hum ! Ça lui ressemblerait bien.

– Mai. Une coiffeuse qui travaille dans un salon, à Dongmieng. Originaire de Sam Neua, elle n'est ici que depuis quelques mois.

– Je suppose qu'elle l'a suivi...

– On dirait. Elle est toute jeune, vingt et un ans, mais selon les filles du salon, elle...

– Tu y es allé ?

– J'avais besoin d'une coupe et d'un massage, de toute façon. Quand j'y suis allé, c'était son jour de repos. Les filles la disent ambitieuse : elle ne prendrait pas la coiffure au sérieux et on l'aurait entendue dire qu'elle ne resterait pas longtemps dans le métier.

– Elle a l'intention de gravir les échelons ?

– On dirait.

– Cela expliquerait que le camarade se soit débarrassé de sa femme ?

– Pourquoi pas ?

– Pourquoi ? Il avait le meilleur des deux mondes : son épouse officielle pour la parade et les apparitions en public, et sa coiffeuse pour...

– ... Analyser en profondeur *Le Capital*.

– Exactement. Il n'avait rien à y gagner. Elle, au contraire...

– Ah, quel homme retors vous faites, docteur Siri ! Et comment se serait-elle procuré les pilules de cyanure ?

Siri contempla les eaux du fleuve, s'imaginant avec une pipe.

– Et si elle n'avait pas agi par elle-même ?

– Tu penses à quoi ?

– À un petit ami. Je veux dire : *le vrai* petit ami. Ou si elle appartenait à un quelconque mouvement anarchiste ? Ce serait dans l'intérêt de ses membres d'introduire la maîtresse dans la maison du camarade. Le monde est petit... Il suffisait que quelqu'un s'approche d'assez près pour lui emprunter son flacon d'aspirine et y glisser le cyanure.

– Quelqu'un de l'Union des Femmes ?

– Ou à une réception. Elle aimait boire.

– Ça n'est pas moins absurde. Si Kham n'est pas impliqué, pourquoi...

– Vous avez tout ce qu'il vous faut, les garçons ? brailla la mama du bar.

Ils firent signe que oui.

– Pourquoi se donner la peine de maquiller le meurtre ? Pourquoi soumettre un rapport falsifié ?

– C'est ce qu'il a fait ?

– Je l'ai dans mes dossiers. Ton rapport est le document d'autopsie officiel.

– Mais il n'était pas fini ! Il n'était pas signé.

– C'est fait à présent.

– Le fumier... On ne peut pas l'épingler là-dessus ? Pour falsification de document officiel ?

– On ne sait pas si c'est lui.

– Moi, je le sais. Il l'a volé dans mon bureau, juste sous mon nez.

– Ce sera ta parole contre la sienne.

Siri prit une longue rasade de rhum et faillit s'étrangler en avalant un glaçon. Phosy lui donna des claques dans le dos.

– Merci. Alors, que fait-on à présent ?

– Avant tout, continuer à être discret. Je vais voir ce que je peux apprendre sur la coiffeuse, et mener une enquête discrète sur Kham. Nous n'avons toujours pas de quoi porter plainte contre lui ; on ignore même à qui il faudrait s'adresser pour cela.

– C'est moche. Je croyais qu'on avait fait la révolution pour nettoyer la société, mais on n'a fait que changer la nature de la corruption.

– Ne sois pas si négatif. Ce n'est qu'un cas isolé. La situation s'arrange, tu le sais. Le pays tel qu'il est à présent est un endroit plus sain pour y élever des enfants.

– C'est la rééducation qui parle ?

– Non, c'est moi. J'y crois. Le Laos va s'en sortir.

Ils regardèrent le soleil atterrir quelque part en Thaïlande et le ciel rose vira au violet, puis au mauve. Sur un rocher au bord de l'eau, un garçon aux cheveux réglementairement courts et une fille aux cheveux réglementairement longs étaient assis à soixante centimètres l'un de l'autre. Ils n'avaient pas le droit de se donner la main.

Il n'y avait plus de rhum et Phosy refusa de laisser Siri le ramener à l'hôpital où il avait laissé sa moto. Ils se serrèrent la main devant l'hôtel, camarades dans la prévention des crimes. Siri retint cette main dans la sienne.

– Merci de faire tout ça. Je sais que tu prends des risques.

– Moi ? Non, je suis un communiste régénéré. On ne me surveille plus. Mais tes amis doivent être prudents. Qui est au courant ?

– Seulement le Pr Oum, au lycée. Elle a fait tous les tests.

– Dis-lui d'être sur ses gardes. Qu'elle ne dise rien à personne.

– Elle est prévenue.

– Bien. Gardons le contact.

Siri repartit à pied par les rues désertes ; il n'était

que huit heures du soir, mais Sethathirat Road était aussi calme qu'un cimetière. Une seule bicyclette sans éclairage le croisa. Des petits bûchers d'ordures calcinées fumaient au coin des rues. Un rat surgit d'un caniveau pour pourchasser un chat squelettique jusque dans l'enceinte du temple Ong Teu.

C'étaient les rues où l'on ignorait l'heure autrefois. Clubs et bars n'y fermaient que lorsque le dernier ivrogne tournait de l'œil sur la voie publique. Putains et camés jonchaient les trottoirs. Il avait entendu parler de cette situation extrême et se trouvait maintenant à l'autre bout de la chaîne. Il ne parvenait pas à croire qu'il n'existait pas un juste milieu.

Avant même d'avoir atteint son allée, le concert d'ululements éclata. Au milieu du silence général, il se sentit fautif. La surface inégale de la rue non pavée le fit trébucher. Le rhum avait affecté son équilibre. Il voulut contrôler la situation avant que Mlle Vong ne le repère depuis son poste d'observation. Il s'engagea sur le sentier, où Saloop l'attendait en grondant, tapi devant lui.

Le rideau remua.

– Bonne nuit, mademoiselle Vong.

Pas de réponse. Il considéra le chien. Peut-être, s'il faisait un effort, s'il parvenait à apprivoiser cette créature galeuse, se dirait-on dans le quartier qu'il n'était pas un humain si méprisable en fin de compte.

Au lieu de contourner l'animal comme d'habitude, il avança droit sur lui en émettant des petits bruits apaisants. À chaque pas qu'il faisait en avant, le bâtard en faisait un en arrière. Il avait peur, mais continuait à gronder. Ce tango se poursuivit jusqu'au moment où Saloop se retrouva acculé contre la porte d'entrée.

Ne voulant pas y laisser un doigt, Siri mit sa main

en coupe, comme s'il tenait une friandise, et s'agenouilla pour la lui offrir. Aussitôt, le chien aboya et on entendit deux claquements secs, comme des coups de fouet. Siri regarda autour de lui, ne sachant trop d'où cela venait ; le chien profita de cette diversion pour se réfugier dans le potager.

Siri se releva, regarda derrière lui l'allée obscure, puis la façade. L'unique lumière émanait d'une lampe à gaz à une fenêtre du premier. On ne voyait que des ombres. Il y avait quelque chose de déconcertant dans ce bruit, mais comme il ne voyait pas quoi faire d'autre, il entra et referma la porte.

Ayant mis son réveil à quatre heures trente du matin, il prit sa douche et se coucha de bonne heure. L'odeur de moisi de l'oreiller en kapok n'avait pas effleuré ses narines qu'il était déjà endormi.

Tran, Tran et Hok l'accompagnaient dans une rue très animée. C'était en Occident : un pays où l'on parlait l'anglais. Il y avait des voitures et des foules de gens impatients. C'était le soir, et partout des enseignes lumineuses clignotaient, avec leurs inscriptions qu'il ne savait déchiffrer.

Les trois Vietnamiens l'entouraient comme des gardes du corps. Chaque fois qu'un passant tentait de l'aborder, l'un d'eux s'interposait pour le repousser brutalement. Même si beaucoup dépassaient d'une bonne tête ces petits Vietnamiens, ils devaient céder.

De temps à autre, Siri reconnaissait quelqu'un et voulait lui dire bonjour. C'était des amis du nord, des collègues ; il y avait même Dtui et Geung qui marchaient dans cette rue. Mais c'était gênant, car chaque fois qu'ils s'approchaient, les Vietnamiens les rembarraient. Tran, Tran et Hok étaient physiquement comme ils avaient dû être dans la vie. Ils paraissaient contents, heureux d'accomplir leur rude besogne. Ils ne parlaient pas, mais se contentaient de protéger Siri en le pressant le long de cette rue.

Un enfant, vêtu du pimpant uniforme de l'école primaire, se présenta. Il semblait nerveux et avait un crayon dans une main et un bloc-notes dans l'autre. Alors qu'il aurait pu se faire piétiner, il resta bravement à sa place, lui tendant son bloc pour un autographe. Les quatre hommes s'arrêtèrent.

Siri lui tendit la main, comme s'il tenait une friandise, et s'accroupit. L'enfant sourit ; ses quelques dents étaient rougies par la noix de bétel. Il fit un pas en avant, mais comme le docteur s'apprêtait à prendre son crayon, les Vietnamiens se jetèrent sur lui et le rossèrent, le bourrant de coups de pieds, lui marchant dessus. C'était épouvantable. Siri tenta de les retenir, mais leur force était immense.

À travers le trou à la poitrine de Hok, il vit la figure du petit garçon. Il était mourant mais se modifiait également. La face enfantine se décomposait pour révéler celle d'un vieillard. Quand les gardes se reculèrent, l'homme, à présent en uniforme de l'Armée de Libération du Peuple, gisait dans une mare de sang – mort. À côté de lui se trouvait une seringue cassée. Par erreur, Siri l'avait prise pour un crayon. Son contenu d'acide pétillait et sifflait sur le trottoir. Les passants s'étaient agglutinés. Chacun d'eux brandissait une seringue dégoulinant d'acide.

Siri se réveilla en sursaut et fut soudain effrayé par le silence et les ténèbres environnants. Il n'y avait pas de clair de lune. Malgré l'obscurité, il avait l'impression qu'il y avait des gens dans la pièce. Il les sentait bouger.

– Qui est là ?

Pas de réponse. Écartant la moustiquaire, il retint

son souffle et se concentra sur ces ténèbres, tâchant de discerner des ombres familières, du mouvement, mais il ne pouvait même pas voir les contours de la fenêtre.

Le chœur d'ululements monta peu à peu, lointain – des ululements douloureux, aigus. Et de ce chœur se détachèrent les voix. Il les reconnut. C'étaient celles des trois Vietnamiens qui disaient, ou plutôt psalmodiaient : « Le sanglier noir est toujours là. Le sanglier noir est toujours là. »

Et Siri se réveilla de nouveau. Cette fois, son réveil le tira énergiquement du sommeil. Il faisait encore sombre, mais un jour grisâtre pénétrait par la fenêtre. Les chiffres fluo de la pendulette lui confirmèrent qu'il était bien quatre heures trente du matin. Il avait l'impression de ne pas avoir dormi du tout. La moustiquaire était détachée et les moustiques s'étaient gorgés de son sang.

Il s'habilla maladroitement, attrapa son sac et descendit au rez-de-chaussée dans une sorte d'état second. Avec sa lampe de poche, il éclairait son chemin. La porte d'entrée s'ouvrit en grinçant et il braqua le faisceau sur l'allée. Saloop avait déserté son poste, et la maison paraissait indifférente à son départ. Il referma la porte et l'examina à la lueur de sa torche. Elle avait une douzaine de centimètres d'épaisseur et avait dû être magnifique à l'époque où la maison était encore aimée et ses gonds huilés, ses panneaux vernis. Maintenant elle était voilée et se fermait mal.

Il eut un frisson en éclairant deux impacts de balles au niveau de sa poitrine. Tout de suite il comprit. Elles n'avaient pu traverser le teck, trop solide. S'il ne s'était pas baissé au bon moment, elles auraient été dans son corps, à présent.

10

Dans le Khamouane par Yak

Le Yak-40 se souleva lourdement, telle une oie suralimentée. Comme les deux pilotes soviétiques assis aux commandes, il n'était pas joli à voir. C'était à se demander quel accord avait pu être conclu pour mettre cet avion balourd et son équipage d'origine à la disposition des VIP du Laos vingt-quatre heures sur vingt-quatre. À se demander aussi quelle bêtise ses pilotes avaient bien pu commettre pour être ainsi punis. Depuis six mois, il trimballait généraux et ministres à travers le pays, aux frais de l'Union soviétique.

Siri était l'unique passager. Quand il avait embarqué, le copilote lui avait désigné en grognant un banc et le harnais de sécurité. Le service à bord se borna à cela. Mais il était content d'être seul. Il avait besoin de réfléchir en paix. Il avait participé à des combats, on lui avait déjà tiré dessus ; mais l'assassinat, c'était une tout autre affaire. C'était quelque chose de personnel et de grossier. Il était plus en colère qu'effrayé.

Sur le chemin de l'aéroport, il avait fait deux haltes. Il avait réveillé Nguyen Hong pour lui recommander d'être prudent, de coucher par écrit tout ce qu'ils savaient et de laisser cela dans une enveloppe à l'ambassade, à ouvrir en cas d'« accident ».

Puis il s'était arrêté chez Dtui. Elle était déjà debout. Sa mère était dans une mauvaise passe. Ni l'une ni l'autre n'avaient dormi. Sentant qu'il tombait mal, il n'avait pas mentionné les deux balles, mais lui avait dit de répondre, si on l'interrogeait, qu'elle ne savait rien au sujet des Vietnamiens. Elle était femme de ménage et Geung l'homme de peine. Ils étaient bêtes comme leurs pieds. À sa façon de parler, elle avait compris qu'il ne plaisantait pas.

L'avion volait vers le sud en grondant, le Mékong à sa droite. À sa gauche, le soleil levant dardait ses rayons par les minuscules hublots. Siri avait l'impression d'avoir des frelons dans la tête. Ce n'était pas seulement les vibrations du fuselage ; tant d'idées bourdonnaient là-dedans que réalité et fantasmes s'entremêlaient.

Il essaya d'interpréter son rêve. Les Vietnamiens tentaient manifestement de le protéger. Peut-être lui disaient-ils de ne se fier à personne. Qui était l'enfant au sourire rouge sang ? Qu'avait découvert Siri pour qu'on veuille le tuer ? Ou, plus probablement, que le soupçonnait-on d'avoir découvert ? Et qui était ce « on » ?

Visiblement, il touchait d'assez près la réponse pour en rendre certains nerveux. Il espérait seulement pouvoir résoudre cette affaire avant d'être liquidé. Quel ennui s'il lui fallait passer toute l'éternité dans l'au-delà avec une intrigue non élucidée !

Le Yak rebondit sur la piste de fortune d'Air America comme si on avait oublié de le munir de roues. Soulevant des nuages de poussière, il s'arrêta pile là où la bande de terre s'interrompait. Le copilote revint ouvrir la porte et jeta pratiquement son passager au-dehors. Ils ne s'attardaient pas. L'avion allait chercher le Premier ministre et la délégation cubaine à Pakse.

Siri courut pour éviter d'être décapité et regarda le Yak s'élever dans les airs. Le bruit du moteur une fois estompé, rien ne le remplaça. Il se trouvait au bout d'une bande de terre de deux cents mètres de long, cerné par la végétation luxuriante – seul.

Le seul point rassurant était qu'ici c'était le Khamouane, la province où il était apparemment né et avait passé les dix premières années de sa vie. Depuis il n'y était pas retourné. Rien de ce qu'il voyait n'éveillait de souvenirs. La jungle était partout la même.

Vingt minutes plus tard, il entendit des grincements de boîte de vitesses. Ça se rapprochait. Abandonnant son coin ombragé, il revint sur la piste. Une vieille jeep chinoise s'avança en dansant à travers la forêt vierge, jusqu'à l'extrémité de la piste où elle s'arrêta. Siri se tenait à un bout, le véhicule à l'autre, comme des pistoleros se mesurant du regard avant de dégainer.

Quand il fut évident qu'il ne ferait pas le chemin à pied, la jeep fila sur la bande de terre et pila sur les chapeaux de roues, l'enveloppant de poussière. Deux soldats sautèrent à terre et lui firent le salut militaire.

– Docteur Siri ?

Étant donné le contexte, il pouvait difficilement être quelqu'un d'autre

– Capitaine Kumsing ?

– C'est moi.

L'autre homme, celui qui se tenait en arrière et portait un uniforme sans signe distinctif, prit la parole.

– C'est bien aimable à vous d'être venu si tôt. Un jour de plus et les cadavres se mettaient à marcher.

C'était une blague, mais l'image de Mme Nitnoy surgit dans l'esprit de Siri.

– Oui, ça arrive...

Dans la jeep qui les menait à la base, le capitaine Kumsing fit de son mieux pour résumer la situation. Ceci, expliqua-t-il, était un programme militaire – un projet pilote de développement pour réhabiliter les districts des pauvres Hmongs dévastés par des années de guerre. Par la même occasion, on espérait les désaccoutumer de leur dépendance à la culture de l'opium.

Il omit de mentionner que les Hmongs représentaient dix pour cent de la population laotienne et que beaucoup d'entre eux avaient été dans l'autre camp, combattant les communistes aux côtés des Américains. Siri se demanda pourquoi les militaires voulaient aider les Hmongs quand tant d'autres régions étaient dans un état tout aussi désespéré.

Le capitaine Kumsing expliqua que le projet avait débuté en juillet et se trouvait initialement sous la responsabilité du major Anou, un vétéran de Xepon et de Sala Phou Khoun. Siri se rappelait un homme ambitieux, qui avait de la famille en France. La cinquantaine, il était en excellente santé quand ils s'étaient rencontrés. Siri lui avait fait subir un examen médical quelques années plus tôt. Voilà pourquoi il avait peine à croire que le major avait été victime d'une crise cardiaque au bout d'un mois sur place. Il était mort dans son sommeil, et le toubib du camp n'avait rien décelé de suspect.

On l'avait inhumé selon la coutume, et le conseiller vietnamien, le major Ho, avait assuré l'intérim en attendant un remplaçant laotien. Deux mois plus tard, ce dernier s'était évanoui dans la nature. Il était allé se promener dans la jungle et n'en était jamais revenu.

Ce qui n'avait surpris personne. À ce moment-là, il avait déjà commencé à parler tout seul et à se conduire d'étrange façon. Quand il était parti, il portait une couronne de feuilles *pak eelert.* Sans doute avait-il été dévoré par des tigres.

En septembre, après une période sans commandement, deux jeunes officiers récemment promus étaient venus du nord. Le plus gradé assuma le rôle de directeur de projet. Mais deux semaines plus tard, il s'était mis à souffrir de mystérieuses crampes d'estomac. C'était si pénible qu'on l'avait envoyé par avion faire un check-up à Savanaketh. Les médecins n'avaient rien trouvé. Il était revenu avec un bilan de santé impeccable pour mourir une semaine plus tard. Il avait trente-quatre ans.

Son collègue prit le relais. Jusqu'à la semaine précédente, tout allait bien. Il n'avait pas de problème physique ou mental. Tout le monde croyait que la malédiction s'était éteinte. Puis, un jour, il avait pris le volant pour se rendre sur le site du projet. Il aimait conduire lui-même la jeep. Deux hommes l'accompagnaient. Ils lui avaient signalé qu'il roulait un peu trop vite compte tenu de l'état du chemin, mais il n'avait pas écouté. C'était comme s'il n'était plus vraiment lui-même.

Il leur avait dit qu'il rentrait chez lui. Coupant par un terrain défriché, il s'était dressé – littéralement dressé ! – sur la pédale d'accélérateur pour rester là, figé. Le véhicule piquait droit sur un vieux et grand teck, au fond de la clairière. Les hommes avaient bien tenté de lui arracher le volant, mais impossible – il était dur comme du ciment, devait dire le rescapé. Pour éviter le choc, ils avaient sauté en marche. L'un d'eux ne s'en était pas tiré : il s'était assommé sur une souche et était mort sur le coup. L'autre s'était brisé les deux jambes. Il avait relevé la tête à temps pour voir la jeep percuter le tronc de plein fouet. Son chef, toujours le pied au plancher, avait décollé pour toucher l'arbre comme une flèche atteint une plaque de verre. Il n'avait pas la moindre chance.

Siri était abasourdi.

– À qui revient le commandement, au plan hiérarchique ?

Le capitaine fit la grimace.

– À moi, mais on ne fera pas d'annonce officielle. Pour l'extérieur, personne ne commande. Le bureau du chef est vide et on a fait savoir qu'on attendait un nouvel officier de Vientiane.

– Vous croyez que ça changera quelque chose ?

La jeep se dandinait sur une tranchée tracée à travers la forêt vierge. C'était à peine une route, et Siri se cramponnait au tableau de bord pour ne pas claquer des dents.

– Bien sûr. Ils ne doivent pas savoir qui est le responsable. Ils visent manifestement les chefs.

– Qui « ils » ?

– C'est évident.

– Pas pour moi.

– Les Hmongs, bien sûr.

– Les Hmongs ? Je croyais que vous les aidiez ?

– Eh bien, oui. La plupart d'entre eux voient cela ainsi. Mais naturellement, dans toute communauté on trouve des sympathisants du capitalisme qui ont de la rancune parce qu'ils ont perdu.

– Et comment imaginez-vous qu'ils s'y prennent ? Une balle ou une grenade, ça serait bien plus simple...

– Oh, ils sont rusés ! Ils savent que ce serait la guerre. Non, ils emploient des philtres.

– Des philtres ?

Le capitaine baissa la voix, qui devint presque inaudible à cause du bruit du moteur.

– Ce sont des sauvages. Ils pratiquent la sorcellerie. Ils ont tous ces poisons et ces hallucinogènes. Il leur suffit d'en verser quelques gouttes dans l'eau potable ou la nourriture.

– Les Hmongs vous empoisonnent pour vous empêcher d'aider leur communauté ?

– C'est une vengeance, docteur Siri. Ils ont subi un lavage de cerveau. Les Américains les ont convaincus que nous, les communistes, ne faisons rien pour eux depuis notre arrivée au pouvoir. Ils ne comprennent pas que nous sommes tous frères. Les Américains ont réussi à leur faire croire qu'ils ne sont pas des Laotiens.

– Mais ce ne sont pas des Laotiens !

– Théoriquement non, camarade, mais ils sont de la famille. Ils ne sont peut-être pas nés de parents laotiens, mais nous pouvons vivre tous ensemble dans la même patrie. Un chien, un chat ne sont pas des êtres humains, et pourtant on les traite bien souvent comme des membres de la famille. C'est pareil.

– Hum... Donc, vous pensez que le chien mord la main qui le nourrit ?

– D'une certaine façon, oui. Pas tous. Une ou deux bêtes enragées. Mais tant qu'on ne saura pas quel poison a été employé, on ne pourra pas les arrêter. Voilà pourquoi nous avons besoin de vous.

Ils pénétrèrent dans un complexe militaire étendu, bourré de machines et de véhicules. Quiconque d'assez bête pour croire le capitaine aurait cru à un effort humanitaire inouï visant à surpasser jusqu'aux plus extravagantes folies de l'ONU.

Sous un abri de fortune en feuilles de palmier, derrière le bureau de commandement déserté, deux grands cercueils reposaient côte à côte. Des soldats torse nu les transportèrent à l'intérieur pour les placer sur des tables à tréteaux qui ployèrent sous ce poids. Puis ils arrachèrent avec des tenailles les couvercles, révélant le prédécesseur de Kumsing et son compagnon. On les avait enveloppés dans des feuilles de tabac et garnis d'herbes. Cela réduisait l'odeur et préservait les corps de façon remarquable. Les insectes n'avaient pas fait beaucoup de dégâts.

Le toubib du camp était un gamin de vingt ans, formé comme infirmier de terrain sur de simples mannequins. Avec une femme entre deux âges servant au mess, il fut désigné pour assister Siri pendant ses autopsies. S'il avait pu avoir des doutes sur les capacités de Geung et de Dtui, les six heures qui suivirent devaient les dissiper entièrement. Ces deux-là étaient archi-nuls.

Avant même que les ciseaux à os n'aient commencé à entamer la première cage thoracique, le gamin vomissait par la fenêtre. Cette comédie se répéta une douzaine de fois au cours de la journée. La femme n'arrêtait pas de caqueter, posant des questions idiotes, se mettant devant lui pour mieux voir les entrailles. Il lui fallait comprendre pour pouvoir tout raconter aux filles de la cantine. À cause d'eux, et des énormes insectes qui lui bourdonnaient au visage comme des petits hélicoptères, cette épreuve fut un véritable cauchemar.

Un cauchemar qui, de plus, ne devait pas avoir d'heureux dénouement. Il aurait beaucoup aimé trouver des preuves que ces décès étaient naturels, mais ce ne fut pas le cas. Rien non plus ne suggérait le contraire. La collision du jeune officier avec l'arbre l'avait démoli. Il avait trente-huit os brisés et le crâne en miettes. Mais tout cela était intervenu après le décès. Il était mort avant l'accident.

Les deux hommes étaient dans une condition physique optimale ; ils étaient forts et sains. Mais, pour une raison non élucidée, ils avaient simplement cessé de vivre. Siri n'y comprenait rien, et savait que ce n'était pas une réponse qui plairait au capitaine. La seule autre explication était qu'on avait employé un poison ne laissant pas de trace.

Il les rafistola de son mieux, et des soldats vinrent les remettre dans leurs cercueils. Il était habituel dans ce genre de décès, ne résultant pas de causes naturelles, qu'on inhume les corps dès que possible sans cérémonie. Ils ne pourraient être incinérés, leurs âmes n'étant pas encore jugées prêtes à aller au paradis.

Superstitions, religions et coutumes s'interpénétraient souvent au Laos et même Siri, qui n'avait pas de convictions religieuses, ne trouvait rien d'étrange à de telles pratiques. C'était ainsi qu'on avait toujours procédé. Les corps seraient confiés à la terre jusqu'à ce que les familles aient décidé qu'un laps de temps convenable s'était écoulé. Puis, si elles pouvaient les trouver, ils seraient déterrés et brûlés en grande pompe.

Siri alla voir Kumsing dans le local du chantier qu'il partageait avec cinq hommes de troupe. Ce dernier était installé au bureau du fond, le plus petit. Il tressaillait en travaillant et Siri se demanda si ce tic était la conséquence du stress. Pour dissimuler son grade, il portait un T-shirt et avait défendu qu'on le salue. Si les Hmongs n'avaient pas sa peau, il succomberait peut-être à sa propre nervosité.

Le docteur l'entraîna au-dehors pour lui expliquer la situation. Ils traversèrent la clairière à pied. Même à Vientiane, Siri n'avait jamais vu autant d'engins de terrassement.

– Donc, vous prétendez que ces décès sont naturels ?

– Non, je prétends que je n'ai pas trouvé de preuves du contraire. Ni de preuves que ces morts seraient naturelles.

– Mais le capitaine est rentré dans un arbre ! Ne me dites pas que ça ne l'a pas tué !

– Il était mort avant...

– Impossible. Le survivant a dit qu'il se tenait dressé, le pied sur l'accélérateur, et qu'il braillait à pleins poumons. Vous devez vous tromper.

– Je me sentirais bien mieux si c'était le cas, mais il n'y a aucun doute dans mon esprit. Le choc ne l'a pas tué, et ce n'est pas une crise cardiaque qui a tué son collègue. Rien n'est là pour prouver qu'ils ont été empoisonnés selon des méthodes traditionnelles, mais j'ai entendu parler de philtres qui tuent sans laisser de trace. Il me faudrait toute une vie pour tester tout cela.

Manifestement, ce compte rendu ne faisait pas plaisir à Kumsing, dont le tic était de plus en plus prononcé. Il se fouetta la cuisse avec une badine en jeune bambou.

– Vous avez interrogé les indigènes ? s'enquit Siri.

– Les Hmongs ? Ils nient tout. Ils ne donneront jamais l'un des leurs. C'est un peuple curieux, avec tout ce culte superstitieux des esprits... Je ne serais pas surpris qu'ils aient un sorcier qui fabrique lui-même des poisons et les drogues qui rendent fous.

– À quelle distance est le plus proche village ?

– Quatre, cinq kilomètres. Pourquoi ?

– Je voudrais aller leur parler.

– Oh, non ! Il ne vaut mieux pas.

– Capitaine, la seule façon d'isoler cette drogue, si drogue il y a, c'est de découvrir quelles variétés ils emploient, d'en prendre des échantillons et de les rapporter à Vientiane pour examens. Tant que ce ne sera pas fait, nous ne saurons rien et on ne pourra accuser personne. Vous me suivez ?

– Je crois.

– Parfait. Il me faut un chauffeur.

– Vous voulez y aller maintenant ?

– Tant que le fer est chaud...

– Mais il fera nuit dans quelques heures.

– Heureusement que je n'ai pas peur du noir, n'est-ce pas ?

Ils avançaient sur un chemin creux envahi par la végétation, analogue à celui proche du terrain d'atterrissage. Ces pistes ne devaient pas être visibles d'un avion, et avaient sans doute été aménagées par des contrebandiers. La Piste Ho Chi Minh était pareille, un tunnel à travers la jungle. Rien d'étonnant si les Américains n'avaient pas été capables de la fermer. Les Hmongs avaient dû apprendre cette ruse de leur ennemi.

Le capitaine Kumsing avait préféré ne pas venir. Il avait envoyé Siri avec un chauffeur et un capitaine plus jeune. Le chauffeur était le plus aimable des deux.

Siri lui demanda s'ils verraient au passage le site du projet.

– Non, c'est à treize kilomètres d'ici environ.

– Ah ? N'est-ce pas un peu bizarre de monter un projet de culture de substitution si loin des villages que vous aidez ?

L'autre s'esclaffa.

– Si !

Le capitaine jeta un regard furieux à Siri, mais sans cesser de sourire. Il souriait encore quand une grande forme noire s'abattit lourdement sur le pare-brise. Elle battit des ailes contre la vitre et s'envola par-dessus le toit de l'habitacle. Siri et le capitaine se protégèrent les yeux, mais le chauffeur semblait habitué.

– Maudite bête !

– Qu'est-ce que c'était ?

– Un corbeau. Ils s'amusent à attaquer nos véhicules.

– Un corbeau ? Si loin des villes ? Je croyais que c'était des rats ailés...

– Je ne suis pas un spécialiste. En poissons, je m'y connais, mais...

Le corbeau revint à la charge, cette fois du côté de la vitre où le capitaine lui donna des claques. Comme il se battait pour remonter sa vitre, le volatile en colère lui donna des coups de bec à la main qui le firent saigner.

– Merde !

Siri l'aida à se défendre jusqu'à ce que la fenêtre fût fermée, et l'oiseau regagna les arbres. Le chauffeur remonta sa propre vitre.

– J'en avais jamais vu d'aussi culotté. Ça doit être la chaleur. Vous savez, j'ai employé le pluriel, mais je crois qu'il n'y en a qu'un. Ces marques roussâtres sur le poitrail, je les reconnais... J'ai déjà vu ce lascar...

Le capitaine se lécha le poignet en marmonnant. Siri chercha du désinfectant dans son paquetage.

– Vous voulez que je regarde ?

– Ce n'est rien.

Et par là il ne voulait pas dire que ce n'était pas grave. Il voulait bien dire *rien*. Il montra son poignet :

en dépit du sang qu'ils avaient vu tous les trois, il n'y avait pas la moindre égratignure.

Le chauffeur émit un sifflement.

– Vraiment bizarre !

Comme ils approchaient du village, ils passèrent devant un poste militaire. La sentinelle leur fit signe de ne pas s'arrêter. La route débouchait sur une clairière où trente à quarante paillotes se dressaient sur les berges d'un petit cours d'eau. D'étroits sentiers s'entrecroisaient dans toutes les directions et, à chaque croisement, il y avait une petite construction semblable à un pont, mais un pont si petit que même un enfant n'aurait pu l'emprunter. Les plus récents étaient ornés de fleurs et de bâtons d'encens. Les plus anciens, délaissés, tombaient en ruine. Le chauffeur suivit le regard de Siri.

– C'est pour que les âmes errantes puissent retrouver le chemin de leurs corps..., dit-il en riant.

– Quels sauvages ! grommela le capitaine.

Tous les arbres du chemin étaient entourés de bouts de tissu colorés et de fils blancs. Beaucoup avaient à leur pied des plateaux d'offrandes et des tas de pierres. Siri trouvait cela plutôt charmant, et curieusement familier.

Deux autres soldats en armes vinrent à leur rencontre. L'armée ne lésinait pas pour garantir la sécurité des villageois de Meyu Bo. L'un d'eux, qui tenait un talkie-walkie, informait le QG que le docteur était bien arrivé.

Une demi-douzaine d'anciens avaient été convoqués pour former un comité d'accueil en l'honneur de l'éminent visiteur de la capitale qu'ils n'avaient pas demandé à voir. Ils devraient rester en retrait en attendant d'être appelés à prononcer quelques paroles sincères de bienvenue.

– Ne vous formalisez pas de leurs manières, dit le capitaine à Siri quand ils eurent mis pied à terre. Ce sont des ignorants.

L'un des gardes le conduisit auprès des anciens, qui restaient là, debout, à compter leurs orteils comme des écoliers. Ils savaient qu'ils ne devaient parler que si on leur adressait la parole.

– Anciens de Meyu Bo, voici le Dr Siri Paiboun...

En dépit de leur propre statut, ces gens – quatre hommes et deux femmes – joignirent les mains devant leur visage, conformément aux instructions de l'armée. Ils furent surpris de voir Siri leur retourner ce *nop*, en commençant encore plus haut pour s'incliner encore plus bas. C'est alors qu'ils se donnèrent la peine de le regarder et qu'ils remarquèrent... Tous, ils remarquèrent. Ils étaient fascinés par la vue du petit docteur qui se tenait devant eux.

Les anciens se jetèrent des regards en coulisse pour s'assurer qu'ils assistaient bien au même miracle. Siri et les soldats commençaient à se sentir mal à l'aise. Le capitaine prit la parole.

– Ne restez pas plantés là comme des buffles. N'avez-vous rien à dire à notre invité ?

Il y eut de nouveau un silence gênant, puis le chef du village, Tshaj, fit un pas timide en avant, ses mains toujours jointes devant son visage.

– C'est bien toi, n'est-ce pas... ?

Interloqué, Siri s'avança pour lui serrer la main, mais le vieillard battit en retraite.

– Quels sauvages..., fulmina le capitaine.

Il n'avait manifestement aucune compassion pour cette race fière qui avait été son ennemie pendant plus de dix ans.

Réunis en conciliabule, les anciens discutaient nerveusement en hmong. De toute évidence, ils étaient troublés et leurs mains étaient comme figées devant leur visage.

Le chauffeur s'avança en secouant la tête.

– Je les ai déjà vus faire les andouilles, mais là ça bat tous les records... D'habitude, ils ont hâte d'expédier ces formalités pour pouvoir retourner à leurs petites affaires...

Siri essaya de faire un autre pas en avant, mais cette fois les anciens reculèrent tous ensemble. Il était désemparé.

– Qu'est-ce qu'il y a ?

– Tu es venu comment ? demanda l'une des femmes.

– Yak-40.

Il y eut un silence.

– En avion.

Les anciens se remirent à jacasser avec encore plus d'animation. Puis la même femme se détacha hardiment du lot pour aller lui toucher le bras. Sa main tremblait. Elle parut soulagée de constater qu'il y avait de la chair et des os dans cette manche de chemise et alla faire son rapport aux autres. Instantanément, l'atmosphère changea.

Ils se rassemblèrent autour de Siri, le touchant, souriant, lui posant des questions en hmong comme si c'était un ami perdu de vue. Les militaires ne savaient plus quoi faire. Le capitaine lui lança :

– Vous êtes déjà venu ici ?

– Jamais, fit Siri en souriant.

– Ils sont dingues...

Il fut à moitié entraîné, à moitié porté jusqu'à la hutte de réunion. Il était déconcerté mais ravi de toutes ces attentions. On le fit asseoir à la place d'honneur, par terre, face à la porte, et on lui apporta de l'eau et des douceurs. Les soldats, quant à eux, furent ignorés.

Sans relâche, on tentait de lui poser des questions en hmong. À chaque fois, il répondait en lao qu'il ne connaissait pas leur langue. Ils riaient. Lui aussi. Les soldats bâillaient.

Enfin, les anciens s'assirent en rond autour de lui, en restant à une certaine distance. Ils étaient maintenant une vingtaine. Chacun se présenta, mais les seuls noms qu'il retint furent celui de Tshaj, le chef, Nabai, celle qui lui avait tâté le bras, Lao Jong, un grand homme édenté et tante Suab, la seconde femme ayant la dignité d'« ancien », une femme minuscule. À son doux sourire on devinait qu'elle avait brisé bien des cœurs dans sa vie. Le capitaine boudait, assis sur le seuil, pointant ses bottes vers eux.

Lentement le jour déclina tandis que d'autres villageois venaient jeter un coup d'œil à cette étonnante vision. Ils empêchaient la lumière d'entrer par le seuil et les fenêtres. Les yeux des enfants bouchaient les trous entre les feuilles de bananier. Siri aurait pu continuer à les mener en bateau, mais il commençait à se sentir coupable de profiter de ce malentendu.

– Tout cela est bien plaisant, dit-il, mais ce qu'ont dit les *soldats* est vrai...

Il fut surpris de s'entendre utiliser le mot hmong pour « soldats ». Il devait l'avoir piqué quelque part.

– Je suis bien Siri Paiboun et je viens de Vientiane. Je suis le coroner (il employa l'expression « docteur fantôme » pour mieux se faire comprendre) à l'hôpital Mahosot. J'ai compris que je ressemble à quelqu'un que vous connaissez, mais ce n'est pas moi.

Sans répondre ils se contentèrent de le regarder en souriant. Il se demanda s'ils avaient compris.

– Pour qui me prenez-vous ?

– Tu es Yeh Ming, dit le chef sans hésitation.

Les villageois retinrent leur souffle.

– J'aimerais bien ! dit Siri en souriant. Ce doit être un *formidable guerrier*. Qu'est-ce qu'il devient, ce vieux Yeh Ming ?

L'expression « formidable guerrier » était une tournure hmong qu'il ignorait connaître.

Tante Suab parla doucement et avec sérieux, comme si c'était un genre d'examen.

– Yeh Ming est le plus grand des chamans.

– Yeh Ming a des pouvoirs surnaturels, ajouta Tshaj. Il y a mille cinquante ans, tu... il... a repoussé vingt mille Annamites rien qu'avec une corne de buffle.

– Mille cinquante ans ?

Siri s'esclaffa de nouveau et tous rirent avec lui. C'était un bon public.

– Il est vrai que je commence à faire mon âge, mais mille cinquante ans ? Ne soyez pas aussi cruels...

Nabai prit la parole.

– Ce n'est pas le corps que tu utilisais. Tu n'aurais pas pu repousser une moitié de Vietnamien avec celui-ci.

– *C'est très aimable à vous.*

Encore une expression hmong. Ça ne devait pas être une langue très compliquée si on pouvait l'apprendre par simple imprégnation.

– Mais si j'ai changé de corps, comment pouvez-vous savoir que c'est moi ?

Le capitaine, dégoûté, s'en alla manger avec ses hommes.

– On se dépouille facilement d'un corps, expliqua Tshaj, mais les yeux restent. On ne peut remplacer les émeraudes-grenouilles. Zai, l'esprit de l'arc-en-ciel, a changé deux grenouilles en émeraude pour remercier le premier chaman de lui avoir donné plus de couleurs. Elles passent de corps en corps...

Ainsi c'étaient ses yeux. Tout se ramenait au fait qu'il avait les yeux verts. Au cours de la discussion et du repas qui suivit, il ne put les convaincre qu'il n'était pas un chaman vieux de mille ans, même en leur montrant son permis moto. Et lorsqu'ils l'eurent convaincu de passer la nuit chez eux, et que le capitaine et le chauffeur furent repartis, le confiant aux gardes permanents du village, son malaise persista. Il était gêné de recevoir le gîte et le couvert sur la foi de sa ressemblance avec Yeh Ming, mais c'était amusant.

D'une certaine façon, le motif de sa venue était passé au second plan, mais en tant qu'imposteur respecté, il pourrait certainement obtenir plus de réponses que le capitaine. Il était assis à l'orée du village, sous un pavillon rustique, avec les hommes les plus âgés. Ils en étaient à la seconde bouteille du meilleur alcool de riz qu'il eût jamais goûté, quand il déclara :

– Je voudrais vous dire pourquoi je suis là.

Tshaj l'interrompit.

– Nous le savons.

– Ah bon ? En ce cas, pourquoi ?

– Tu es ici à cause des soldats morts.

– C'est vrai. Pouvez-vous me dire ce qui les a tués ?

– Oui.

La douce tante Suab arriva à ce moment critique. Elle fabriquait et distribuait des amulettes dont elle apporta un important assortiment. Tshaj en fut irrité.

– Suab, c'est une réunion d'hommes !

– Pardon, frère, mais cela ne pouvait pas attendre demain matin, dit-elle en flanquant sur la table le choix de pendules, amulettes, objets de magie blanche et de magie noire, avant de se reculer. Siri éclata de rire.

– Oh, non ! Ne me dites que je vais devoir porter tout ça !

Suab secoua la tête.

– Non, Yeh Ming, seulement une. Je l'ai bénie pour toi.

– Laquelle ?

– Tu le sauras.

– Comment ?

– Elle viendra à toi.

Siri haussa les sourcils et considéra la trentaine de médaillons. S'il se trompait, peut-être le prendrait-on plus au sérieux en tant que coroner ? Les probabilités étaient en sa faveur. Le charme de la soirée en serait dissipé, mais cela valait peut-être mieux.

Il tendit la main vers la plus grosse des amulettes, un machin moche et poussiéreux. Si Suab en avait béni une pour lui, elle l'aurait sûrement plongée dans l'eau, ointe ou à tout le moins époussetée. C'était facile.

Mais comme il tendait la main, le bouton toujours pendillant de sa manchette se prit à quelque chose. En soulevant le bras, il s'aperçut qu'un petit prisme noir attaché à une lanière de cuir s'y était accroché. L'amulette était si vieille que ce qui avait été gravé dessus avait fini par s'effacer.

– Oui, dit tante Suab avec un soupir. Oui...

– Non, minute ! C'est pas juste. On recommence ?

Mais c'était terminé. Suab rassembla tous les médaillons dédaignés et, avec un sourire satisfait, laissa les hommes et l'amulette bénite.

– Cela est bien étrange, reconnut Siri.

– Tu ne la portes pas ? demanda l'un des hommes.

– Certainement pas. Je ne vais pas commencer à croire à toutes ces bêtises.

– Alors tu ne seras pas content d'apprendre comment ces soldats sont morts, dit Tshaj.

– Ne me dites pas qu'il s'agit de magie !

Il déguisa son malaise sous un autre rire, mais remarqua que Lao Jong et un homme si foncé de peau qu'on le distinguait mal échangeaient un regard coupable. En tant que chef du village, Tshaj se devait d'assumer le rôle du conteur. Les autres remplirent les verres et s'adossèrent à leurs sièges.

– Les soldats sont venus il y a six mois, soi-disant pour nous aider. Ils devaient défricher la forêt pour que nous puissions planter des cultures en remplacement de l'opium. Nous avons toujours cultivé l'opium. Nous-mêmes n'en consommons pas beaucoup. Il nous sert de remède, on en mange en cas de famine, mais pendant longtemps ce fut notre seule culture lucrative. Les Français ne s'en plaignaient pas. Ils nous achetaient toute la récolte. Quant aux Américains, ils le raffinaient à Vientiane pour le vendre à leurs propres troupes à Saigon. Mais la République populaire démocratique du Laos a décidé que c'était très mal et qu'il fallait trouver une culture de substitution, plus saine. À mon avis, ils voulaient seulement nous appauvrir... Nous les avons regardés défricher les forêts, et avons attendu de voir quelles cultures seraient plantées. Des hectares et des hectares ont été défrichés...

Siri opina.

– C'est bien ce que je pensais. Vous savez où ils vendent le bois ?

– Oh, oui ! dit l'homme à la peau très foncée. Il transite par le Vietnam pour être expédié aux ennemis des Chinois, à Formose.

– Ah ? Je me demande quel pourcentage touche le gouvernement...

– Pour nous, ça ne change rien. Que ce soit l'armée ou le gouvernement, c'est du pareil au même. *Nous*, nous n'avons rien.

Lao Jong prit la parole à l'autre bout de la longue table qui était tout ce que les Américains avaient laissé.

– Les bêtes fuient les scies, et nous devons donc aller chasser plus loin. Certains de nos jeunes s'absentent pendant des semaines pour trouver du gibier. Notre rivière est polluée par les coulées de boue, mais ce ne sont que des problèmes matériels.

– Oui, seulement des problèmes matériels, enchaîna Tshaj. Nous avons enduré de nombreuses maladies au fil des ans, et survécu. Ce n'est pas ce qui nous effraie, ici. Ce ne sont pas des choses physiques qui ont tué vos soldats. Comme tu le sais bien, Yeh Ming, de puissants génies habitent la jungle. (Siri leva les yeux au plafond.) La plupart sont bons et serviables, mais il y a beaucoup d'âmes égarées, des âmes malveillantes parmi elles. Elles quittent les corps des morts troublés pour résider dans les arbres avec les nymphes et les spectres...

– Un genre de sous-location, en quelque sorte ?

Tshaj ignora l'ironie.

– Quand nous coupons un arbre pour nos huttes, ou pour faire de la place à nos cultures, nous demandons la permission aux génies des arbres. Nous faisons des offrandes, des sacrifices parfois, selon l'avis du chaman. En général, les génies s'en vont sans nous en vouloir. Après tout, nous devons vivre ensemble, partager nos ressources. Il en a toujours été ainsi. Certains des arbres dans ces endroits sont aussi vieux que la forêt elle-même. Là, les génies sont devenus puissants. Lorsque les soldats sont venus, ils n'ont pas demandé la permission. Ils n'ont pas sacrifié de buffle ni consulté de chaman. Ils ont simplement commencé à couper. Ils ont coupé, coupé, et emporté les troncs dans leurs camions. Ils ont coupé des centaines, des milliers d'arbres. Tu te rends compte ? Même les esprits les plus bienveillants sont devenus méchants. Tous cherchent à se venger.

– Les génies ont tué les soldats ?

Siri but d'un trait son verre, et on le resservit.

– Comment ont-ils fait exactement ? La foudre ?

– La possession.

– Allons donc !

M. Lao Jong se pencha par-dessus la table pour le regarder dans les yeux.

– Toi, en particulier, tu devrais savoir cela...

– Moi ?

– Pense à tes rêves...

Il tressaillit.

– Que savez-vous de mes rêves ?

– Je sais que tu ne parviens plus à les contenir.

– Je...

– M. Lao Jong est notre *mor tham*, notre médium. Il voit. Il sait que tu es un chaman.

– Je n'en suis pas un.

Les indiscrétions de Lao Jong commençaient à l'ennuyer tout autant que son sourire d'édenté.

– Les chiens le savent.

– Quels chiens ?

– Ils savent tous qui tu es. Ils savent ce qui vit en toi.

– La seule chose qui vit en moi, c'est la nausée. Ce machin m'écœure.

– Ça ne devrait pas. Cela vient de la forêt.

Autour de Siri, tout commençait à se brouiller.

L'alcool était plus corsé qu'il n'y paraissait, et cette conversation lui fichait la trouille. Mais tout au fond de son âme d'agnostique, il aurait souhaité que ce bavardage sur les spectres et les médiums fût vrai. Il aspirait à quelque chose d'illogique. Toute sa vie il avait été limité, entravé par la science, et il était prêt à s'en libérer.

Mais ceci ? C'était du vent : le verbiage superstitieux d'une bande d'ivrognes. Ils avaient eu de la chance. Tout le monde rêve. L'histoire du chien, on l'avait devinée. Au fond, ce n'était que du baratin. Il se leva en chancelant, s'excusa et demanda à être emmené jusqu'à son lit. L'alcool commençait à lui tourner la tête. Deux des hommes vinrent le soutenir et commencèrent à l'entraîner, mais Tshaj le rappela.

– Yeh Ming !

Siri et ses aides se retournèrent.

– Moi, je parle quelques mots, juste de quoi me débrouiller, mais personne d'autre à cette table ne parle lao.

Ce furent les derniers mots à pénétrer dans son cerveau embrumé. Il fut accompagné jusqu'à la hutte des invités et allongé, mais il ne devait pas s'en souvenir, car il avait depuis longtemps perdu connaissance.

Ce n'était guère surprenant, étant donné leur conversation, le cadre et l'alcool, mais cette nuit-là son rêve fut un vrai spectacle.

Il était costumé comme un Hmong millénaire. Pour une raison connue seulement du grand metteur en scène du rêve, il traversait sur la bicyclette de Dtui une jungle de conte de fées. Il ne voyait pas les arbres en tant que tels, mais plutôt les esprits habitant en eux. Ils formaient tous ensemble des volutes qui s'élevaient depuis les racines jusqu'au ciel. Ils étaient bons et accueillants, tout comme Tshaj avait dit. Beaucoup étaient des femmes, de belles femmes dont les longs cheveux s'incrustaient dans le grain du bois – et devenaient le grain de ce bois.

C'était un endroit agréable ; il paraissait connaître tous les génies, qui l'aimaient bien. Mais le vélo grinçait et cela réveilla un sanglier qui s'était endormi derrière les taillis. Ses défenses étaient encore sanglantes de sa dernière tuerie. Les génies crièrent pour l'alerter, mais Siri ne pouvait plus bouger : sa bicyclette était immobilisée par la rouille. Dieu seul savait pourquoi il n'en descendait pas pour se sauver en courant.

Le sanglier chargea. Siri prit à témoin les génies, mais ils étaient impuissants. Baissant les yeux, il constata qu'une petite femme se dressait entre lui et le vieux solitaire. Intrépide, elle ne recula pas quand la bête bondit, fendant l'air dans sa direction. Juste avant l'impact fatal, elle brandit l'amulette noire sous son mufle et l'animal se changea en une feuille de papier brûlée, qui flotta jusqu'à terre pour s'y désintégrer.

L'inconnue se tourna vers Siri. Ce dernier s'attendait à voir le doux visage de tante Suab, mais c'était en fait celui du vieillard à la bouche rougie par la noix de bétel qui gisait, mort, aux pieds des Vietnamiens, dans son précédent rêve (il faisait sans doute une apparition en « guest-star »). Ignorant Siri, il alla d'arbre en arbre, arrachant les génies et les nymphes pour les fourrer dans une bouteille de Coca-Cola. Cette bouteille n'était pas encore pleine que les arbres étaient privés de leurs esprits, et il s'évanouit. Il ne restait plus que Siri sur sa bicyclette bloquée par la rouille, parmi des arbres qui n'étaient plus que du bois.

Il entendit des bruits de mastication, et en regardant par-dessus son épaule il constata que le sol derrière lui était vert pomme. La couleur semblait vibrer et, sous ses yeux, ce tapis s'étalait, progressait dans sa direction. Quand il fut assez près, Siri s'aperçut que c'était une marée de chenilles. Tout avait été détruit sur leur passage, dévoré par ces larves affamées.

Les arbres furent dépouillés de leur écorce, les feuilles disparurent en quelques secondes, et lentement les troncs se rapprochèrent du niveau du sol. Quand il n'y en eut plus, les chenilles remarquèrent Siri. Elles l'encerclèrent, lui et sa bicyclette et, de la même façon, se mirent à le grignoter. Siri assistait avec détachement à cette scène. Ça chatouillait. Bientôt il se retrouva en elles.

Une bande de corbeaux s'abattit pour manger ces chenilles qui contenaient des petits morceaux de lui. Puis, par extraordinaire, des baleines avalèrent les corbeaux. Et ces baleines furent englouties par des volcans, et tout à coup Siri, ou du moins des fragments de lui, se retrouva dans tous les êtres et toutes les particularités géologiques de la Terre. Quel final !

– Yeh Ming...

Siri ne savait plus où il était, ni même, momentanément, qui il était. Il souleva les paupières pour voir le charmant visage d'une jeune fille pareille à une nymphe penchée au-dessus de lui.

– Les anciens vous convient au petit déjeuner.

Elle parlait en hmong, et il comprenait. Son sourire la fit rougir et elle s'éclipsa. On l'avait couché sur un matelas de paille, sur le sol d'une simple hutte. Il se sentait immaculé, invincible, et incroyablement affamé. Lorsqu'il se redressa, il sentit quelque chose à son cou. L'amulette noire. Il ne l'ôta pas.

La jeep vint le chercher peu après dix heures. Les gardes avaient contacté le QG pour signaler que le médecin se conduisait bizarrement. Ils craignaient qu'il ne fût drogué. Ils avaient rapporté la réunion de la veille.

Arrivé à destination, Siri sauta à terre comme un jeune homme et entra d'un pas décidé dans le QG secret. Ceux qui s'y trouvaient relevèrent la tête ; il crut déceler une certaine méfiance dans leurs yeux.

Kumsing se leva et s'approcha de lui.

– Dehors...

Il le prit sans ménagement par le bras et l'entraîna à l'extérieur. Lorsqu'ils furent assez loin, il lui parla avec agressivité :

– Bon, et si vous me disiez à quel jeu vous jouez ?

– Eh bien, jadis, j'ai pratiqué la boxe, mais...

– Ne faites pas l'idiot. Dans quel but vous a-t-on envoyé ici ?

– Vous aviez sollicité l'assistance d'un coroner...

– Et c'est une coïncidence, je suppose, si vous parlez couramment hmong ?

– Étant donné que je suis le seul coroner du pays, il faut croire que, oui, c'est une coïncidence.

– Pourquoi n'avoir pas jugé utile de me le dire ?

– Pour commencer, ça ne vous regarde pas. Et deuxièmement, parce que je l'ignorais.

Kumsing le considéra, ébahi.

– Vous l'ignoriez ? Vous ignoriez que vous saviez parler hmong ? Me prenez-vous pour un imbécile ?

– Je vous assure que, à mon arrivée, je n'en parlais pas un mot ; mais j'imagine qu'il y a une explication rationnelle.

– Qu'avez-vous au cou ?

– Une amulette.

– Mes hommes m'ont dit que vous êtes déjà venu

ici. Les Hmongs vous connaissent. De cela aussi vous avez omis de me parler...

– J'ai dû oublier. C'était il y a longtemps. Il y a un millier d'années, pour être précis. À cette époque, j'ai défait vingt mille Annamites avec une corne de buffle. Une grosse corne, j'imagine...

La colère de Kumsing fit place à l'inquiétude.

– Ils ne vous ont... rien fait, non ?

– Vous voulez dire : hypnotisé pour faire de moi un aliéné ? Non, je ne crois pas. J'ai toujours été ainsi. C'était une visite mémorable, cela dit...

– Vous avez pris des échantillons ?

– Leurs philtres ? Non, ils n'en utilisent pas. Capitaine Kumsing, je vous invite à m'accompagner dans votre bureau pour écouter un récit bien étrange. Hier, si quelqu'un me l'avait raconté, je l'aurais mis à l'asile. Mais je crois que, comme moi, vous finirez par penser qu'il n'y a qu'un seul moyen de sauver éventuellement votre peau...

11

L'assistant de l'exorciste

Les anciens étaient endimanchés et au garde-à-vous quand la jeep arriva ce soir-là. Conformément aux ordres, seuls Siri et Kumsing se trouvaient à bord. Kumsing tenait le volant. Les gardes du village avaient à contrecœur rejoint le poste sur la route. Les deux visiteurs étaient à la merci du village. Déjà Kumsing avait des doutes.

Siri et les anciens se saluèrent en hmong. Ce matin-là, le docteur avait expliqué sa théorie au capitaine. Il était né dans le Khamouane et y avait passé les dix premières années de sa vie. Il ne savait rien de ses parents. À l'âge de quatre ans, on l'avait envoyé vivre chez une vieille femme. Mais si sa mystérieuse famille était hmong, ou avait vécu dans une région hmong, il avait pu absorber la langue et la parler.

Son idée était que cette langue était restée en lui à l'état latent, pour se réveiller au contact de cette population. Kumsing avait eu du mal à le croire, mais Siri trouvait cette explication bien plus confortable que l'autre. À son retour, il se renseignerait sur son enfance auprès de ses professeurs de la fac Dong Dok.

Les anciens les conduisirent dans la hutte de Lao Jong, où un autel orné faisait face à la porte. Devant, une épée ornementale était fichée en terre. Deux plateaux étaient posés sur l'autel. L'un était décoré d'un cône en feuille de bananier, d'un autre pliage en feuille de bananier et de fleurs. Un œuf de poule trônait fièrement au sommet du cône, défiant la pesanteur. Le second plateau présentait de petites portions de nourriture, de l'alcool, et des noix de bétel tout enveloppées de fils de coton blanc.

Tshaj s'approcha du capitaine.

– Vous l'avez apportée... ?

Extérieurement, Kumsing manifestait tous les signes d'un calme scepticisme, mais quand il parla sa voix tremblait. Il tendit sa vieille chemise de militaire.

– Voici... mais n'allez pas la cochonner avec de la cire de bougie et des cendres !

Tshaj la prit et la plia. L'épouse de Lao Jong souleva le second plateau de l'autel. Il reposait sur un troisième, vide, sur lequel Tshaj mit la chemise, après quoi le plateau d'offrandes fut replacé dessus. L'essence de Kumsing était désormais présente au sein des objets de la cérémonie.

Les anciens rattachèrent les longs fils blancs qui pendirent des chevrons, formant des boucles, encerclèrent l'autel et se déployèrent jusqu'aux montants de la porte.

– Si vous voulez bien patienter, monsieur...

Tshaj envoya Kumsing s'asseoir par terre avec Siri.

Peu à peu, un public se formait. Tous les villageois se devaient d'assister à cette soirée ; c'était la seule façon de découvrir qui abritait le génie malveillant : le *Phibob.* Le *Phibob* ne pouvait posséder directement ses victimes pour leur nuire. Il choisissait une âme vivante pour s'y cacher. Cela lui permettait de canaliser la malignité de tous les esprits blessés en direction de l'agresseur. Les hôtes savaient rarement qu'ils hébergeaient le *Phibob.*

– Je ne sais pas quoi penser de tout ça, Siri. Si mes hommes l'apprenaient...

– S'ils l'apprenaient, je parie qu'ils ne seraient pas du tout surpris. Ils ne sont pas nés soldats. Beaucoup doivent se souvenir des rites de leur propre village. D'ailleurs, ils sont sûrement déjà au courant.

– Qui vous dit que ce n'est pas une astuce pour découvrir qui commande à la base, à présent ? Pourquoi voudraient-ils m'aider ?

– La peur...

– Comment cela ?

– Si des hauts gradés continuent à mourir, que fera l'armée, à votre avis ?

– Elle estimera que nous avons été agressés par les Hmongs.

– Et les anéantira...

– Nous ne sommes pas des sauvages !

– Ah ? Vous seriez étonné de savoir ce que votre armée fait dans le but d'éradiquer la révolte. On arrose de produits chimiques des villages soupçonnés d'abriter la résistance hmong. Un village de plus ou de moins, quelle importance ? La voilà, la raison : ils veulent être épargnés. Pour cela, le seul moyen est d'apaiser les esprits et de vous garder en vie. Si ça marche, il vous faudra demander pardon à tous les arbres que vous couperez à partir de maintenant.

– Je vais passer pour un imbécile !

– Ça vaut mieux que d'être mort. À vous de voir...

Ce n'est pas si facile de convaincre quelqu'un quand on n'est pas soi-même convaincu. Siri ne savait pourquoi il croyait que c'était la seule chance pour Kumsing. Il n'aurait jamais cru que le récit de sa nuit au village suffirait à convaincre le capitaine de l'accompagner, mais ce jeune homme était si désespéré qu'il aurait tenté n'importe quoi.

Il considéra les improbables acteurs de ce psychodrame. Tout lui semblait ridicule. Lao Jong, tout de rouge vêtu, attachait de petites cymbales à ses doigts. Sa femme lui nouait un capuchon au sommet de la tête. Tshaj allumait les cierges et bougies. L'odeur douceâtre d'encens se mêlait à celle des lampes à la cire d'abeille.

Tante Suab animait la foule, distribuant ses amulettes comme un vendeur de cacahuètes sur les tribunes d'un stade. La plupart des villageois étaient déjà là. Les anciens et les personnages essentiels étaient assis par terre, à l'intérieur ; les autres étaient à l'extérieur, debout ou assis sur des bancs. Malgré l'affluence, il n'y avait pas un bruit. Même les nourrissons reposaient tranquillement contre le sein maternel.

– Est-ce dangereux ? murmura Kumsing.

– Je n'en sais rien. C'est la première fois pour moi. Taisez-vous...

Lao Jong, son capuchon lui découvrant toujours le visage, s'agenouilla devant l'autel et offrit son plateau d'amuse-gueules et d'alcool à son maître et à tous les maîtres avant lui, en remontant le temps jusqu'au premier et plus grand des chamans. Sa femme ayant abaissé son capuchon, il fit sonner doucement ses cymbales sur un rythme lent. Prenant un gong, son épouse se mit à l'accompagner en battant la mesure avec un os d'échassier.

Lao Jong se mit à psalmodier lentement un mantra dans une langue que Siri ne connaissait pas, et qui lui semblait pourtant familière. L'homme appelait les divinités importantes, les anges, les bons génies, les priait de venir à lui, de l'utiliser. Il se balançait d'avant en arrière près de l'autel, convoquant les esprits. Pendant une trentaine de minutes, il chantonna ainsi, et personne ne s'impatienta. Les gens paraissaient fascinés par ce rythme et ce mouvement. On n'entendait que lui.

Seul le capitaine Kumsing soupirait de temps en temps. La fumée lui irritait les yeux. Le gong et les cymbales lui résonnaient dans les oreilles. Il avait envie de vomir.

Puis, de façon presque insoupçonnable au début, la répétition des mantras s'accéléra et le son monta. La respiration de Lao Jong se fit plus laborieuse et, même si sa face était maintenant cachée, on voyait bien qu'il était en transe. Ses bras furent pris de mouvements convulsifs. Il se releva vivement et tout son corps et sa tête se mirent à bouger par saccades, soumis à des spasmes de plus en plus violents. Ce n'était ni une danse ni une crise d'épilepsie. D'invisibles divinités se disputaient pour s'introduire dans son corps. Lao Jong, le paysan édenté, n'était plus là. Personne dans l'assistance n'aurait cru que ce spectre était l'homme qui était tombé en transe un peu plus tôt.

Même s'il ne pouvait rien voir, le chaman parut chercher quelqu'un. Son attention se focalisa sur Siri, qui rentra la tête dans les épaules en se voyant la cible de l'attention générale. Son espoir d'assister en simple observateur à son premier exorcisme s'évanouit. Le corps de Lao Jong chuta, pas comme un être humain, mais comme un arbre qui s'écrase dans la forêt. Il tomba durement, face la première, aux pieds de Siri.

Celui-ci le croyait assommé : sa tête était à quelques centimètres, immobile ; il ne respirait plus. Siri tendit la main pour voir s'il pouvait l'aider ; mais comme par magie, le chaman se remit debout. Ce fut comme dans un film passé à l'envers, comme si l'arbre se relevait. Le public était époustouflé.

Les nouveaux possesseurs du corps de Lao Jong se penchèrent au-dessus du docteur stupéfait et joignirent les paumes du chaman devant son capuchon. Les divinités parlèrent avec leur propre voix, une voix qui n'aurait jamais pu appartenir à Lao Jong.

– Yeh Ming, dis-nous où se cache le méchant *Phibob*. Quel corps a-t-il élu ? Qui est l'hôte ?

Siri était dépassé. C'était une grave responsabilité. Pourquoi lui ? Tous les regards étaient fixés sur lui, un acteur ayant oublié son texte. Il regarda vaguement autour de lui et par les fenêtres ouvertes. Il regarda chaque visage, chaque homme, chaque femme, chaque enfant, dans l'espoir qu'il y aurait un signal, une flèche indicatrice, quelque chose, un flash, mais il ne vit rien et dut s'avouer battu.

– Comment le saurais-je ?

Même si le corps du chaman ne s'était pas rapproché, la main noueuse de Lao Jong lui saisit brutalement le poignet. Une douleur fulgurante lui traversa les membres, comme si ses nerfs étaient à vif. Puis l'énergie circula pour se fixer dans son cou. L'amulette, si fraîche jusque-là, devint brûlante comme une braise chauffée à blanc. Il ouvrit la bouche pour crier, mais aucun son n'en sortit. Il tira sur la lanière pour l'arracher, mais elle résistait. Pire, l'amulette se consumait. Elle lui entamait la peau, les muscles, pénétrait jusqu'à l'os. La chair grésillait. Il essaya de l'ôter par la tête, mais la lanière se mit à rétrécir, comme un garrot. Il ne pouvait plus respirer et sut qu'il allait mourir. Sa fin serait atroce. Il suffoquait, mais personne ne vint à son secours. Personne ne vint arracher l'amulette de sa peau. Il ne comprenait pas. Kumsing restait assis à son côté comme si de rien n'était. Ne voyait-il pas les flammes ? Ne sentait-il pas la chair brûlée ? La douleur le faisait se tortiller, battre des jambes, tirer sur le prisme. Puis, dans les affres de la mort, il la vit. Elle était assise sous la fenêtre et souriait sereinement tel un ange.

Kumsing ne vit rien de tout cela. Tout ce qu'il vit, ce fut Siri qui embrassait calmement la pièce d'un regard vague, fermait les yeux et poussait un soupir. Puis il les rouvrit et les braqua sur une vieille dame sous la fenêtre, dans le coin le plus éloigné de l'autel.

À présent, Siri comprenait ce qui le tuait. L'amulette avait été un écran l'empêchant de voir le *Phibob*. Dans son rêve, elle avait recueilli les génies de la jungle et envoyé les chenilles. C'était *elle*. Tante Suab hébergeait en elle les esprits malveillants. Le *Phibob* était en elle. Siri la regarda à travers les fentes de ses paupières et elle sourit. Et ce sourire était rouge, pas à cause du bétel, mais rouge du sang de la vengeance. Soudain il les voyait toutes, les âmes troublées des défunts. Elles étaient en elle. Alors, avec ce qui lui restait de force, il leva la main pour désigner la vieille dame. Et, même si son ouïe s'épuisait en même temps que sa vie, il l'entendit parler. Il n'avait jamais entendu cela. La voix de cette bouche en contenait une multitude – de grosses voix en colère, les voix de générations d'âmes en peine. Elles appartenaient aux esprits d'hommes et de femmes qui avaient subi la violence et l'indignité, spectres inquiets à qui on avait refusé une sépulture. Tous parlaient par la bouche de la plus petite, la plus gentille femme du village.

– Va au diable, Yeh Ming ! Tu seras maudit pour cela. Crois-nous, tu seras maudit !

Le feu se répandit dans sa poitrine et sur sa peau, le garrot cisaillait son cou. Il se débattit, grogna, et succomba.

Kumsing le vit contempler la vieille dame. Le docteur était assis en tailleur, les mains sur les genoux, plus serein que jamais. Tante Suab lui retourna son sourire, un peu nerveuse. Alors le docteur leva la main et la désigna.

– Le *Phibob*..., dit-il, avec calme. Le *Phibob* est en elle.

Puis, comme pris d'une grande lassitude, il s'affaissa sur le côté et s'évanouit.

Pour lui, ce fut la fin de la cérémonie. À son réveil, le soleil qui luisait à travers la fenêtre sans volets fut comme un baume sur sa figure. Instinctivement, il porta la main à son cou, mais il n'y avait pas de pansement, pas de contusion, aucune blessure. L'amulette n'était plus là.

– Les blessures spirituelles ne laissent pas de cicatrice, Yeh Ming !

Au bout du matelas, tante Suab plongeait sa louche dans une soupière noire et remplissait un bol. Le visage de Siri dut exprimer la peur, car elle sourit et ajouta :

– Ne crains rien, ils sont partis. Tu as raté un merveilleux spectacle, hier. J'en ai manqué une bonne partie moi-même, bien qu'étant apparemment la vedette...

– Je suis désolé de vous avoir dénoncée.

– Il le fallait...

Elle lui apporta la soupe et l'aida à se redresser pour se caler contre la poutre. Il se sentait faible. Elle lui tendit le bol et une cuillère. Il contempla le contenu avec méfiance.

– Rien d'empoisonné, Yeh Ming. Il faut manger. Tu as été malade comme un chien, hier.

– Ah bon ?

– Au moins tu as attendu qu'on t'ait porté dehors.

– Je suis un homme bien élevé. Que s'est-il passé ?

Elle s'assit par terre, en tailleur, pendant qu'il se restaurait.

– Lao Jong avait un peu présumé de ses forces. C'est plutôt un guérisseur, capable de traiter des bobos, mais ce qui s'est passé hier sentait le soufre. Il n'avait jamais vécu ça. Toi si, heureusement...

Une image traversa soudain l'esprit de Siri. Il se vit étrangler de ses mains tante Suab durant l'exorcisme. Il chassa cela de son esprit.

– Moi ? À quoi ai-je pu servir ? J'étais inconscient.

– Ce corps l'était. Mais Yeh Ming était avec nous. Tu as guidé Lao Jong, calmé toute l'assistance. À vous deux, vous avez réussi à chasser le *Phibob* de mon corps. (Siri se revit, serrant la gorge de la vieille dame, mais cette fois il entendait quelque chose : le gong, des cris.) Nous avons fait en sorte qu'ils ne puissent plus posséder personne au village, pas même ton ami le soldat. À la fin, il pleurait comme un enfant.

– Où sont-ils allés, les esprits ?

– Ils sont retournés dans les arbres. C'est rare qu'ils utilisent des hôtes. Ils sont plus à l'aise dans la jungle.

– Pourquoi vous ont-ils choisie ?

– Les amulettes, je suppose. Je prends le mal de mes clients ; je manie un tas de talismans maudits. Les esprits malveillants visent souvent les femmes.

– Et vous ne saviez pas qu'ils étaient en vous ?

– L'hôte n'est jamais au courant. Leur influence agit au niveau du subconscient. Ceci, par exemple...

Elle brandit le prisme noir.

– J'ignorais qu'il avait été altéré.

Comme il pendillait devant lui, les images de la

veille se précisèrent. Il sentait l'odeur de cire d'abeille. Suab luttait contre lui avec une force incroyable, surnaturelle. Personne ne lui venait en aide. Lao Jong gisait, inanimé, à terre, un filet de sang coulant de la commissure de ses lèvres.

Tante Suab le regarda.

– Qu'y a-t-il ?

– J'ai... j'ai des visions de cette nuit. C'est si réaliste...

– Cela se poursuivra pendant quelque temps. C'est normal après ce qui s'est passé. Raison de plus pour la remettre.

Elle se rapprocha en glissant sur le sol et lui tendit l'amulette.

– La remettre ? Mais c'est ce qui m'a empêché de voir le *Phibob*, à l'origine.

– Cela t'empêchait de les voir pendant qu'ils étaient dans l'hôte. Maintenant qu'ils m'ont quittée, il n'y a plus de danger. La malédiction s'est inversée. Le prisme te protégera quand ils voudront se venger. M'entends-tu ?

Siri secouait la tête. Le silence de la matinée était troublé par les bruits de la veille : les villageois scandaient son nom. Une femme pleurait : c'était l'épouse de Lao Jong, qui s'était jetée sur son corps.

L'air perdait de sa chaleur. Le soleil avait disparu derrière un nuage.

– C'est si réel...

– Mets cela, Yeh Ming. Mets-le, et ça passera...

– Je ne peux pas. J'ignore pourquoi, mais je sais qu'il ne le faut pas. Il y a quelque chose qui cloche...

– Tu dois me faire confiance.

Elle perdait patience. Sa voix était plus grave.

– Comment sais-tu qu'ils ont parlé de vengeance ?

Du sang perla à la commissure des lèvres de la

vieille dame, et Siri comprit. La nuit ne faisait pas intrusion dans le jour – c'était le contraire. Il n'était pas en train d'imaginer qu'il étranglait Suab – c'était ce qui se passait. C'était la réalité. Le lit douillet, la gentille Suab, la soupe – c'était une image imprimée dans son cerveau par le *Phibob*.

Les génies malveillants le leurraient, l'incitaient à remettre l'amulette pour l'affaiblir. C'était leur seul espoir. Il tenait Suab par le cou et projetait les génies loin d'elle. Ils ne pouvaient contrer son pouvoir. Ils avaient tué le médium, mais Yeh Ming était trop puissant. La lâchant d'une main, il la gifla avec une férocité inhumaine.

– Va-t'en, *Phibob* ! Va-t'en !

Et ils s'en allèrent, dans un crépitement d'électricité statique qui aspira l'air de la pièce. Le corps de Suab devint flasque et Yeh Ming la lâcha. Il considéra les villageois silencieux qui avaient les paumes jointes et fixaient le sol de leurs yeux larmoyants. Sa besogne était accomplie. Il s'écroula lentement par terre et s'endormit.

À son réveil, il entendit une cuillère tinter contre un pot, mais n'osa pas regarder. On versa de la soupe dans un bol, mais il se boucha mentalement les oreilles.

– Il est réveillé !

C'était une voix d'homme, à laquelle répondit le grognement d'un autre. Les anciens étaient assis en rond au fond de la hutte. Ils se hâtèrent de venir. Ils paraissaient contents de le revoir. La jeune fille qu'il avait déjà vue servait de la soupe à tout le monde. Ça sentait bon.

Siri se taisait. Il les regardait, guettant une anomalie, quelque chose de bizarre, de brusques variations de lumière. Tshaj prit le premier la parole.

– Comment te sens-tu, Yeh Ming ?

La voix semblait être la sienne, mais Siri n'avait pas l'intention de commettre deux fois la même erreur.

– Qui êtes-vous ?

Les hommes se regardèrent, confus.

– Je suis Tshaj. Qu'y a-t-il ?

– En quelle année sommes-nous ?

– 1976.

– Quelle date ?

Siri se disait qu'un esprit malveillant ne devait pas avoir un calendrier à jour.

Les autres se regardèrent. Hélas, les dates n'étaient pas non plus leur fort. L'un d'eux tenta sa chance :

– Novembre ?

– Quel jour ?

– Lundi.

– Non, c'est impossible. Qu'est-il arrivé à vendredi samedi et dimanche ?

– Tu as dormi.

– Tu as été comme une motte de terre depuis... cette nuit-là.

C'était plausible. Il se sentait engourdi et prodigieusement affamé. L'odeur de la soupe faisait gargouiller son estomac, mais ce qu'il voyait ne le mettait toujours pas à l'aise.

– Où est Lao Jong ?

Tshaj baissa les yeux.

– Mort.

– Mort ? Des suites de l'exorcisme ?

Les hommes opinèrent solennellement.

– Sa condition physique ne lui permettait pas de tolérer tout ce tumulte en lui. Il n'avait jamais fait cela auparavant, pas à un tel degré. Son cœur était faible, et le *Phibob* l'a deviné. J'ignore ce qu'ils lui ont fait voir pour l'effrayer autant. Je n'ai pas envie de le savoir.

– J'imagine...

– Heureusement pour nous, Yeh Ming était ouvert aux divinités. Ce fut une bataille infernale.

– Qu'est-il arrivé au *Phibob* ?

– Il est retourné dans la forêt.

– Comme ça ? Ils sont repartis gentiment comme ils étaient venus, la queue entre les jambes ?

– Il y a rien de gentil là-dedans. La jungle restera un endroit plein de malignité, mais je crois qu'ils réfléchiront à deux fois avant de posséder l'un de nous, maintenant que nous sommes protégés. Yeh Ming a laissé sa bénédiction sur nous et jeté un sort bénéfique sur notre village.

– C'est bien aimable à lui...

Siri décida que c'était la réalité, ne fût-ce que parce que, avec cette bonne odeur de soupe, son estomac bêlait comme une chèvre au piquet. Se remettre de soixante-douze heures de sommeil n'est pas tâche facile et il eut besoin de leur aide pour se redresser. Ils étaient en chair et en os, mais surtout en os. La rougissante jeune fille le fit manger à la cuillère. Il aurait pu le faire lui-même, mais c'était plus agréable ainsi.

– Et le capitaine ?

– Lui aussi a été béni. Depuis, il semble très sûr de lui. Il a décidé de protéger également ses hommes. Tante Suab fait un gros commerce d'amulettes avec l'armée. Elle n'arrive pas à fournir...

Siri cessa de manger.

– Tante Suab ? Elle va bien ?

– Très bien. Elle n'a gardé aucun souvenir de cette

nuit. L'hôte ne sait rien. Une fois dénoncée, elle a perdu connaissance et le *Phibob* a pris le relais.

– Mais je... je ne l'ai pas tuée en l'étranglant ?

– Non, tu attaquais le *Phibob*. Ce n'étaient pas tes mains et ce n'était pas la gorge de Suab.

– Tant mieux ! Nourris-moi, ma jolie...

La fille rougit et lui remit de la soupe dans la bouche.

Ayant repris des forces, il se sentit dans une forme du tonnerre. Jamais il n'avait été aussi bien. Quelque chose se ranimait en lui, qui lui rappelait sa jeunesse, son histoire d'amour avec Boua. Merveilleuse sensation.

Une heure après son réveil, il faisait le tour du village, recevant petits cadeaux et congratulations et faisant ses adieux. À la hutte de Suab, il s'excusa de nouveau, mais elle ne se souvenait de rien. Elle ne comprit pas quand il parla de la ruse qu'elle avait employée. Elle lui tendit une petite bourse en cuir, qu'il accepta avec circonspection.

– Ce n'est pas un prisme noir ?

– Non, Yeh Ming. Il a été détruit. Réduit en mille morceaux et dispersé sur le site où les arbres sont coupés. Regarde...

Tirant sur le cordon, il trouva un talisman blanc à l'intérieur, plus petit que le prisme mais tout aussi ancien. Il était attaché à une tresse de cheveux blancs.

– C'est la réciproque du prisme noir. Là où est le mal, tu le verras. Nul esprit ne pourra plus t'aveugler si tu as ceci. J'espère que le *Phibob* en a fini avec toi, mais c'est un esprit diabolique, un amalgame de plusieurs esprits malins. L'exorcisme lui a montré qui est le maître, mais tu dois être préparé à sa vengeance. S'il choisit de perpétrer sa malédiction, tu auras besoin de ceci. Promets-moi de le porter toujours sur toi.

Une impression de déjà-vu l'envahit, même si ce n'était pas raisonnable. Tante Suab n'était pas le *Phibob*. Elle lui offrait son aide. Seulement, si elle n'avait aucun souvenir de sa possession, comment pouvait-elle savoir pour la malédiction ? Il chassa cette pensée.

Il la remercia pour le talisman, bien que n'ayant aucune intention de le porter, lui souhaita de faire des affaires en vendant ses amulettes et espéra que cela rapporterait assez d'argent au village pour remédier à son appauvrissement. Il y avait beaucoup de soldats, et la superstition se propage plus vite qu'un feu de forêt.

Plus tard dans l'après-midi, Kumsing escorta Siri jusqu'à la piste d'envol. Le capitaine semblait en effet un autre homme. Son tic nerveux avait disparu et il portait son uniforme d'un air résolu. On voyait sa propre amulette pointer entre les boutons.

Le Yak approchait à l'horizon, telle une abeille chargée de pollen, et ils marchèrent dans sa direction en se tenant par les épaules, comme les rescapés d'une terrible épreuve.

– Tu n'étais pas forcé de partir aussi tôt. Tu pouvais te reposer ici pendant un jour ou deux.

– Je crois que trois jours de sommeil, c'est assez de repos. Et qui sait quand vos charmants amis soviétiques repasseront par ici ? Tant qu'ils sont là, j'en profite !

– Siri, pour les rapports...

Ce dernier se mit à rire.

– Si tes chefs ressemblent aux miens, je crois que cette semaine a été très banale. J'ai pris deux jours pour pratiquer les autopsies, mais j'ai été terrassé par une bénigne crise de...

– Malaria.

– De malaria... d'accord, et j'ai dû rester alité en attendant que ça passe. Je n'ai pas souvenir d'avoir rencontré des Hmongs, et toi ?

– Non.

Ils se serrèrent la main.

– Siri, quelle est ton impression ?

– Sur quoi ?

– Tout ce cinéma. Je sais que je ne serai plus jamais le même, et je n'étais qu'un observateur. Tu dois être... perplexe ?

– Comment en irait-il autrement ? Moi, un scientifique, je n'ai aucune explication sensée à donner à ce qui s'est passé. Et pourtant cela a eu lieu. Tu l'as vu. Je l'ai vécu. Comment redevenir « Dr Siri-l'opprimé », après cela ?

– Je t'admire.

– Pourquoi ?

– Songe combien le monde va être intéressant à partir de maintenant !

– Fiston, j'ai soixante-douze ans. J'avais l'intention de perdre petit à petit tout intérêt pour le monde – pas le contraire ! J'espère tout oublier en quittant le Khamouane. Franchement, l'idée de ramener Yeh Ming à Vientiane me fout la trouille !

La conversation fut noyée par le bruit de l'avion rebondissant sur la piste, moteurs vrombissants. Une fois arrêté, le Yak ouvrit sa porte, cracha un passager et absorba Siri et deux spécialistes de sylviculture. Il pivota, accéléra et, en dix minutes se retrouva de nouveau dans les airs.

Par un petit hublot, Siri vit le capitaine repartir vers sa jeep. Un corbeau à plumes rousses, pas gêné par le bruit, était perché sur un rondin, à moins de cinq mètres de lui. Le chauffeur courut pour le faire s'envoler, mais il resta crânement à sa place, et l'autre renonça. Lorsque la jeep s'ébranla, le corbeau la suivit.

Le forestier en bras de chemise eut l'obligeance de lui désigner le site au moment où ils le survolaient. Le docteur fut sidéré par ses dimensions : des hectares et des hectares de jungle avaient été rasés ; cette dévastation s'étendait à perte de vue. Il écrasa son nez contre la vitre rayée.

– Zut...

Sa main avait involontairement plongé dans sa poche et tenait la petite bourse en cuir. Il demanda à voix basse pardon au *Phibob* et aux autres âmes déplacées.

– Je suis désolé... Je ne savais pas.

– Quoi ? fit le forestier, qui se pencha pour mieux l'entendre.

– Rien, juste une petite prière.

– Vous avez peur de l'avion ?

– Plutôt d'atterrir. À propos, camarade, sauriez-vous par hasard à qui ce bois est livré à Taïwan ?

12

La peur d'atterrir

En l'occurrence, cette peur était justifiée. Le Yak ne posa aucun problème, hormis ses mauvaises manières, mais une fois à terre, dans l'aéroport, Siri retrouva tous les soupçons et l'appréhension qu'il avait laissés derrière lui. L'invincible guerrier du Khamouane avait dû oublier de monter dans l'avion.

Dans l'ancien terminal, il surveilla nerveusement la terrasse des visiteurs. N'importe lequel de ces curieux pouvait tenir une arme. L'officier contrôlant ses papiers parut le dévisager plus longuement que nécessaire. Lorsque le chauffeur de taxi prit par erreur un mauvais tournant en le ramenant chez lui, Siri l'interrogea au point de le faire presque pleurer. Il se fit déposer à une certaine distance de son domicile et continua à pied, s'arrêtant au coin de l'allée pour survoler du regard les maisons d'en face.

Lorsqu'il s'approcha de la porte d'entrée, tous ses sens étaient en alerte. Il s'attendait à tout – sauf à ce qui arriva. À sa grande stupéfaction, Saloop leva la tête dans sa direction depuis le perron, sourit et s'approcha en se trémoussant. Sa queue battait comme le drapeau national agité par le vent. Il lui renifla les jambes et tendit le cou, comme en quête d'affection.

Le rose du ciel signalait la fin de la journée et

Mlle Vong s'approcha de ses rideaux pour allumer sa lampe et fermer les volets. Jamais elle n'aurait cru voir Siri flatter le ventre du chien qui, couché sur le dos, pédalait dans le vide. Elle en resta bouche bée.

– Bonsoir, mademoiselle Vong ! dit Siri en riant.

Et, dans sa barbe : « Ne va pas te faire des idées, maintenant ! »

Encore ahuri par cet accueil, il passa par la salle de bains du rez-de-chaussée et fit chauffer de l'eau pour son bain. Il l'avait bien mérité.

On était entré dans sa chambre. Il croyait savoir qui. Une enveloppe anonyme était posée sur son bureau. Le messager, incontestablement quelque vieille fille du ministère de l'Éducation, en avait profité pour épousseter, balayer, laver et désorganiser le classement de ses livres qui formaient à présent des régiments compacts. Le moment était venu d'investir dans un cadenas. Certaines choses étaient pires que des crimes.

Il alla prendre un long bain relaxant et tremper ses cheveux dans le reste d'eau de cuisson du riz qui servait à tous de shampooing. Il examina son corps qui avait beaucoup servi, y cherchant les traces du combat qu'il avait livré, mais paradoxalement il paraissait en meilleure forme qu'avant. Propre et reposé, il revint dans sa chambre se ceindre les reins d'un pagne sec et préparer du café. Puis il alla poser la lampe à huile sur la petite table et souffla sur sa tasse fumante. Maintenant il était prêt à lire la lettre. Il vérifia le rabat de l'enveloppe. Ça n'avait pas été décollé à la vapeur. Il l'ouvrit à l'aide d'un vieux scalpel et en tira deux feuillets.

C'était signé : « Un compagnon de lutte contre le crime », une indication que Phosy redoutait lui aussi une indiscrétion.

Le début lui réservait un choc.

Mon cher Maigret,

La coiffeuse est morte. Tu vas sans doute avoir la même idée que moi, mais le camK était absent à ce moment-là et tout semble indiquer un suicide. J'étais au commissariat quand l'affaire s'est présentée. Le policier qui était allé chez elle a trouvé le cadavre, avec un mot d'explication. Elle s'était ouvert les veines avec l'un des rasoirs du salon de coiffure.

Ses bras baignaient dans une bassine d'eau qui devait être tiède au moment des faits. C'est ainsi qu'on empêche le sang de coaguler. Elle était pâle comme un linge, donc elle a succombé à l'hémorragie. Dommage que tu n'aies pas été là, car on t'aurait remis le cadavre. Là, le temple s'est empressé de l'enterrer pour toutes sortes de raisons religieuses que tu dois comprendre mieux que moi.

Dans sa lettre, elle avouait avoir été passionnément amoureuse du camK, et jalouse de son épouse qu'il ne se décidait pas à quitter. D'où sa décision de se défaire de sa rivale. Ce n'était pas trop difficile. Petit détail que j'avais oublié de vérifier (désolé, j'ai fait pousser des légumes pendant un an) : le salon où elle travaillait était fréquenté par Mme N. J'imagine qu'il n'aura pas été difficile de glisser le Cy dans le flacon d'aspirine quand elle était sous le machin chauffant.

J'ai interrogé le camK. Il m'a paru fou de douleur. J'ai eu l'impression qu'il avait vraiment le béguin pour elle. Ça m'a donné à réfléchir. Je n'ai encore fait de rapport sur rien, sinon sur la découverte du cadavre. Tu me feras part de tes réflexions quand je reviendrai du nord (séminaire). 1. Pour moi, camK est disculpé. 2. L'assassin a été jugé et exécuté par sa propre conscience. Je me demande s'il est bien utile d'étaler tout cela au grand jour.

Mais, bien entendu, je ne suis qu'un flic. Que sais-je ? Si tu n'es pas d'accord, je serai heureux de chan-

ger d'avis. J'espère que tu t'es bien amusé ; j'ai hâte de t'entendre raconter tes vacances. Bien à toi.

Un compagnon de lutte contre le crime.

Le café était froid.

– Eh bien, je suppose que ça s'arrête là...

Il refit chauffer de l'eau et mit la dernière cuillerée du café moulu de Hanoi dans le filtre.

– Tout est mal qui finit mal.

Il alla s'asseoir à son bureau avec son café chaud, mais laissa la lampe sur la petite table. Soufflant sur la volute de fumée, il contempla l'enceinte du temple au clair de lune.

De longues robes couleur safran se balançaient doucement sous les cordes à linge. Un vieux bonze puisait l'eau d'une grosse jarre pour la répandre sur la tête d'un jeune novice. Sur une Renault rouillée, transformée en ornement de jardin, deux chats endormis jouaient les ornements de carrosserie. Tout était silencieux.

13

Du temps à tuer

Siri se coucha tard et se réveilla tôt, sans avoir fait aucun rêve. En quittant la maison, il se servit de son vieux ciseau à bois pour extraire les deux balles incrustées dans la porte d'entrée, laissant deux cicatrices hideuses dont Mlle Vong se plaindrait sûrement pendant un bon mois. Saloop était resté assis à ses pieds pendant tout ce temps, levant sur lui ses bons yeux fidèles.

Impatient de lire les conclusions de l'autopsie de Nguyen Hong, il arriva à la morgue sur les coups de six heures, trop tôt pour les nouilles du marchand ambulant. S'il avait espéré trouver quelque chose, ce fut une déception. Sur son bureau, il n'y avait ni message, ni notes, ni rapport. Hok et Tran avaient libéré le congélo, qui restait là, béant et débranché. Les dernières notes du cahier de Dtui concernaient l'autopsie de Tran 1, ce qui n'était guère surprenant puisqu'elle ne comprenait pas le vietnamien.

Ce n'était pas la peine de rester. Étant très en avance, il griffonna une note et se rendit jusqu'aux bureaux situés derrière le Parlement. À cette heure-là, joggeurs et cyclistes occupaient les quatre voies de Lan Xang Avenue. À l'ombre de l'arc de triomphe, un petit groupe d'oncles amateurs de tai-chi combattaient d'invisibles adversaires, au ralenti.

Le Parlement était encore endormi, mais le garde promit de remettre la note au camarade Civilai dès son arrivée. L'homme aux nouilles s'installait quand Siri revint à l'hôpital. On lui donna les premières, dans un bouillon qui venait d'être fait, mais le goût était identique – toujours aussi fadasse.

Il mangea lentement et rentra en prenant tout son temps, mais il restait toujours une demi-heure à tuer et il s'aventura jusqu'au bureau du *khon khouay*, derrière la morgue. Comme on pouvait s'y attendre, le camarade Ketkaew était déjà à son bureau, en train de rédiger un rapport urgent dénonçant tel ou tel traître.

– Bonjour, camarade !

L'homme parut surpris de le voir et son oreillette disparut à l'intérieur d'un tiroir.

– ... J'espère que vous n'écoutez pas secrètement la radio thaïlandaise ?

Siri alla s'asseoir sur le siège réservé aux interrogatoires. Ketkaew hocha la tête mais ne daigna pas répondre. Il le lorgnait avec méfiance.

– J'espère que votre femme vous a préparé un bon petit déjeuner reconstituant. Vous travaillez si dur...

– Je cuisine moi-même, claironna l'autre, malgré leur proximité.

– Quoi, vous n'êtes pas marié ?

– Qui a le loisir de songer au mariage ? Au cas où vous ne l'auriez pas remarqué, j'ai de grosses responsabilités professionnelles. Et maintenant, qu'est-ce que vous...

– Très intéressant...

– Quoi ?

– Qu'un bel homme comme vous n'ait pas de femme.

– Hé, minute, j'aime les femmes, vous savez. Je ne suis pas...

– Bien sûr... Et il est tout à fait clair que les femmes vous aiment...

– J'aurais le choix...

– Naturellement. Avec les grosses responsabilités professionnelles qui sont les vôtres.

– Je pourrais choisir celle que je veux si je m'en donnais la peine.

– Exactement. C'est ce que je lui ai dit.

– À qui ?

– C'est pourquoi elle a compris qu'elle n'avait pas la moindre chance, vu la concurrence et toutes vos absorbantes occupations.

Il se leva, prêt à partir.

– Je lui transmettrai le message.

– Vous... euh, c'est quelqu'un que je connais ?

– Sans doute pas. Salut...

– Je connais beaucoup de gens, vous savez. Comment s'appelle-t-elle ?

– Vong.

– Vong quoi ? J'en ai plusieurs dans mon secteur. Où travaille-t-elle ?

La salive perlait à la commissure de ses lèvres.

– Au ministère de l'Éducation. En plein dans votre domaine, si je ne me trompe. L'autre jour, comme elle était là, elle a été frappée par la diligence avec laquelle vous accomplissiez votre devoir révolutionnaire et je l'ai vue rougir. Elle m'a interrogé sur vous...

Dix minutes plus tard, Siri était revenu à son bureau, un grand sourire coquin aux lèvres. Oh, être un lézard sur le mur du bureau de Vong quand le compteur de poules viendrait lui faire sa cour... !

À huit heures, il se posta sous l'écriteau MORGUE

pour accueillir ses gens. Ils lui manquaient. À huit heures et quart, il y était toujours. Pas de Dtui ni de M. Geung. Il rentra consulter le calendrier, mais ce n'était pas un jour de fête nationale. Il arpenta nerveusement le parking. Ce n'était pas ce retard qui le préoccupait, mais l'éventualité d'un double assassinat. Dans sa poche, les balles s'entrechoquaient.

À neuf heures et demie, il poireautait à la porte du bureau de Suk, le directeur de l'hôpital. Ce dernier l'avait ignoré en se rendant à une réunion, puis re-ignoré à son retour. Pour le moment, il s'entretenait avec un représentant d'un groupe pharmaceutique nord-coréen. Le communisme pratiquait des mariages pour le moins inattendus.

Après le départ de ce visiteur, Siri se glissa sur le siège encore tiède.

– Eh bien, docteur Siri, vous avez épuisé votre pécule des vacances... ?

– J'étais en mission, mandaté par le ministère de la Justice...

– Pour réaliser une autopsie qui a pris une semaine.

– Deux autopsies, qui ont duré deux jours. Le reste du temps, j'ai eu une crise de malaria.

Avant de devenir un gratte-papier, le directeur avait été médecin. Il scruta son interlocuteur, à la recherche des stigmates d'un fléau qui faisait chaque année douze mille morts au Laos.

– Je suis ravi de constater que vous avez survécu.

– Merci. Où est mon staff ?

– Réaffecté.

Siri ressentit un immense soulagement.

– Ce n'est pas possible sans mon accord.

– Ah ? Eh bien, comme vous n'étiez pas là, personne n'a fait d'objection. Nous manquons de personnel, vous le savez. Je n'allais pas laisser une infirmière diplômée assise sur son cul à lire des BD, sous prétexte que vous alliez éventuellement reparaître...

– Où est-elle ?

– En urologie.

Siri eut un petit rire.

– Ça lui fera les pieds. Et Geung ?

– Il creuse une tranchée d'égout.

– C'est un technicien mortuaire expérimenté.

– Son absence de diplôme en fait un creuseur de tranchées.

– Je veux les récupérer.

– Vous n'avez aucune tâche à leur confier.

– J'aurai un cadavre à treize heures trente.

– Qu'en savez-vous ? Avez-vous l'intention de tuer quelqu'un vous-même ?

Le directeur riait encore de sa propre plaisanterie, lorsque le regard sinistre de Siri eut raison de sa gaieté.

– Bonjour, docteur !

– Comment va ? Mon infirmière, Dtui, est chez vous ?

– Derrière. Vous pouvez y aller...

Une femme âgée était assise sur un genre de banquette, nue jusqu'à la taille. Dtui, ayant enfilé des gants en plastique, se tenait accroupie entre ses jambes. Elle releva la tête et parut réellement enchantée de le revoir.

– Docteur ? Dieu soit loué ! Au secours ! Ramenez-moi à la morgue ! Si je dois encore insérer les doigts dans une autre vieille grincheuse, je hurle !

La patiente tenta de se couvrir.

– Ça va, je suis médecin.

– En fait, c'est un légiste, mais vivants ou morts, c'est du pareil au même pour lui...

C'en était trop pour la dame, qui se drapa dans son *phasin* et prit la fuite.

– Je vois que vous préférez travailler avec des cadavres, mais n'ayez crainte, infirmière ! Vous aurez tous deux repris votre place à la morgue dès cet après-midi. Il s'est passé quelque chose en mon absence ?

– Non. Votre copain vietnamien est rentré à Hanoi.

– Il a dit quelque chose ?

– Sûrement, mais on n'a pas compris.

– ... Laissé quelque chose ?

– Son rapport et une lettre.

– Bien.

– Vu que ça doit être plein de trucs ultra-secrets, je les ai planqués.

– Bravo. Où ?

– Dans la bibliothèque de l'hôpital. Sous « V ». Il n'y a jamais un chat là-bas.

Il décida de laisser ce rapport où il était. Quelqu'un aurait sans doute aimé pouvoir mettre la main dessus. Après avoir paressé pendant quelques minutes au bureau, il partit sur la bicyclette de Dtui en direction de Dongmieng.

Le temple de Sri Bounheuan était aussi soigné que celui sur lequel donnait la chambre de Siri, mais l'atmosphère était nettement plus frénétique. Le ministère de la Culture et de l'Éducation avait créé un projet pilote d'alphabétisation. Tous les bonzes, avec ou sans formation, avaient été réquisitionnés.

L'idée était que Bouddha avait été un communiste avant l'heure. Il avait renoncé à son rang et à sa fortune pour protester contre le capitalisme, et s'était efforcé d'abattre les barrières sociales. Conséquence de cette détermination socio-politico-économique, les moines étaient attelés à des tableaux noirs d'un bout à l'autre du pays.

Le nombre des citoyens fréquentant l'école avait augmenté de soixante-quinze pour cent depuis la prise du pouvoir par le Pathet Lao. La radio laotienne ne laissait personne l'ignorer. Elle ne parlait pas de ce qu'on fabriquait dans ces écoles, ni de la quasi-inexistence de professeurs qualifiés. On taisait également le fait que la charge de ce nouveau système éducatif reposait largement sur les épaules des religieux.

Ces derniers avaient construit des enfilades de salles de classe en feuilles de bananier, qu'ils avaient bourrées de bancs faits de rondins sciés en deux. On trouvait là de tout, des orphelins de cinq ans jusqu'aux grands-mères de soixante-cinq ans. Ils n'avaient ni livres ni crayons, et les tableaux noirs étaient l'envers de vieux panneaux d'affichage royalistes. On n'y apprenait pas grand-chose, mais l'ambiance était bon enfant.

Juché sur une échelle en bambou tordue, le supérieur du monastère était en train de repeindre un stupa. Sa robe orange nouée entre ses jambes lui donnait l'air d'un bambin pris dans ses langes. Il recouvrait le dôme grisâtre d'une couche de peinture bleu layette.

– Ça ne devrait pas être blanc ? lança Siri.

Pour une raison quelconque, la seule peinture disponible depuis plusieurs mois était le bleu azur, couleur qui devenait peu à peu emblématique du nouveau régime. Déjà l'aéroport se confondait joliment avec le ciel. Civilai prétendait que le but à long terme du comité était de tout repeindre en bleu afin que les astronautes puissent identifier le Laos depuis leur capsule.

– Peu importe, du moment que ça le préserve de la pluie pendant encore un an...

Le supérieur accrocha le pot de peinture à la trompe d'un éléphant en ciment et redescendit. Il examina le visiteur par-dessus ses lunettes.

– Je vous connais, vous...

– Effectivement. Nous étions à Pakse ensemble il y a environ deux cents ans.

– Ça alors... Siri, non ?

Ce dernier sourit et esquissa le salut traditionnel, mais le vieil homme lui attrapa la main et la secoua énergiquement.

– Tu n'as pas du tout changé...

– Vraiment ? Déjà à cette époque j'étais donc un vieux bossu ?

– Ni toi ni moi ne savions qui nous étions, alors. Tu hésitais à suivre ta jolie épouse au Vietnam, si ma mémoire est bonne. Moi, j'avais le choix entre participer aux Jeux d'Asie dans l'équipe nationale de vélo couché, ou suivre l'amour de ma vie en Australie.

– Qu'as-tu fait, en fin de compte... ?

– Ni l'un ni l'autre. J'étais si paumé que je suis allé faire une retraite à Wat Sokpaluang et ils n'ont jamais voulu me laisser ressortir !

Ils se mirent à rire.

– Comment m'as-tu donc retrouvé ?

– Oh, je savais depuis longtemps où tu étais. L'un des autres éducateurs du camp de jeunesse me l'avait dit.

– Et comment se porte ta jolie épouse ?

– Elle est morte, hélas, il y a quelques années.

– Ah... Pas étonnant. La jungle, ça peut être éprouvant pour une femme.

– Surtout quand on vous balance une grenade...

– Là, tu n'as pas tort. Enfin, il est glorieux de tomber au combat.

– Ce n'était pas au combat. Elle dormait dans son lit. J'étais absent. Quelqu'un a lancé une grenade dans sa tente. On n'a jamais su qui...

Siri était surpris de s'entendre débiter aussi facilement son histoire, après s'être tu pendant onze ans. À présent, il déballait tout à un bonze qu'il connaissait à peine. Les catholiques avaient vu juste : c'était consolant de confier ses malheurs à un homme de robe. Sauf que les catholiques devaient avoir plus de tact que les Laotiens.

– Alors, c'était le destin...

Ils allèrent s'asseoir sur un banc pour partager leurs souvenirs de leur année passée au camp de jeunesse, puis Siri entra dans le vif du sujet.

– Il y a quelques jours, on vous a amené le corps d'une jeune femme qui s'était ouvert les veines.

– En effet. Comment le sais-tu ?

– Je suis le coroner de l'État.

– Mazette ! Félicitations !

– Hélas, il va falloir la déterrer.

– Impossible...

Siri tira de sa poche poitrine un document qu'il avait rédigé lui-même, authentifié par un cachet et signé à la place du juge Haeng.

– J'ai ici un mandat signé par...

– Je m'en doute. Mais vous ne pourrez pas la déterrer, parce qu'on ne l'a pas encore enterrée.

– Au bout de quatre jours... ?

– Je sais. Normalement, ça n'aurait pas traîné ; mais là c'est un peu délicat.

– Pourquoi ?

– Elle a une sœur...

– Ah bon ?

– Elle habite Vientiane et n'a pas voulu qu'on l'enterre ici. Elle s'efforce de réunir l'argent pour ramener le corps à Sam Neua, dans la famille.

– Où est-elle ?

– La morte ? Dans le vieux four où l'on faisait cuire nos poteries. Il est sec et étanche à l'air. Avec tous les gosses ici, on ne pouvait pas la laisser exposée...

– Je comprends. Et l'autre ?

– Elle vit avec un type qui répare les bicyclettes, non loin de l'ambassade thaïlandaise.

Siri poussa son vélo sous l'auvent en paille de l'atelier de réparation. Personne. Il toussota et entendit un bruissement à travers la cloison. Un jeune homme musclé, seulement vêtu d'un short, apparut par un trou.

– Salut, chef ! Qu'est-ce qui cloche ?

– Vous pouvez me régler ces freins ? Ils marchent seulement quand ça grimpe...

– Pas de problème.

Le type retourna la lourde bécane sur son guidon comme si c'était du balsa.

– Je peux aller au petit coin ?

– Il y a des latrines derrière, si vous n'avez pas peur des mouches.

Siri franchit une porte et tomba sur une jeune fille élancée en *phasin*, qui épluchait un tamarin. Elle était enceinte de cinq mois environ. Il oublia les latrines et s'agenouilla auprès d'elle. Elle ne réagit guère ; son esprit était ailleurs.

– Bonjour, je suis le Dr Siri... Je reviens du temple...

Ses yeux s'écarquillèrent et exprimèrent la crainte.

– C'est bien votre sœur qui est là-bas ?

Elle approuva de la tête.

– Je suis un coroner. Vous savez ce que c'est ?

– Oui.

– J'ai besoin de votre permission pour l'examiner.

Ayant vidé de ses graines une autre gousse de tamarin, elle répondit :

– Si vous l'examinez, vous pourrez dire si elle s'est tuée ?

– Je crois, mais j'ai besoin de travailler sur le corps.

– De l'ouvrir, c'est cela ?

– Oui. Vous acceptez ?

Elle ne paraissait pas aimer l'idée de cette profanation.

– Si c'est moi qui m'en occupe, je pourrai m'arranger pour qu'on renvoie sa dépouille à Sam Neua.

– Gratuitement ?

– Nous paierons.

– Elle sera présentable ?

– Je demanderai à l'embaumeuse de faire le nécessaire.

– Elle ne s'est pas tuée, n'est-ce pas ?

– Comment pouvez-vous en être aussi sûre ?

– Je la connais.

– Vous savez où est l'hôpital Mahosot ?

– Oui.

– Si vous venez me voir ce soir à dix-huit heures, je devrais avoir quelques réponses à vous donner. J'aimerais vous parler.

Elle hocha la tête.

– Merci...

La matinée s'était écoulée. Il n'eut même pas le temps de ramener la bicyclette au parking et s'arrêta à la hauteur du stand de tante Lah pour emporter son déjeuner.

– Vous ? Docteur Siri ?

Elle s'illumina comme un feu rouge tout neuf. Si grande était sa joie qu'elle inclina la tête, exécutant un *nop* plein de déférence.

– Allons, madame Lah, on ne vous apprend donc rien à vos séminaires politiques ? Si notre compteur de poules vous voyait...

– Ah, docteur, cette pauvre andouille ne me fait pas peur. Où étiez-vous ?

– Dans le Khamouane.

– Je vous ai préparé votre sandwich tous les jours de la semaine dernière...

– Oh, pardon. J'avais oublié de vous prévenir. Je vous les paierai.

– Non, ne vous inquiétez pas, je les ai mangés moi-même. J'avais seulement peur de ne plus vous revoir. Ça me fait plaisir...

Elle lui confectionna un sandwich très spécial, lui donnant l'occasion de la regarder. Belle femme. Il ne comprenait pas ces hommes qui courent après les poussins à peine sortis de l'œuf, quand il y a de si jolies poulettes dans la cour. Quelque chose s'émut en lui, et il se demanda à quoi ressemblerait une idylle avec elle. Depuis la mort de Boua, il n'avait pas fréquenté d'autre femme.

– Comment va votre mari ?

Elle ne releva pas la tête, mais rougit.

– Oh, très bien. Au moins, il ne me donne plus beaucoup de soucis.

– Je vois.

– Il suffit d'épousseter son urne de temps en temps.

Siri sourit, enfourcha son vélo et emporta son casse-croûte au bord du fleuve. Elle le regarda s'éloigner.

Civilai était assis, tout seul, sur le rondin. Ce fou de Rajid s'était allongé, nu, sur la rive, à quelques mètres de là.

– Je ne vous dérange pas, vous deux ?

– Non, tu tombes bien. Je commençais à être jaloux.

– Il y a de quoi. Même si, comparé à moi, ce n'est rien..., dit Siri en s'installant à côté de lui.

– Ah bon ? Je croyais que ça finissait par se décrocher, quand on n'en a plus l'usage...

– Non, c'est toujours là. À dire vrai, je ressens même de ce côté une certaine activité en ce moment.

– Quoi, un macchabée ? Ne me dis pas que tu es tombé si bas ?

– Tu connais Mme Lah, celle qui fait mes sandwiches ?

– Celle au coin de la rue ? Elle est assez vieille pour être... ta fille. Belle paire de nénés, cela dit. Je lui conterais volontiers fleurette.

– Rêve toujours, vieille baderne.

– Et le Khamouane, c'était comment ?

– Intéressant. J'ai dépecé des gens morts pour une raison inconnue, attrapé la malaria et parlé couramment le hmong.

– Bien entendu. Je t'écoute...

– Tu ne le parles pas !

– Sans doute plus que toi. À propos de « conter fleurette », j'ai eu quelques succès auprès de ces mignonnes. Vas-y !

Siri ouvrit la bouche, mais son esprit était vide. Il songea à une phrase simple en lao, qu'il ne put même pas traduire. La langue qu'il parlait si naturellement la veille s'était évanouie.

– Bizarre, j'ai oublié !

– Mais oui ! Les langues, ça va, ça vient... Jeudi dernier, je parlais couramment japonais.

– Non, vraiment, je le parlais !

Civilai sourit avant de se remettre à manger son sandwich, et Siri comprit qu'il était inutile d'insister.

– Tu sais ce que l'armée fabrique là-bas ? dit-il.

– Elle remplace la culture de l'opium par des cultures de substitution, non ?

– Disons plutôt qu'elle remplace la forêt par l'air pur. Si personne n'intervient, toute la région va devenir un terrain de manœuvres. Tu ne peux pas agir de ton côté ?

– Qui doit-on envoyer, à ton avis ? Le prince Boun Oum sur son éléphant ? Non. Les généraux ont lutté pour la révolution pendant des décennies. C'est la petite récompense qu'ils s'accordent.

– J'ai dû sauter une ligne en lisant le manifeste. Je croyais que c'était la corruption qu'on avait combattue ! Combien touche le comité pour laisser faire ?

– C'est pour m'insulter que tu m'as convoqué ici de toute urgence ?

– Non. Enfin, en partie. Je me demandais comment sont nos relations diplomatiques avec le Vietnam.

– Bonnes.

– Tant mieux.

– Dans la mesure où elles sont inexistantes.

– Que s'est-il passé ?

– Hanoi a rappelé son ambassadeur et la plupart des diplomates. Tous les programmes d'assistance sont suspendus. Nous avons rappelé notre propre type de Hanoi pour leur montrer qu'on est des durs à cuire, nous aussi. Depuis, plus personne ne se parle.

– Flûte ! Et tout ça à cause de cette accusation de torture ?

– Ils ne sont pas satisfaits. Tu n'as rien trouvé qui démontre le contraire ?

Tandis que Rajid pataugeait dans l'eau et se mettait à nager vers la Thaïlande, Siri entra dans les détails de l'affaire. Il raconta son voyage à Nam Ngum, même si son frère aîné devait déjà avoir lu le rapport du chef de district. Puis il ajouta ceci que Civilai ignorait certainement :

– On a essayé de me tuer.

– Pardon ?

– Le jour de notre retour. Nguyen et moi avons décidé qu'il restait encore trop de questions demeurées sans réponse.

Il sortit les deux balles déformées de sa poche.

– Il était tard quand je suis rentré chez moi. Je me suis penché devant la porte d'entrée, et ceci s'est fiché dans le bois par-dessus mon épaule.

Civilai les prit.

– Siri, tu... tu ne penses tout de même pas que c'est lié aux Vietnamiens ?

– Dans le cas contraire, c'est une curieuse coïncidence...

– Mais pourquoi ? Avez-vous trouvé quelque chose qui accuse quelqu'un ?

– Non, mais je te parie le reste de ton sandwich que quelqu'un l'a cru...

– Ouuuhhh !

– Le problème c'est que j'ignore de quel camp il s'agit...

– Allons donc ! Tu ne vas pas croire que notre camp cherche à t'éliminer ?

– Pour un génie, je te trouve bien naïf ! Bien sûr que si ! Si j'avais la preuve que *nous* avons « interrogé » ces garçons, ce serait la guerre !

– Bon, pour la première fois en cinquante ans, tu

as ma pleine et entière attention. Que veux-tu que je fasse ?

– Sais-tu pour quel motif cette délégation vietnamienne se trouvait chez nous ?

– Non.

– Civilai... ?

– Non, juré ! Je l'ignore.

– Tu pourrais te renseigner ?

– Je peux toujours essayer.

– Bien. Je vais lire le rapport de Nguyen Hong et tâchèr de le contacter à Hanoi. Nous n'avons pas fini notre travail.

– As-tu raconté tout cela au juge ?

– Non. Tu sais, je commence à trouver bizarre qu'on m'ait envoyé à l'autre bout du pays au beau milieu de cette enquête.

– Tu dois apprendre à avoir confiance. Tu as besoin d'alliés.

– Mes alliés, c'est toi.

– Oh, la pression !

– Les mots « Sanglier noir », ça te dit quelque chose ?

– Rien de particulier.

– Tu peux demander autour de toi ? Ça aurait un rapport avec la délégation. Peut-être la guerre. Le Vietnam.

– Où as-tu pêché cela ?

– Je... je ne puis, hélas, révéler mes sources.

– Rien d'autre ?

– Il y avait bien quelque... ah si ! Tu parles très bien le français, non ?

– Ne me dis pas que ton français a connu le même sort que ton hmong ?

– Ta gueule ! Que signifie le mot : « défenestration » ?

– Eh bien, c'est quand on tombe par la fenêtre... Enfin, d'une certaine hauteur.

– D'une hauteur ? Bien sûr... Bien sûr ! Ils ne faisaient pas de ski nautique, donc... !

Il l'embrassa sur les deux joues et lui fit le salut militaire.

14

Les bleus de la coiffeuse

Siri fut de retour à treize heures trente. Son arrivée coïncida avec plusieurs exemples de ponctualité sans précédent au Laos.

Au moment où Dtui atteignait la porte de la morgue, trois bonzes se bouchant le nez avec des chiffons arrivaient eux aussi de leur côté, transportant une natte en coco enroulée sur elle-même. À ce moment précis, Geung sortait du bureau. Apparemment dans un état lamentable.

– Docteur S... S... S...

Il était trop agité pour continuer. Siri lui massa les épaules et l'incita à respirer tandis que Dtui entraînait les moines dans la salle d'examen.

– Qu'y a-t-il, monsieur Geung ?

– Vo... tre... bureau... a... été... cambriolé.

Il le saisit par la main et le conduisit jusqu'à la porte du local. En effet, l'endroit avait été retourné de fond en comble. Dtui, se tenant à distance respectueuse, se débarrassait des bonzes.

– Dtui, vous pouvez venir, je vous prie ?

Plantée entre les deux hommes, elle contempla ce foutoir.

– Ooh !

– C'est arrivé au cours des trois dernières heures. Comment est la salle d'examen ?

– Normale, comme la réserve.

– Donc ils cherchaient quelque chose ici.

– Oh, non ! Mes BD !

– Écoutez, vous autres, ce n'est pas une plaisanterie. Je vous ai dit qu'il y avait du danger. C'est pourquoi il faudra être très prudents dorénavant. C'est pigé ?

– Pigé, pigé, répondit Geung, sérieux comme tout.

Dtui hocha la tête.

– Oui, docteur.

– Bien. Malheureusement, le seul policier en qui j'ai confiance n'est pas là pour le moment, mais il faudra en parler à la police. Auparavant, nous allons tenter de voir ce qui a disparu, sans trop déranger...

Une seule chose manquait : les calepins de Dtui qui se trouvaient sur son bureau. Toutes ses notes, de toutes les autopsies qu'ils avaient réalisées ensemble, avaient disparu. Pendant leurs recherches, Siri leur raconta tout ce qu'il savait de l'affaire vietnamienne, y compris la tentative d'assassinat sur sa personne.

Ils aboutirent à la même conclusion : celui qui avait fouillé ce bureau voulait mettre la main sur le rapport de Nguyen Hong.

– Dtui, vous avez été bien avisée de le cacher, bravo !

– Bra...vo, Dtui, renchérit Geung.

– Augmentez-moi !

– À partir de maintenant, vous ne savez plus rien du tout de l'affaire vietnamienne. Je vais emporter le dossier pour le consulter chez moi. Minute... Et les photos ? Ils ont trouvé les photos de l'autopsie ?

Dtui leva les yeux au plafond.

– Non !

– Comment pouvez-vous en être aussi sûre ?

– Parce qu'elles sont à Sayabouri.

– Sayabouri ? Et que font-elles à Sayabouri ?

– Euh... vous vous rappelez que pour le mariage de l'infirmière-major Bounlan, on a utilisé la fin d'un rouleau de pellicule et le début d'un autre...

– Ne me dites pas que...

– Elle a tout envoyé à sa famille. Quelqu'un partait là-bas, et comme elle voulait lui confier la pochette, elle est venue la prendre sur mon bureau en mon absence...

– Mamie a dû être enchantée.

– Ils ont tous été malades comme des chiens et ont renvoyé le paquet par la poste le lendemain. Il devrait être arrivé.

– Vous voyez, même quand vous cafouillez, tout s'arrange.

– C'est vrai ?

– Mais oui ! Si nos visiteurs tenaient tant à s'emparer de ces notes, ils auraient adoré aussi les photos. Peut-être nous révéleront-elles ce qu'ils tiennent tant à nous cacher... Monsieur Geung ?

– Oui, doc... teur camarade ?

– Dtui et moi allons examiner notre nouveau client. Seriez-vous assez aimable pour aller informer M. Ketkaew et l'administration de ce cambriolage ?

– Oui, je serais assez aimable.

Siri et son équipe étaient dans la salle d'examen. Trois policiers en tenue passaient au peigne fin le bureau chamboulé, œuvrant avec l'indésirable et inutilement bruyant concours de M. Ketkaew. Pour se préserver de l'odeur pestilentielle émanant de la pièce voisine, les policiers portaient des masques blancs d'hôpital. Ketkaew avait un flacon de sels qu'il reniflait à tout bout de champ. Il se sentait coupable : un acte délictueux d'importance s'était commis à quelques mètres seulement de son poste de travail.

Aucune des deux équipes ne ressentit l'obligation d'aller voir l'autre. Une fois sa mission accomplie, la police s'en alla sans prendre congé.

– Ils ne sont quand même pas en train de lire mes BD, là-dedans, si ?

– Dtui, ça vous dérangerait de vous concentrer ?

– Pardon...

M. Geung rigola tout en pesant le cœur sur une balance de boucher suspendue au plafond.

– Bon. Quels signes inhabituels avons-nous vus jusqu'à présent ?

Dtui referma son calepin et répondit de mémoire.

– Un : il n'y a qu'une seule entaille profonde à chaque poignet.

– Chose étrange, car...

– ... Car toute personne s'ouvrant les veines fait en général deux ou trois tentatives avant de trouver le courage de se couper en profondeur.

– Bien. Deux ?

– Deux : la congestion hypostatique postérieure suggère qu'elle a été allongée sur le dos après sa mort.

– Donc... ?

– ... Donc elle n'aurait pas pu se mettre toute seule en position assise, poignets dans l'eau...

– Trois ?

– Trois : face pâle, corps cyanosé.

– Indiquant... ?

– ... L'asphyxie.

– Merveilleux. Je vais prendre ma retraite.

– Alors on est sûrs à cent pour cent qu'il ne s'agit pas d'un suicide ?

– À quatre-vingt-douze pour cent. Mais rien que pour vous rassurer, voyons par ici...

Il avait détaché la peau du cou et tranchait le muscle. Pour rendre visible le larynx, il écarta les bords.

– Hummm... hémorragie.

– Et ici, chère assistante, nous avons des signes cachés. Des ecchymoses qui ne sont plus apparentes sur la peau rôdent encore dessous...

Une décoloration du tissu musculaire montrait des traces qui pouvaient avoir été faites par des mains.

– Conclusion ?

– La pauvre gourde s'est étranglée elle-même.

– Ha ! Pauvre gourde ! fit M. Geung en riant.

– Un peu de respect, vous deux !

– Et maintenant, qu'est-ce qu'on fait ?

– On va noter tout ceci bien clairement afin que même un juge puisse comprendre. Après quoi, on gardera la bouche bien cousue en attendant le retour de l'inspecteur Phosy, qui sera là demain. Dtui, ma chère, il nous faudra une troisième copie de ceci, pour plus de sécurité. Pourriez-vous insérer un troisième carbone sous le rouleau de cette machine à écrire ?

– Les mots sont peut-être un brin trop flatteurs, mais oui, je crois...

– Bon. On reconstitue madame et on l'envoie à Mme Nan, l'embaumeuse. Ensuite, je nettoierai. Ce soir, nous avons de la visite.

À dix-huit heures quinze, Siri était seul à son bureau. Il avait fait un saut à la petite pièce qu'on appelait la « bibliothèque » pour en sortir le dossier vietnamien qui se trouvait à présent dans son sac à bandoulière, posé sur le meuble-classeur. À mesure que le jour tombait, il se sentait de nouveau vulnérable. Il allait devoir rentrer seul à la maison, avec sur lui une chose pour laquelle on était prêt à tuer.

Avant d'aller assurer ses fonctions de jardinier, Geung s'était rendu à vélo au marché pour acheter le plus gros cadenas disponible, ainsi que deux jeux de fixation. Le vendeur lui avait affirmé que les gens n'en achetaient plus, mais eux, on ne leur tirait pas dessus.

Sa rêverie fut interrompue par des claquements de sandales en caoutchouc sur la marche en béton. La sœur enceinte entra, nerveuse. Siri se leva et vint à sa rencontre.

– Merci d'être venue. Votre époux ne vous a pas accompagnée ?

– Il joue aux cartes... et c'est pas mon époux.

– Il est de lui ? fit-il, désignant son ventre rebondi.

Cela faisait une légère protubérance, comme un nœud au tronc d'un jeune arbre.

Elle confirma sans enthousiasme.

– Prenez place. Je vous offre quelque chose ?

– Non.

Siri rapprocha sa chaise et lui parla doucement.

– Quand nous avons discuté ensemble, cet après-midi, qu'est-ce qui vous a fait dire que votre sœur ne s'était pas suicidée ?

– C'est que... elle s'en foutait.

– De quoi ?

– De tout. Pour elle, c'était un jeu tout ça...

– Quoi ?

– La vie, le travail, l'amour. Tout.

– Elle était venue à Vientiane pour s'amuser, profiter de la vie ? Pensez-vous qu'elle ait pu suivre quelqu'un ? Quelqu'un qu'elle aurait connu à Sam Neua, par exemple ?

– Non.

– Vous en êtes sûre ?

– Oui, j'en suis sûre. On se disait tout. Elle est venue à Vientiane pour se trouver un riche mari. Elle était très jolie.

Ses yeux étaient rouges et Siri vit se refléter l'ampoule du plafond dans les larmes en suspension.

– Elle ne manquait pas d'admirateurs. C'est l'un d'eux qui l'avait installée dans cette chambre. Ne vous méprenez pas : elle ne se prostituait pas. C'était toujours de l'amour.

– Vous savez qui c'était ?

– Celui de la chambre ? Un des types en chaleur qui lui couraient après.

– Elle vous parlait de lui ?

– De tous.

– Y avait-il quelqu'un de spécial ? Un homme âgé ? Quelqu'un d'important ?

– Il y avait un très vieux bonhomme... sans vouloir vous offenser. Il lui faisait la cour.

– Vous l'avez rencontré ?

– Non, mon homme ne me laisse pas sortir. Là, c'est différent, parce que c'est l'hôpital. Je lui ai dit que j'allais consulter pour le bébé. Il m'a déposée... Concernant Mai, on se parlait seulement quand elle venait me voir. Je n'ai jamais rencontré une seule de ses fréquentations.

– Et lui, il sait que vous la ramenez à Sam Neua ?

– Non.

– Vous reviendrez ?

Elle sourit.

– Vous savez tout, vous, hein ? Non, je ne reviendrai pas. Ce n'est pas le père que je souhaite à mon gosse.

– Vous êtes très courageuse.

– C'est de famille. Ma sœur aussi était très têtue. Vous l'avez examinée ?

– Oui, je l'ai examinée.

– Elle s'est suicidée ?

– Non.

Elle poussa un soupir de soulagement, et ce soupir ouvrit les vannes. Ses larmes ruisselèrent et des sanglots soulevèrent sa poitrine. Siri lui tendit du papier absorbant et elle se moucha.

– Merci. Alors, que s'est-il passé ?

– On l'a étranglée. Puis on a procédé à une mise en scène pour faire croire à un suicide.

– Je savais qu'elle ne se serait jamais tuée.

La jeune femme semblait soulagée, comme si l'idée d'un meurtre était bien plus acceptable.

– Je l'ai confiée à une embaumeuse que je connais bien. Elle la rendra présentable pour votre famille, et je m'arrangerai pour envoyer le corps dans le nord.

Il commença à noter l'adresse de Mme Nan, puis s'arrêta.

– Vous savez lire ?

– Non.

– Bon. Je lui demanderai d'aller chez vous. Quand tout sera prêt, elle vous le fera savoir.

Elle prit ses deux mains dans les siennes, ce qui était de sa part la plus chaleureuse façon de remercier. Elle ne prononça pas le mot de vengeance ni ne réclama justice, peut-être parce qu'elle n'avait jamais connu pareille chose pour elle-même, mais Siri tenait à lui donner de l'espoir.

– Je découvrirai l'assassin. Je vous en fais le serment, à vous et à votre famille. Vous vous rappelez quelque chose concernant ces hommes qui pourrait m'aider à les identifier ?

– Pas pour l'instant.

– Je comprends. Si quelque chose vous revient, vous savez où me trouver. En attendant, personne ne doit savoir qu'il s'agit d'un meurtre. *Personne !*

– Ne vous inquiétez pas.

Elle prit encore du papier et s'essuya les yeux.

– Je suis comment ?

– Belle, très belle.

Elle lui sourit, sceptique mais plus heureuse, et repartit. Siri se laissa retomber sur sa chaise. Rencontrer des vivants, c'était bien plus exténuant que rencontrer des morts. Les femmes surtout. Un homme mort, ça n'était vraiment rien, comparé à une femme en vie...

Pendant toute la durée de leur mariage, il avait aimé profondément sa femme. Mais les trois dernières années, son affection avait été mise à rude épreuve. À bien des égards, Boua avait toujours été la plus forte. Les quelques batailles conjugales où il aurait pu avoir le dessus, il les avait perdues parce que cela semblait plus sage. Avec l'âge, elle était de plus en plus soupe au lait.

Boua était aigrie car elle jugeait que la révolution progressait à une allure d'escargot. C'était comme si elle avait ouvert le coffre renfermant tous ses rêves de petite fille, des rêves de justice, de bonheur et de rationalité – pour n'y trouver que des débris ratatinés. Lorsqu'elle avait compris que l'armée n'avait pas la capacité de former un gouvernement au service du peuple, ni le désintéressement nécessaire, elle avait changé.

Sans le faire exprès, elle avait commencé à tenir Siri pour responsable. Jamais il n'élevait la voix en sa présence, ni ne se défendait quand elle le rabaissait en public. Il était médecin, et elle une femme qui souffrait. Il n'y avait pas de remède à son mal, et il avait donc eu recours à la plus naturelle des thérapies : la compassion.

La dernière année, il avait accepté plus de missions au loin, pensant que sa présence lui était peut-être néfaste. Deux jours avant sa mort, il s'était rendu à Nam Xam pour aider à monter un hôpital de campagne. Au moment des adieux, ils n'avaient pas échangé d'amabilités. Il lui avait dit qu'il s'en allait, et elle avait acquiescé.

La seule personne qu'il avait toujours recherchée dans ses rêves n'était jamais venue. Boua était morte en croyant qu'il ne l'aimait plus – en le haïssant. Il se serait contenté d'un contact, même des plus brefs : de quoi faire la paix. Mais elle n'était jamais venue.

Le chant bruyant des cigales noya ses pensées et il essuya son visage baigné de larmes.

Il prit son sac contenant le dossier vietnamien, éteignit la lumière, ferma la porte à clé. Une bande d'infirmières arrivaient à leur travail ; il les salua et franchit hardiment la grille de l'hôpital. Ce ne fut qu'au niveau de la berge obscure qu'il se rappela le danger encouru.

Il fit demi-tour, repassa devant l'hôpital et s'engagea sur la relativement lumineuse Samsenthai Avenue ; même là, à la lueur jaunâtre des réverbères, il croyait voir un rôdeur embusqué sous chaque porche. Tous les passants qu'il croisait, il les surveillait du coin de l'œil ; et quand ils s'étaient éloignés, il tendait l'oreille pour deviner s'ils revenaient sur leurs pas.

Il atteignit son quartier par le chemin opposé à celui auquel il était habitué, et dut traverser l'enceinte du temple. On pouvait voir les bonzes dans leurs chambres en train d'accomplir leurs ultimes corvées domestiques à la lueur de la bougie. Debout sous un petit *champa*, il considéra sa propre fenêtre – un cadre noir. Rien ne bougeait là-haut... Ou bien ? Non, ce n'était que le rideau ondulant sous la brise.

On s'approcha de lui à son insu.

– Quelque chose ne va pas, frère ?

Siri sursauta, mort de trouille. Le moine s'était faufilé derrière lui sans un bruit, son râteau brandi en guise d'arme défensive. Siri reprit son souffle et sourit de sa propre sottise.

– Non, je savourais le silence. C'est ma chambre là-haut.

– Oh, pardon...

– Bonne nuit...

Il s'en alla.

– Bonne nuit, Yeh Ming.

Il se retourna, mais l'autre s'éloignait déjà à travers la cour.

Il mit une demi-heure à poser le cadenas avec ses vieux outils. La fillette du rez-de-chaussée vint le surveiller, contente d'échapper à son lit. À six ans, elle était précoce au sens le plus charmant du terme.

– Mais pourquoi ?

Comme il ne voulait pas l'effrayer avec des histoires de cambrioleurs, il se lança dans le genre de mensonge épique qui finit toujours par se retourner contre vous.

– Parce que je suis un bel homme...

Il lui raconta que, s'il cadenassait sa porte, c'était parce qu'un tas de femmes voulaient l'épouser. Nuit et jour elles l'embêtaient.

– Non, c'est pas vrai. T'es vieux !

– Ah-ah ! Pour quelqu'un de six ans, je peux paraître vieux ; mais pour une dame plus âgée, ayant plus de dix ans par exemple, je suis un très bel homme.

– Manoly ?

La mère s'était aperçue qu'elle en avait perdu une.

– Chut ! Dis rien...

– Elle est ici, madame Som !

– Ouh, vilain ! Je me marierai pas avec toi...

Une fois enfermé dans sa pièce et le bureau placé contre le mur, loin de la fenêtre ouverte, il se sentit sécurisé. Pas en sécurité, mais sécurisé. S'étant débarbouillé, il se mit à préparer le café. Un paquet de haricots avait fait son apparition sur la tablette. Ce cadenas n'était pas du luxe. Mlle Vong emménageait tout doucement.

Il sortit le rapport vietnamien de sa cachette provisoire, sous les lames du plancher, et s'installa à son bureau. L'écriture de Nguyen Hong était très lisible, mais il eut besoin de se référer à son dictionnaire vietnamien une douzaine de fois. Il n'y avait pas grand-chose de nouveau dans ce rapport. Comme le premier Tran, Hok avait été torturé avec du courant électrique appliqué aux seins et aux parties génitales.

Mais ce furent les notes finales qui le déstabilisèrent.

« Selon mes observations, la puissance était trop forte, si le but était de les forcer à parler. Ces hommes auraient perdu connaissance avant, ce qui ne serait pas logique. Cela aurait très bien pu les tuer. Constatation valable aussi pour les deux autres...

« Chez deux des victimes, notre Tran et Hok, il n'y a eu que peu de réaction vitale positive. Aussi curieux que ça paraisse, on dirait que l'électricité a été appliquée post mortem. Mais pour le moment, ceci est pure conjecture de ma part. »

– Post mortem ?

Siri finit son café et alla en préparer un autre. Il savait que la « réaction vitale » était un rougissement de la peau, autre que les marques de brûlure, là où le corps commençait à cicatriser. S'il n'y en avait pas, l'organisme n'avait pas fait son boulot.

– Post mortem, hein ? Si c'était le cas, cela nous éloignerait complètement de l'hypothèse de Laotiens torturant des Vietnamiens, pour nous orienter plutôt sur l'idée d'un coup monté par quelqu'un pour nous le faire croire. Si on pouvait le prouver, tout son boulot serait réduit à néant. Une bonne raison pour me supprimer...

Il retourna à son bureau, se baissant pour passer devant la fenêtre. C'était regrettable de ne pouvoir respirer le parfum de jasmin porté par la brise, mais il aurait plus encore regretté de perdre la vie. Il lut le paragraphe final.

« Je crois avoir identifié la cause du décès (voir photo A). C'était si bien dissimulé que nous sommes excusables de n'avoir rien vu ; mais il me faudra approfondir mes recherches pour le confirmer. Je dois repartir avec le personnel de l'ambassade demain. J'essayerai de me faire véhiculer jusqu'à Hô Chi Minh-Ville dès que possible. J'y trouverai peut-être ma réponse. Dès mon retour, je tente de vous contacter à l'hôpital. Ayez confiance, mon ami ! »

Un Polaroid était agrafé au dos du dossier : un cliché de l'aine du second Tran. L'épiderme de la face intérieure de la cuisse avait été enlevé. Hormis la carbonisation due à l'électricité, il y avait une ecchymose ronde, très apparente, de la taille d'une petite pièce de monnaie. Nguyen Hong avait mis un « A » à côté. Au dos, il avait écrit : « Ayant reçu confirmation par nous qu'il s'agissait bien de trois ressortissants vietnamiens, vos chefs nous ont restitué les corps. Cet instantané est ce que je peux faire de mieux pour vous montrer à quoi je pense. Je n'ai pas trouvé vos photos d'autopsie. Vérifiez qu'elles montrent bien la même marque. Ce pourrait être important. »

Siri esquissa un sourire. Et s'il appelait la grand-mère de l'infirmière Bounlan pour lui demander si elle avait remarqué un truc bizarre sur ces photos de mariage ? Même s'il n'y avait pas de preuve proprement dite dans ce rapport, cela laissait quand même un espoir et pourrait freiner les va-t-en-guerre des deux bords qui n'avaient pas leur compte de tueries.

Prenant un bloc et un crayon, il se mit à échafauder un scénario alternatif basé sur des suppositions et demi-vérités. Deux heures plus tard, il s'était convaincu d'être sur la bonne voie. Il y avait encore des trous à combler avant de pouvoir présenter tout cela à quelqu'un, mais plus tôt ce serait fait, moins il risquerait d'être descendu. Il aurait bien eu besoin d'un petit coup de main. S'ils n'étaient pas trop occupés, Tran, Tran et Hok seraient les bienvenus dans ses rêves, cette nuit.

15

La fin d'une succube

Les Vietnamiens ne purent se libérer, mais Siri ne devait pas rester seul. Avant de s'endormir, il s'allongea sur son mince matelas et sortit l'amulette blanche de sa bourse. Ses inscriptions étaient si usées d'avoir été frottées par ceux qui en sollicitaient l'influence bénéfique, qu'il se demanda s'il restait la moindre magie en elle.

Il se demanda aussi comment le moine de ce temple-ci avait pu savoir qui il était. Il se demanda encore si le *Phibob* lui avait pardonné, ou avait pensé à lui depuis le Khamouane. Et avec toutes ces questions en tête, il s'endormit.

Quelques minutes ou quelques heures plus tard, il rouvrit les yeux pour constater que la lampe à huile brûlait toujours. C'était ennuyeux. On pouvait encore se procurer de l'huile de lampe à la coopérative de l'hôpital avec des coupons, mais cela ne durerait pas. Bientôt il faudrait employer de l'huile de cuisine, qui empesterait.

Écartant la moustiquaire, il souleva le globe en verre, mais avant de souffler la mèche, il eut une impression curieuse : quelque chose avait changé. Lentement son regard se porta sur les murs. Il y avait quelque chose, mais quoi ? Il souffla sur la flamme et les ténèbres l'enveloppèrent.

Ayant considéré une dernière fois l'obscurité, il se retira sous la moustiquaire et posa sa tête sur le petit oreiller. Pourtant l'impression subsistait. Puis, soudain, il comprit. Ce n'était pas une différence visible, mais une odeur ! Un parfum bon marché se répandait dans l'atmosphère, et devenait de plus en plus présent.

En l'espace d'une seconde, la lune se libéra d'un nuage et jeta une lueur. Au même moment, un infime soupir, comme le souffle d'un petit animal, lui chatouilla l'oreille. Surpris, il tourna la tête, et, à sa grande stupeur, découvrit le visage de Mai endormie.

Se reculant autant que le permettait la moustiquaire, il retint son souffle. Elle respirait presque sans bruit, souriant dans son sommeil. Son corps nu et parfait s'étendait contre lui. À la faveur du clair de lune, il nota les entailles profondes aux poignets, le sang coagulé mais d'un rouge encore vif.

Puis tout redevint noir. Il se concentra sur sa respiration. Ne pas la voir, tout en la sachant là, était encore plus érotique. Il savait que ce n'étaient pas là des pensées convenables et se demanda si c'était sa pénitence pour les pensées immorales qu'il avait eues dans la journée.

Que faire – la réveiller ? Que faisait-elle ici ? Si elle était là, elle avait sans doute quelque chose à lui dire. Alors pourquoi s'abstenir ? Peut-être était-ce la fatigue du voyage... Il resta donc allongé, tout frémissant d'émoi, tandis qu'elle continuait à dormir paisiblement.

Et si c'était cela, le message ? Et si elle lui disait qu'elle avait trouvé la paix ? Voulait-elle le remercier pour... ?

On frappa à la porte, un coup discret comme pour ne pas réveiller les voisins. Siri sursauta, tel un mari infidèle surpris dans les bras de sa maîtresse. Il maudit l'importun. Un flot d'idées absurdes traversa son esprit tandis qu'il se préparait à aller répondre. Comment la cacher ? Quels prétextes invoquer ?

Puis une voix masculine, chuchotante mais impérieuse, lança :

– Mai, Mai, c'est moi !

Zut ! C'était dans le rêve. Les médiums n'avaient décidément pas besoin d'aller au cinéma... La jeune femme se mit à remuer. Son parfum flotta au-dessus de lui quand elle bougea. Puis il entendit sa voix pâteuse :

– Je dors... Quelle heure est-il ?

– Trois heures. Je viens de rentrer.

De nouveau elle poussa un soupir, de plaisir cette fois.

– Va-t'en...

Siri se rallongea, envoûté comme quelqu'un qui suit un mélodrame à la radio.

– Allons ! Ne sois pas comme ça. J'ai quelque chose pour toi...

Siri entendit la jeune femme écarter la moustiquaire et marcher pieds nus jusqu'à la porte.

– Ça a quatre roues ? dit-elle en pouffant de rire.

– Mieux que ça. Ne sois pas cruelle. Laisse-moi entrer ! Tu me fais mourir...

– Qu'y a-t-il de mieux qu'une voiture ?

– Tu ne m'avais pas demandé de te rapporter quelque chose de Viengsai ?

Elle poussa un cri.

– Des rubis ? Non ! Tu m'as rapporté des rubis ?

Il y eut un bruit de loquet repoussé à la hâte. Comme la porte s'ouvrait, une lumière glauque la baigna. Elle se tenait nue sur le seuil, magnifique d'impudeur. Le soupirant restait caché dans le couloir. De nouveau elle gloussa et lui tendit les bras. Mais une main l'empoigna et la tira à l'extérieur. La porte se referma, et l'obscurité revint.

Siri, toujours haletant, toujours tremblant, se leva tant bien que mal et se précipita vers la porte. Derrière il entendit des bruits sourds, ceux d'une femme qu'on étrangle. Il trouva la poignée et la tourna, mais la porte ne s'ouvrit pas. Elle était bloquée par un gros cadenas en acier.

À six heures du matin, il se réveilla, déboussolé. Il restait immobile depuis un moment lorsqu'une croûte du côté de l'aine fit ressurgir tous ses souvenirs. Un peu honteux, il descendit à la salle de bains pour se laver à l'eau fraîche. Il y avait cinquante-six ans que cela ne lui était pas arrivé, et il éprouva une certaine honte.

16

Le sexe qui tue

– Bonjour, Siri.

Le Pr Mon était le directeur du lycée de Vientiane. C'était aussi le père du Pr Oum. Mal à l'aise, il se tenait dans le vestibule. Comme il ne voulait pas entrer dans la salle d'examen de la morgue, Siri vint à sa rencontre.

– Mon, comment allez-vous ?

– Bien, je suppose. J'ai une lettre adressée à vous et à Oum.

Il lui tendit une enveloppe grise. Le tampon était de l'Union soviétique.

– Je crois que ça concerne les produits chimiques que vous avez demandés.

– Ce n'est pas ouvert...

– Il n'y a personne pour l'ouvrir.

– Et Oum ?

– Apparemment, vous ne savez pas... On est venu la chercher juste après votre départ pour l'envoyer en camp de rééducation, à Viengsai.

– Le Pr Oum ? Mais pourquoi ?

– On prétend qu'elle aurait adopté des idées radicales en Australie. Son attitude nuirait à notre lutte contre la pensée individualiste.

– C'est ridicule. Et l'enfant ?

– Ma femme et moi nous en occupons.

– C'est absurde ! Je vais en parler... C'est de fait mon assistante, et la seule chimiste disponible. Ne serait-ce que pour cette seule raison...

– Si vous pouvez agir... Nous sommes très inquiets.

– Ne vous en faites pas, mon ami. On va la faire revenir.

Le professeur parti, Siri resta dans le vestibule, à agencer une pièce de plus dans le puzzle de son scénario. Ceci n'était pas une coïncidence, pas du tout. C'était si frustrant de ne pouvoir contacter Nguyen Hong.

Ce matin-là, un infortuné vieux monsieur choisit de trépasser au bloc opératoire et fut envoyé à la morgue pour une autopsie immédiate. Siri devait confirmer qu'il n'y avait pas eu faute professionnelle. Il était dix heures du matin, et il avait rendez-vous avec Civilai à midi. Il n'aimait pas s'interrompre au beau milieu de sa tâche, mais cela demanderait du temps. Aussi, ayant pris des notes préliminaires, ils mirent le corps au congélo en attendant l'après-midi. Suk, le directeur, était furieux, mais Siri n'en avait cure.

Il était installé sur leur rondin, au bord du fleuve, dix minutes avant l'arrivée de Civilai.

– Où est notre autre membre ? s'enquit ce dernier.

– Il a dû se noyer l'autre jour.

– Ou les fascistes l'ont eu... Je parie qu'ils n'arriveront pas à le faire parler. Ils sont incroyables, ces petits soldats de plomb thaïlandais. Ils prennent le pays de force, puis déclarent que nous sommes un pouvoir illégal. Quel culot !

– Qu'as-tu appris ?

– Oh, *assieds-toi, Civilai, relax ! Comment vas-tu, Civilai...*

– Civilai !

– Bon. Je suppose que ta vie est en danger. Tu peux être fier de moi. J'ai été un bon espion. Mais j'ai dû mettre plusieurs personnes dans la confidence afin d'obtenir cette information.

– Ce n'est pas un problème. Je crois qu'il est temps de faire part de ce qu'on sait à tous ceux qui te semblent fiables. Plus il y aura de gens au courant...

– ... Moins tu risqueras de retrouver ta cervelle éclatée sur la porte d'entrée.

– On a expédié le Pr Oum à Viengsai.

– La chimiste ? Hum...

– Quelqu'un cherche à dissimuler la vérité...

– Je vais tâcher de découvrir qui a donné cet ordre.

Siri sortit quatre feuillets de sa poche et les déplia. Ni l'un ni l'autre ne pensaient à déjeuner.

– J'ai essayé de reconstituer le puzzle et abouti à une hypothèse...

Civilai se pencha sur ce fatras de notes.

– Frère, il faudrait un égyptologue pour décrypter ces gribouillis. Commençons par ce que j'ai trouvé et voyons si ça cadre avec ta théorie. La délégation vietnamienne était là sur l'invitation du chef de la section sécurité. Elle venait démasquer un traître présumé. Tout cela était ultra-confidentiel. L'un de tes Vietnamiens avait été impliqué dans une opération secrète dans le sud. Il y a eu une embuscade et tous les Vietnamiens ont été tués, sauf lui. Il a été grièvement blessé par balle et tout le monde l'a tenu pour mort.

– C'est Hok, le dernier qu'on a repêché dans le lac. Il avait un trou dans le corps gros comme la grotte Pha Ban.

– Eh bien, il avait bien réussi à faire le mort, car quand les chefs hmongs sont venus évaluer les dégâts, ils ne se doutaient pas qu'on les observait. Selon ton Hok, il y avait un homme âgé, habillé en civil, qui semblait faire office de conseiller. Mais Hok l'avait déjà vu deux semaines plus tôt, en uniforme de l'armée laotienne.

– Il était grièvement blessé. Comment pouvait-il être sûr que c'était bien le même homme ?

– Il a été formel. Il l'avait vu au QG des opérations, à la frontière. Ils avaient parlé ensemble deux fois. Ce type était là quand fut planifiée cette mission qui devait tourner au désastre. Les viêt-congs ont retrouvé les cadavres et Hok, à moitié mort, qu'ils ont rapatriés à Hanoi. Dès qu'il a été assez rétabli pour s'énerver, il a parlé à tout le monde de ce conseiller. Il a dû convaincre des personnes en haut lieu, car elles lui ont fait rencontrer notre ambassadeur. Celui-ci nous a contactés, et nous avons invité Hok à venir nous aider à identifier cet individu.

– On ne pouvait pas leur envoyer tout bêtement des photos ?

– Quelles photos ? L'album du régiment ? Tu as beaucoup de photos de toi, Siri ? Les rebelles antigouvernementaux ne posent pas en uniforme pour fournir des preuves au cas où on les soupçonnerait de trahison...

– Bon, bon ! Donc, dès que Hok a pu faire le voyage, on l'a envoyé ici.

– Avec un colonel vietnamien et un chauffeur. Ils avaient des laissez-passer délivrés au plus haut niveau.

– Ce qui rend d'autant moins plausible l'éventualité qu'on les aurait, nous autres, torturés...

– Pas forcément. Un officier laotien, conseillant

des Hmongs ! De quoi avions-nous l'air ? Les Vietnamiens avaient déjà des soupçons. Et il y avait une grande discrétion de notre côté. Rares étaient les gens au courant : la section sécurité, la crème du parti – pas moi –, le Premier ministre, le président... L'idée était de ne pas alerter le type qu'on cherchait à pincer.

– Donc, il est toujours dans la nature, et maintenant il n'y a plus personne pour l'identifier... On ne sait vraiment rien de lui ?

– Si, son rang. Il est major.

– On ne peut pas savoir lesquels d'entre eux fréquentaient le centre des opérations, lorsque Hok y était ?

– On s'y emploie. Mais c'est un centre important ; il y a beaucoup d'allées et venues. Nous n'avons, hélas, pas de système d'archives indiquant les placements et les mouvements de troupes.

– Et le Sanglier noir ?

– Tu es si exigeant ! J'espère que tu me coucheras sur ton testament, en échange de mes bons et loyaux services !

– Tu claqueras avant moi, mon cher.

– Personne ne me canarde, moi...

– Tu ne perds rien pour attendre, à compter d'aujourd'hui. Je te parie qu'en ce moment même, quelqu'un est couché sur le toit d'un immeuble, avec un fusil à lunette.

Une branche craqua au-dessus d'eux et ils piquèrent un sprint dont ils ne se seraient jamais crus capables. Au bout de vingt mètres, Siri se retourna. Il s'arrêta et reprit son souffle.

– Rajid ! Qu'est-ce que tu fiches là-haut ?

Civilai se retourna à son tour pour voir l'Indien, tout en haut de l'arbre, pris d'un fou rire silencieux. Il s'était bien amusé.

– Je te parie que c'est un espion. Il parle sans doute couramment six langues...

Se prenant par les épaules, ils repartirent vers le rondin en riant. Là chacun déballa son sandwich, histoire de se calmer les nerfs.

– Alors, le Sanglier noir ? insista Siri.

– Selon mes sources, c'était le nom de code d'une unité de la marine américaine vouée aux opérations spéciales. Elle a fait un tas de sales trucs au Vietnam pendant la guerre. Ses membres ne portaient pas l'uniforme et officiellement ne travaillaient pour personne, mais on disait qu'ils appartenaient à la CIA.

– Comme tout le monde, non ?

– Ils ont fait beaucoup de mal. En quoi ça t'intéresse ?

– Et s'ils étaient venus chez nous ?

– Pour quoi faire ?

– Le même genre de choses.

– Tu crois que cette affaire serait liée à eux ? Je n'imagine pas une bande d'Américains vivant ici sans se faire repérer...

– Pourquoi pas ? Il y a plein de villages hmongs susceptibles de les planquer. Dieu sait que les Yankees seraient heureux de voir notre régime s'effondrer.

– OK. Vide donc ton sac, et je te dirai si ça tient la route, ensuite j'irai en parler à la section sécurité.

Il jeta un coup d'œil à Rajid qui était toujours suspendu à une branche telle une chauve-souris.

– Et ne parle pas trop fort...

Cet après-midi-là, l'autopsie dura plus longtemps que prévu, Siri ayant été égaré par le fait que le vieux monsieur avait un clou de quinze centimètres de long dans l'intestin. Ils le photographièrent et Siri passa deux heures à essayer de comprendre comment cela avait pu le tuer. En définitive, le clou n'y était pour rien. Il se trouvait là depuis très longtemps, et quant à savoir comment il y était arrivé, cela demeurerait un mystère. Siri en avait déjà assez à résoudre par ailleurs.

En fait, le décès avait été causé par un rapport sexuel. L'homme devait subir une appendicectomie. En raison de la pénurie de personnel infirmier, amis et membres de la famille étaient invités à passer la nuit avec les patients et à veiller sur eux. En général, cela impliquait seulement de dormir recroquevillé au sol, mais ce monsieur-là s'était récemment trouvé une très jeune épouse. Sa présence, la veille de l'opération, avait enflammé sa libido. Après l'amour, il s'était plaint à elle presque aussitôt d'une migraine carabinée, mais il l'avait endurée jusqu'au moment de passer dans la salle d'opération. Étant sous anesthésie à ce moment-là, il n'avait pu alerter les chirurgiens et, alors que ces derniers allaient lui ouvrir le ventre, il était mort d'une rupture d'anévrisme. Son cerveau avait craqué. Si Siri n'avait pas perdu autant de temps sur l'intestin, il l'aurait vu tout de suite, mais son staff dévoué avait bien compris qu'il avait en tête des choses autrement plus importantes.

– En tout cas, que ceci vous serve de leçon, Dtui ! Le sexe peut tuer.

– Si j'avais cette chance...

M. Geung ricana.

Pendant qu'ils nettoyaient, le courrier arriva. Il comprenait un paquet expédié de Sayabouri contenant deux rouleaux de photos. Lorsque Dtui alla taper le rapport à la machine, elle les emporta à la bibliothèque pour les ranger sous la lettre « P ». Cinq minutes plus tard, elle était de retour.

– Docteur, un appel urgent du Vietnam !

Voir Siri et son assistante « courir » jusqu'au bâtiment de l'administration aurait chagriné le plus bienveillant des professeurs d'éducation physique. Tout en gravissant les marches, le cœur battant, Siri songeait au mort dans le congélateur. Il souffla dans le combiné, incapable de reprendre son souffle.

– Siri ? Docteur Siri ? C'est vous ?

Siri hocha la tête.

– Siri ?

– Nguyen ?

– Mon Dieu, qu'y a-t-il ?

– L'ex... ercice. Pa... parlez, vous...

– Quoi ? Ah, oui... Je crois savoir ce qui s'est passé. Ces hommes n'ont pas succombé à la torture. Deux d'entre eux, j'en suis tout à fait sûr, sont morts d'une embolie à l'air.

– Quoi ?

– On leur a injecté de l'air dans les veines.

– On n'a rien vu de tel...

– Justement ! Au bout de soixante-douze heures, la plupart des signes ont disparu. On aurait pu peut-être distinguer quelque chose sur une radio, mais on n'a pas le matériel. Et puis, on n'a pas bien cherché... Ça va être très difficile à prouver. J'ai peut-être trouvé des marques de piqûre dans l'une des veines, mais elles sont toutes en très mauvais état. Ces trois hommes ont la même ecchymose ronde sous la brûlure. Je pense que c'est la marque faite par l'embout d'une espèce de pompe, ou la canule d'une très grosse seringue. Pour pénétrer le muscle, il aurait fallu le perforer. Même ainsi, cela exige une grande adresse. Je crois qu'ils ont employé les brûlures à l'électricité pour camoufler ces marques.

– Alors pourquoi affirmez-vous que deux d'entre eux seulement sont morts de cette façon ?

– Tran, le chauffeur, est certainement mort de l'hémorragie interne que nous avons décelée à l'aorte. Peut-être parce qu'il était plus gros que les autres, ils ont eu du mal à trouver une veine. J'ignore toujours la cause de l'hémorragie.

– Moi, je crois la connaître. Avez-vous envisagé qu'il pourrait avoir chuté de très haut, d'un avion par exemple ?

– Vous savez quelque chose ?

– Pour le moment, c'est une hypothèse, mais j'ai un ami qui vérifie les rapports sur le trafic aérien non autorisé. Dans la région du barrage, il y a trois ou quatre semaines. Au fait, savez-vous où se trouve la femme de Tran – Tran le colonel ?

– Sa femme ? Je vais me renseigner.

– Essayez de lui parler. Posez-lui des questions sur les tatouages de son mari.

– Lesquelles, exactement ?

– Demandez-lui de vous les décrire. Montrez-lui éventuellement les photos. Demandez-lui si quelque chose n'a pas changé. S'ils ont été altérés... J'imagine qu'il...

La ligne fut coupée. Rien d'extraordinaire en cette période, mais dans l'actuelle atmosphère de suspicion généralisée, il imaginait déjà le pire. Il attendit pendant une demi-heure, mais Nguyen Hong ne rappela pas.

Il retourna lentement à la morgue, soupesant cette nouvelle information à l'aune de sa propre hypothèse. Dans son bureau, il trouva l'inspecteur Phosy qui l'attendait.

– Tu as l'air épuisé, lui dit ce dernier.

– Salut, Phosy.

Ils se serrèrent la main.

– J'avoue que je commence à caler. C'est difficile de penser à tout. Tu viens d'arriver ?

– Non, je suis rentré de très bonne heure ce matin. Je suis allé chez moi pour pioncer un peu.

– Séminaire ?

– On aime à me rappeler quelle chance c'est de vivre dans le système socialiste. Enfin, ça aurait pu être pire. Tu as lu ma lettre ?

– Ta lettre ? Ah oui ! Ça me semble si loin... J'ai beaucoup de choses à te dire.

– Bien.

– Tu as soif ?

– Toujours.

17

La chambre qui disparaît

Phosy acheta une bouteille entière de rhum Saeng Thip à la mama du bar qui, ravie, commanda un plein seau de ses glaçons magiques. Ils s'installèrent à une table, à l'écart.

– Tu as gagné au loto ?

– À quoi bon gagner cet énorme salaire de flic, si on ne peut pas faire des folies de temps en temps ?

– Non, ça ne marche pas. Nos salaires sont affichés par nos ministères. Tout le monde sait combien tu gagnes...

– Zut ! Bon, dans ce cas, j'ai fait quelques affaires louches dans le nord.

– C'est plus plausible...

La matrone les servit généreusement, et ils lui signalèrent qu'ils pourraient se débrouiller seuls désormais. Elle les laissa à leurs secrets. Un pêcheur coiffé d'un grand chapeau lançait et relançait son filet garni de plombs, de l'eau jusqu'aux genoux. Ils le regardèrent extirper les petits poissons des mailles et les mettre dans un sac en plastique attaché à son cou.

– Alors, quelle est cette grande nouvelle dont tu voulais m'informer ?

Ce furent les dernières paroles de Phosy pendant une demi-heure. Assis sur son siège, il sirotait son rhum tout en écoutant les explications de Siri. D'abord, le compte rendu de la tentative d'assassinat, puis les déductions menant à la découverte de la vérité à propos du meurtre de Mai. Pour finir, le médecin lui tendit le rapport d'autopsie qu'il avait tiré de son sac avec ses conclusions.

Après quoi, il se radossa à sa chaise branlante et prit la seconde gorgée d'une boisson dont la glace avait fondu depuis longtemps. Phosy contempla le dossier, puis son interlocuteur hilare.

– Qu'en penses-tu ? lui demanda ce dernier.

– Époustouflant.

– Merci.

– Jamais je n'aurais cru que tu étais...

– Un si brillant détective ?

– Exactement. Chapeau !

Il souleva un chapeau imaginaire.

– Non, vraiment. Je suis très impressionné.

– Tu n'as pas l'air très content...

– Ah ? C'est peut-être parce que j'avais espéré que le problème était réglé, alors que ça ne fait que commencer. Tu as pu déterminer l'heure du décès ?

– Non, impossible. Je ne l'ai vue que trois jours après sa mort.

– Bon.

Le policier finit son verre et se resservit.

– On recommence à zéro. Tu as donné l'original au juge ?

– Non. J'attendais ton retour.

– Bien. Ne fais rien. J'irai poser des questions aux voisins de la fille, pour voir quelles étaient ses fréquentations.

– Tu crois que le camarade Kham aurait chargé un complice de faire le sale boulot, après quoi il aurait quitté Vientiane afin de se forger un alibi ?

– Possible. Mais que dirais-tu de me laisser travailler un peu ? N'oublie pas qu'on n'a pas la moindre preuve contre lui. La seule façon de le mouiller, ce serait de trouver l'assassin de Mai et de le faire parler. Qui est au courant ?

– Mon staff, moi et toi, pour le moment.

– Tu n'en as parlé à personne d'autre ?

– Non. Enfin, si : sa sœur. Elle ramène le corps à Sam Neua. Mais il lui suffit de savoir que ce n'était pas un suicide ; elle ne dira rien à personne.

– On n'est jamais trop prudent. Si elle parle là-bas, ça risque de remonter aux oreilles de Kham. Ses partisans sont tous de Sam Neua. À dire vrai, on n'est sûr de rien. C'est retour à la case départ... Pour commencer, il faut mettre le rapport original et les photos en lieu sûr. Ils sont dans ton bureau ?

– Non, à la bibliothèque de l'hôpital...

– Quoi ?

– Personne n'y va jamais. Depuis qu'on a brûlé tous les livres importés de l'étranger, il n'y a plus que des bêtises là-bas. C'était l'idée de Dtui.

– Elle est ouverte à l'heure qu'il est ?

– Non. Ça n'ouvrira qu'à huit heures, demain matin.

– OK. J'irai. En attendant, comment faire pour te garder en vie ?

Siri sortit une balle de sa poche et la mit sur la table. Phosy émit un sifflement.

– Tu t'y connais en balles ?

– Je sais que ça provient d'un fusil de chasse, mais je ne suis pas un expert. Il y a quelqu'un au bureau à qui je pourrais la montrer. Où est l'autre ?

– L'autre ?

– Tu as bien parlé de deux coups, non ?

– Oh, elle est allée à la section sécurité. L'armée a sûrement des experts en balistique.

– Bonne idée. Je prends tout de même celle-ci...

Ils burent pendant deux heures en parlant d'autre chose que de crimes ou de politique. Phosy insista pour ramener son ami à son domicile. Lorsqu'ils s'arrêtèrent en face de la maison, le policier n'éteignit pas son phare. Le faisceau de la moto éclairait l'allée, donnant aux trous du terrain des allures de gouffres ténébreux. Des yeux de chats brillèrent sous les fourrés, mais il n'y avait pas d'assassin en vue.

– Tu veux que je t'accompagne, au cas où quelqu'un t'attendrait dans l'entrée ?

– Non, j'ai mis tant de gens au courant à présent, qu'on n'aurait plus intérêt à me tuer. Ou alors il faudrait liquider la moitié de la section sécurité. Je crois que mes chances de faire la une des journaux sont compromises. En outre (il baissa la voix), si un type était assez bête pour s'embusquer dans notre couloir, je ne donnerais pas cher de sa peau... face à *elle*.

Le rideau du rez-de-chaussée ondula.

– Très bien. À demain matin, alors...

Ils se serrèrent la main.

– Merci. Bonne nuit.

La moto s'éloigna en vrombissant, laissant Siri dans l'obscurité. En dépit de sa bravade, le coin était sinistre. Tout autour de lui, il y avait quelques éclairages jaunes, des bougies visibles aux fenêtres des voisins. On n'entendait plus de moustiques – à se demander si ces bestioles n'avaient pas fui en Thaïlande elles aussi. Les halètements de Saloop lui furent un étrange réconfort. L'animal arriva à sa hauteur en trottinant, s'arrêta à quelques mètres et revint sur ses pas.

Siri s'agenouilla pour lui faire bon accueil, mais sans bouger. De nouveau le chien trottina vers lui, puis rebroussa chemin. Cela lui rappelait ces films en noir et blanc qu'il avait vus à Paris, avec Boua. Il y avait un chien, un genre de colley, qui sauvait des enfants de maisons en flammes et attrapait les criminels. Il avait déjà vu ce numéro-là, bien que joué par un chien bien plus agréable à regarder, en meilleure forme : Saloop l'incitait à le suivre.

– Je suis fatigué. Je n'ai pas envie de jouer...

Mais le chien s'obstinait à décrire des cercles. Lorsqu'il se mit à japper, Siri lui emboîta le pas. Il avait troublé trop souvent la sérénité du quartier, cette année.

– D'accord, mais j'espère que ça en vaut la peine...

Aussitôt Saloop se soumit et marcha fièrement à côté de lui. Ils traversèrent le carrefour pour se diriger vers le fleuve.

– Dis-moi, le chien : ne suis-je plus envoûté, ou aurais-tu surmonté ta crainte des fantômes ? Aurais-tu quelque chose à me révéler ?

L'animal garda le silence.

Arrivé au fleuve, au lieu de tourner à droite ou à gauche, Saloop traversa la petite route et s'assit sur la berge. Comme Siri restait où il était, le chien le regarda par-dessus son épaule.

– Incroyable. C'était donc *ça* ? Tu voulais contempler le fleuve avec moi ?

Saloop haleta et Siri secoua la tête. Amusé, il traversa à son tour et choisit un coin plat près de son nouveau copain.

– Au moins, tu es plus sensé que celui que je retrouve ici d'habitude !

Ensemble ils admirèrent le jeu des lumières thaïlandaises sur l'eau, les petites chauves-souris qui voletaient dans le ciel indigo. Sans être précisément romantique, c'était fort plaisant. Siri ne devait plus connaître une telle paix avant bien longtemps.

Une explosion ébranla le silence, et la terre en trembla. Il se releva et regarda dans cette direction. Un nuage de poussière gris presque invisible s'élevait à quelques rues de là. Il n'eut pas à se demander où. Il avait compris.

Il remonta en courant le petit sentier et traversa la route. Déjà les riverains en pyjama descendaient dans la rue, tirés du lit par la déflagration. Ils semblaient désorientés, comme s'ils se demandaient s'ils n'avaient pas rêvé.

Siri s'engagea dans sa propre sente pour arriver à sa maison. Cela avait quelque chose d'irréel. Elle se tenait là, toujours aussi sombre et silencieuse, imperturbable, mais cela ne pouvait être qu'une illusion. Une horreur l'attendait derrière la façade. Il courut jusqu'à la lourde porte qu'il poussa d'une bourrade ; elle s'ouvrit avec une facilité étonnante, car, le reste de la maison ayant bougé, le battant était enfin d'équerre. Les dommages à l'arrière de la maison étaient invraisemblables. Même si tableaux et décorations avaient dégringolé des murs, les deux chambres en façade – au premier et au rez-de-chaussée – n'avaient été qu'ébranlées. En revanche, en regardant par la cage d'escalier, on voyait le ciel. Sa chambre et la partie du toit correspondante avaient disparu. La pièce au-dessous semblait comme gondolée. Mlle Vong tentait d'en enfoncer la porte tout en appelant les enfants et Mme Som – son mari étant parti suivre un stage en Europe, cette dame vivait seule avec ses trois fillettes.

Siri s'empressa de lui prêter main-forte. Le jeune couple au premier ne pouvait que regarder, impuissant, car il n'avait aucun moyen de descendre. La moitié de l'escalier et la galerie s'étaient volatilisées. La porte bougea très légèrement, autorisant un coup d'œil ; mais à l'intérieur, il faisait noir comme dans un four. On entendait pleurnicher la plus jeune des enfants, et des toux. Ayant envoyé Vong chercher une lampe torche, Siri passa la tête et lança :

– Madame Som ? Manoly ? Tu es là ? Tu m'entends ?

La voix de Manoly lui parvint.

– Maman dort encore. J'arrive pas à la réveiller.

– Et tes sœurs ?

– Elles ont peur.

– Bon. N'ayez crainte, il n'y aura plus d'explosion. Voici ce que vous allez faire : vous allez marcher prudemment dans ma direction. Donnez-vous la main, Manoly en tête !

– Et maman ?

– J'irai la réveiller quand vous serez dehors.

Il se mit à chanter une chanson pour les rassurer et leur indiquer la direction. Toutes les trois toussaient au moment où elles atteignirent la porte, pressant leurs oreillers contre leur figure. La pièce était pleine de poussière.

– Bravo, les filles...

Juste à cet instant, Vong arriva avec la lampe torche.

– Oh, mon Dieu ! Elles sont saines et sauves !

Elle braqua le faisceau à l'intérieur de la pièce, mais Siri s'interposa.

– Laissez... Emmenez-les dans la rue. Elles ont dû avaler énormément de poussière. Faites-les boire énormément, puis emmenez-les de toute urgence à l'hôpital.

Les gens s'étaient agglutinés devant l'entrée. Ils

réceptionnèrent les enfants et proposèrent leur aide. Siri signala que le bâtiment menaçait de s'écrouler et qu'il fallait reculer. Si quelqu'un avait une échelle, on pouvait secourir le couple au premier en le faisant passer par la fenêtre ; sinon il fallait garder ses distances.

Une fois seul, il ralluma la torche. Il n'avait pas voulu éclairer l'endroit en présence des enfants, à titre de précaution. Avant d'y aller, il déboutonna sa chemise et retroussa son maillot afin de se masquer la bouche et le nez.

Tout était dévasté. Des blocs de maçonnerie s'étaient écroulés. Si le gros du plafond était resté en place, il s'était affaissé à une extrémité et pouvait céder à tout instant. La poussière était aveuglante.

Là où le mur du fond se trouvait auparavant, le plafond n'était plus qu'à un mètre du sol, et il dut se mettre à quatre pattes pour atteindre l'endroit où dormait la famille. La lumière de sa torche se reflétait dans la poussière comme un phare sur une nappe de brume. Il sentait ses poumons s'encrasser.

– Docteur Siri ?

Son cœur s'émut, et il braqua son faisceau vers la gauche, en direction de la voix.

– Madame Som ?

Il rampa dans les décombres et finit par discerner la mère, à genoux, face à ce qui avait été les couchages des enfants, sous la fenêtre ouverte. En dépit de la poussière, sa mise était soignée. Elle portait son plus beau *phasin* et avait les cheveux tirés en arrière, coiffés en chignon. Elle tourna la tête et lui sourit. Il en fit autant, pour montrer son soulagement.

– Vous avez eu de la chance... Venez. Il faut sortir avant que le plafond ne lâche complètement.

Elle ne fit pas un geste.

– Docteur Siri, je me fais du souci pour mes filles.

– Elles n'ont rien. Venez...

Il lui tendit la main.

– J'ai peur qu'elles se sentent seules.

Sa main retomba. Il venait de comprendre. Il venait de comprendre, et son estomac se retourna.

– Oh non, madame...

– J'étais souvent fâchée. Je criais beaucoup. Elles ne comprendront peut-être pas que c'est ainsi qu'une mère exprime ses sentiments. Pourrez-vous leur dire que je les aime ?

Il baissa la tête.

– Je regrette.

La foule massée à l'extérieur réprima un soupir en le voyant réapparaître. Il avait porté le corps écrasé de Mme Som jusqu'à la chambre de Vong, et l'y avait laissé. Il ne voulait pas que ses filles la voient, ni leur laisser espérer qu'elle pouvait être encore en vie. D'une voix sifflante il donna quelques ordres ici ou là, s'assura que les jeunes du premier avaient été secourus, et tomba piteusement dans les pommes.

18

Un hôpital sans médecins

Il reprit connaissance dans l'une des quelques chambres particulières de l'hôpital. Ses yeux étaient si enflammés qu'il avait l'impression de regarder à travers des vitres sales. Murs et plafond étaient bleu layette. Un calendrier représentant un laboureur thaïlandais composait l'unique décoration. Ce n'était guère inspirant.

– Bienvenue à vous...

Dtui était à son chevet, en train de jongler avec plusieurs plateaux de racines et de poudres. Le budget de l'établissement n'autorisant plus l'importation de médicaments, on en était revenu aux remèdes naturels. Dans la plupart des cas, les patients ne s'en portaient pas plus mal.

– Qu'est-ce que je fais ici ?

– La plupart du temps, vous dormez. Vous avez dû avaler un kilo de poussière hier soir, en jouant au héros. Vous avez tourné de l'œil. Il a fallu vous donner de l'oxygène.

– Hier ? Bon... En ce moment, je ne sais plus distinguer entre rêve et réalité. J'espérais que c'était un cauchemar.

– Non. Votre maison a été soufflée. Tout s'est écroulé après votre départ.

– Et les fillettes ?

– Désolée, je ne sais rien. C'est en arrivant au boulot ce matin qu'on m'a dit que vous étiez ici. Votre garde du corps n'a pas été loquace...

– J'ai un garde du corps ?

Il cracha dans le mouchoir que Dtui avait préparé.

– Deux, pour le moment. Je crois qu'ils sont envoyés par la section sécurité. L'un d'eux a un joli sourire. Il voudrait vous parler quand vous aurez refait surface. Avez-vous refait surface ?

– Je suis un peu faiblard, mais ça devrait aller.

– Je vais le prévenir. Après, je vous apporterai le petit déjeuner. Il me faudra sortir d'ici, vu que la cuisine a pris feu hier. Étant donné la qualité de la tambouille, c'était sans doute un coup des patients.

Elle alla à la porte.

– Au fait, Dtui... Phosy est passé au bureau ?

– Le policier ? Pas pendant que j'y étais. Pourquoi ?

– Il doit venir chercher l'original du rapport et les photos d'autopsie. Vous devrez lui montrer où ça se trouve.

– Je préviendrai Geung. Pour les photos, il devra attendre : elles ne sont pas encore revenues du labo photo.

– Et dites-lui...

Il fut pris d'une nouvelle quinte de toux.

– Dites-lui où je suis.

– Oui, chef !

Le jeune homme de la section sécurité fut très aimable et très consciencieux. Il avait déjà été informé des renseignements donnés par Siri à Civilai, mais voulut les réentendre de sa bouche.

Parler était difficile pour le malade, qui devait avaler des bouffées d'oxygène de temps en temps. Ce fut durant l'une de ces séances de résurrection que Civilai apparut.

– Hé, mollo avec ce truc-là... ça coûte ! Tu peux en grappiller dans l'air, tu sais !

Le type de la sécurité salua et se retira.

– Salut, vieux frère. Je vois que tu ne t'es pas envoyé en l'air comme moi, cette nuit !

– J'ai dormi comme un bébé. Puis-je te demander pourquoi tu n'étais pas sagement dans ton lit, quand on l'a mis en orbite autour de Jupiter ?

– J'étais au bord du fleuve.

– Ah ! Avec une minette, je suppose ?

– Un toutou.

– Enfin, peu importe. À ton âge, on prend ce qu'on trouve.

– Et les fillettes du rez-de-chaussée ?

– Choquées. Je crois que seule l'aînée a vraiment compris. Futée, celle-là... Il faudra leur trouver une famille d'accueil jusqu'au retour du père. On s'efforce de le joindre actuellement. Il va falloir lui mâcher le travail, maintenant qu'il est seul pour s'occuper d'elles.

– On sait ce qui s'est passé ?

– Une grenade. Peut-être deux. Lancées par la fenêtre. On fouille encore les décombres. La seule chose suspecte trouvée pour le moment, ce sont les restes d'un transistor. Tu ne serais pas au courant, par hasard ?

Siri toussa.

– Ce salaud a dû le balancer en même temps que les grenades.

– C'est bien ce que je pensais. Il ne reste plus grand-chose, hélas, de tes affaires.

– Aucune importance, je n'avais rien de valeur.

Après toutes ces années dans la jungle, j'ai perdu le goût de la possession. Les livres, peut-être, me manqueront... Personne n'a rien vu ?

– Non. Tu te sens comment ?

– Comme quelqu'un qui a eu beaucoup de veine.

– Ce n'est que trop vrai. Une bonne fée veille sur toi, c'est indéniable.

Civilai alla à une réunion du politburo, laissant le jeune de la sécurité finir son entretien. Il se déroula dans un climat amical, s'interrompant chaque fois que Siri devait cracher ses poumons. Pendant ces intermèdes, Dtui amusait le jeune homme.

Ce dernier avait dans les vingt ans ; il était grand avec des oreilles comme des raquettes de ping-pong. Mais, effectivement, il avait un bon sourire.

– Je crois que ce sera tout pour le moment, camarade docteur. Je fais dactylographier tout cela, et je reviens cet après-midi avec mon chef. Quant à vous, infirmière Dtui, ma chère (elle rougit), je vous conseille de garder vos blagues pour vous en sa présence. Il n'apprécie pas la plaisanterie. Il a perdu son sens de l'humour à l'époque où il combattait les Français.

Elle lui fit le salut militaire.

– Ah, docteur, quand votre coroner vietnamien se manifestera, prévenez-nous tout de suite. Nous avons besoin de preuves tangibles.

– Vous devrez inventer un téléphone portatif alors. Il me faudrait une semaine pour arriver au bureau, dans mon état.

– Hum... Je vais voir ce que je peux faire. Au revoir, docteur, et merci. Au revoir, mademoiselle.

– Mademoiselle ? Qu'est-ce qui vous fait croire qu'une jolie fille comme moi est encore demoiselle, et non mariée à l'avant-centre de l'équipe nationale de football laotien ?

Il sourit.

– Les femmes mariées ne rougissent pas.

Et il quitta la pièce. Siri adressa un sourire entendu à son assistante, qui fit mine de ne rien voir.

Il s'était rendormi quand son second visiteur arriva. Ouvrant lentement les yeux, il distingua une tache safran au bout du lit. Petit à petit, il identifia le bonze qu'il avait vu deux nuits plus tôt.

– Yeh Ming, es-tu réveillé ?

Au moment où les brumes se dissipèrent, il se rendit compte que le garde du corps se tenait derrière le moine, pistolet au poing. Siri se redressa sur son séant.

– C'est bon ! Je le connais.

Le garde hocha la tête et s'en alla.

– Pourquoi me donner ce nom ? Qui êtes-vous ?

Le bonze sourit, mais ne répondit pas.

– Que faites-vous ici ?

– La bombe a fait beaucoup de dégâts dans l'enceinte du temple. J'ai dû tout nettoyer. Nettoyer est mon fardeau.

– Eh bien, j'en suis désolé.

– Ces choses nous sont envoyées pour nous éprouver. La vie sur terre n'est qu'un examen de passage.

– Je suis sûr que vous serez admis.

– Merci. En balayant, j'ai trouvé ceci qui t'appartient. Tu en auras peut-être besoin.

De son sac jaune en bandoulière, il tira le talisman blanc, qu'il alla accrocher à la boule couronnant la tête du lit.

– Comment avez-vous su que c'était à moi ?

– Hélas, la bourse a brûlé...

Tenant toujours l'amulette, le moine ferma les yeux

et psalmodia un court mantra. Il utilisait le même langage que Siri avait entendu dans le Khamouane pendant l'exorcisme. Le docteur joignit ses paumes et baissa la tête.

Sur ces entrefaites, Dtui arriva et se sentit aussitôt gênée. Elle aussi joignit les mains et ferma les yeux. À la fin du mantra, le bonze laissa le talisman et pivota sur ses talons. Dtui s'effaça avec respect. Arrivé à la porte, il la regarda fixement, avec une expression inquisitrice qui la mit mal à l'aise.

– Votre mère ira mieux l'an prochain.

Il ouvrit la porte et sortit. La jeune fille lança un regard assassin à son chef.

– Pourquoi lui avez-vous parlé de ma mère ?

– Mais... je ne lui ai rien dit !

À deux heures de l'après-midi, trois jeunes gens de la compagnie du téléphone se présentèrent avec un bout de câble et un vieil appareil. Jusqu'à présent, il avait vu des soldats, des bonzes, des politiciens et des techniciens, mais pas un seul médecin. L'hôpital manquait de personnel, et on espérait sans doute qu'il prendrait soin de lui-même.

Lorsqu'ils s'en allèrent, Siri était raccordé au secrétariat de l'administration. Allongé dans son lit, il contemplait le poste. Au bout de dix très silencieuses minutes, cela fit un raffut de tous les diables. Il était seul.

– Dtui... Dtui ?

Comme elle ne venait pas, il n'eut d'autre choix que de décrocher pour porter le combiné à son oreille. Il écouta, écouta...

– Docteur Siri ?

– Oui ?

– Un appel pour vous.

– Où ?

– Juste là. Ne raccrochez pas.

Il y eut un borborygme électrique, et la voix de Civilai se fit entendre :

– Siri ? C'est toi ?

– Frère aîné... ?

– Comment est ce nouveau téléphone ?

– Effrayant. Comment savais-tu... ?

– Je sais tout. Et toi, comment vas-tu ?

– Comme si je n'avais pas assez d'air dans les poumons. Je n'arrête pas de recracher des morceaux de ma maison.

– À la bonne heure ! Ça devrait t'éviter les ennuis pendant quelques jours. Écoute, j'ai donné à la secrétaire tous les numéros utiles. Quand ton copain vietnamien rappellera, je veux en être informé tout de suite. On s'échange des amabilités par-dessus la frontière. Pas la peine de t'expliquer combien tout ceci est devenu important.

– Assez pour faire sauter un pauvre bougre...

– Tu vois ? Je savais que je n'avais pas besoin de te faire un dessin.

Peu après, le garde du corps entra avec une grande enveloppe, qu'il déposa sur le drap avant de tourner les talons.

– Vous n'avez pas l'intention de me dire ce que c'est ?

– Impossible, camarade ! Quelqu'un l'a laissée à la réception. Une infirmière l'a apportée. J'ai vérifié : ce n'est pas piégé.

Il s'agissait, envoyée par son ami de la base aérienne, d'une liste de rapports relatifs aux vols non autorisés effectués au-dessus de Vientiane et ses environs, pendant octobre et novembre. C'était ahurissant. Le Laos possédait sept avions, mais si la moitié de ces rapports était digne de foi, l'espace aérien du pays était une vraie volière.

Ce qui l'intéressait le plus était la fin du mois d'octobre, et la date du 27 retint son attention. Le ministère de l'Aviation avait reçu deux rapports signalant des bruits d'hélicoptère dans le voisinage du barrage de Nam Ngum. Étant donné leur type de clientèle, les établissements pénitentiaires des îles étaient très sensibles à ces bruits-là.

Le temps étant couvert à onze heures du soir, on n'avait rien vu. Au moment où l'unité anti-aérienne du barrage avait fini d'épousseter son artillerie, cela s'était arrêté. Le radar de Wattay repéra un blip, mais avant qu'une procédure de vérification ne fût mise en œuvre, il avait disparu de l'écran.

– Je parie que c'était toi, le Sanglier noir..., murmura Siri en relisant les rapports.

Il souligna la date.

L'amulette suspendue au montant du lit cliqueta. Siri se tourna vers la fenêtre pour voir s'il y avait du vent, mais le rideau était inerte, le ventilateur débranché. Pourtant le talisman continuait à remuer, tintant fortement contre le montant creux. Il se pencha pour le toucher et l'empêcher de bouger, mais au contact de la pierre froide, une image s'imposa à son esprit et la terreur l'envahit.

19

Parler aux morts

– Vous pardonnerez, j'espère, cette intrusion...

Le jeune de la section sécurité se tenait sur le seuil, derrière son supérieur, un type plus âgé, à l'air sérieux, qui ne s'était pas donné la peine de frapper. Il alla s'asseoir sur une chaise, croisa les jambes.

– Major Ngakum Vong. Je suis chargé de... Ça va ? Vous êtes blanc comme un cachet d'aspirine...

Siri s'empara du masque à oxygène et inhala à plusieurs reprises. Visiblement, le major n'était pas homme à patienter.

– Écoutez, je reviendrai quand vous serez en état de répondre à mes questions.

Il se leva tandis que Siri ôtait le masque pour tousser.

– Non, major. Je vais bien.

– Ça n'en a pas l'air !

Le talisman tressaillit comme un être vivant dans la main de Siri. Ayant repris sa place, le visiteur remarqua la tresse de cheveux blancs qui dépassait de son poing.

– Qu'est-ce que c'est ?

– Ça ? Un porte-bonheur qu'on m'a donné.

– Tiens ! Moi qui vous prenais pour un médecin. J'espère que vous ne croyez pas à toutes ces bêtises ?

Presque au même moment, le tabouret au bout du lit décida que trois pieds, ça n'était pas assez pour tenir debout et il bascula avec fracas. Tandis que le jeune se penchait afin de le ramasser, Dtui arriva en courant pour voir ce qui se passait. Le major se tourna vers elle.

– Vous, vous pouvez attendre dehors.

– Moi ?

Elle lui lança un regard ironique.

– Major Ngakum, je vous présente mon assistante, déclara Siri. Elle a assisté aux autopsies. Elle pourra m'aider à combler mes trous de mémoire.

– Très bien. Restez ici, jeune fille.

Elle courut se mettre au garde-à-vous contre le mur, à côté du jeune homme, qui réprima un sourire.

– Si ce cinéma est terminé, peut-on retourner à nos moutons ? C'est une affaire très grave, que je tiens à régler avant que cela ne tourne à l'incident diplomatique international. Docteur, j'ai lu votre version des événements et je dois dire que votre imagination m'a épaté.

– Comment cela ?

– Tout ce que j'ai lu n'est que conjecture. Il n'y a là rien à opposer aux Vietnamiens comme preuve que nous n'avons pas torturé leurs ressortissants.

– On a condamné des criminels pour moins. Il y a assez de présomptions pour...

– Primo : nous ne condamnons pas des criminels, nous défendons la réputation de notre pays. Secundo : vos présomptions se fondent sur l'analyse d'un coroner amateur ayant... combien d'années d'expérience ?

– Dix mois.

– Dix mois. Et sur la foi de cette... fable, je devrais lancer un commando aux trousses d'une prétendue bande de mercenaires ? D'où vous vient d'ailleurs cette information-là, je n'en ai aucune idée. Je devrais suspendre des discussions bilatérales à cause des élucubrations d'un légiste qui ne peut même pas s'honorer d'un apprentissage ? Franchement, docteur...

– Je comprends...

Dtui poussa un grognement. Elle s'était attendue à une bagarre.

– Je dois admettre, poursuivit Siri, qu'en toute objectivité, ce rapport n'est pas très argumenté.

– Voilà. Ainsi, vous êtes en train de me dire que vous n'avez rien d'autre à m'apprendre... ?

– Non, désolé.

– Hum... Ne croyez pas que nous n'apprécions pas votre bonne volonté. Dieu sait que nous avons tout tenté pour éviter la guerre avec le Vietnam. Mais enfin, vous avez fait preuve, pour le moins, de naïveté...

– Je comprends.

Dtui ne put se contenir plus longtemps.

– Vous *comprenez* ?

– Dtui, le major a raison.

Ngakum se leva et se tourna vers elle.

– Avez-vous quelque chose à ajouter, jeune fille ?

Siri secoua la tête à l'arrière-plan.

– Non, je ne crois pas..., dit-elle.

– Dans ce cas, je vous conseille de vous en tenir à votre job d'infirmière, et de me laisser faire le mien.

Il alla à la porte et attendit que son caporal lui ouvre.

– Croyez-moi, vous deux : dans cette nouvelle société, l'ambition ne vous vaudra que des ennuis.

Et il s'en fut. Le jeune courut après lui.

Siri manquait d'air. Il tâtonna après son masque. Dtui se précipita et tourna la manette de la réserve d'oxygène. Tandis qu'il faisait tous ses efforts pour remplir ses poumons, Dtui prit son pouls et prononça des paroles apaisantes.

– Du calme, toubib. Relax. Respirez lentement...

Il voulait absolument parler, mais elle lui plaquait le masque sur la figure. Bientôt, Siri ferma les yeux et permit à son métabolisme de se calmer. Une fois son pouls redevenu normal et sa respiration régulière, elle le libéra.

– Et maintenant, je vous écoute ; mais si vous tenez à vous énerver, je remets le masque...

– Écoutez-moi bien... c'est très important. Vous allez vous rendre aux bureaux de l'Assemblée pour trouver Civilai. Assurez-vous... (il aspira un peu d'oxygène), assurez-vous que personne ne vous suit.

– Vous savez qu'il y a un téléphone, ici ?

– Non, je ne peux pas téléphoner. Prenez votre vélo et insistez pour le voir en personne. Couchez-vous sur son passage au besoin. Faites un scandale... mais qu'il rapplique ! Ce que j'ai à lui dire est d'une importance capitale. Et qu'il n'en parle à personne...

– Oh là là ! On peut savoir ?

– Filez !

Il inhala encore une quinzaine de minutes avant de se sentir assez bien pour décrocher le téléphone. Il n'eut pas besoin de composer le numéro. Une voix masculine répondit.

– Oui ?

– Qui est-ce ? Qu'est devenue la secrétaire ?

– Lieutenant Deuan, de la section sécurité. Nous assurerons cette permanence téléphonique vingt-quatre heures sur vingt-quatre. Vous désirez, docteur ?

Siri repensa à son plan.

– Vous pouvez me passer le commissariat ?

– Est-ce lié à... ?

– Non, c'est une autre affaire.

– Très bien...

Le type allait évidemment écouter et prendre des notes, mais il avait un besoin urgent de l'aide de Phosy. Il avait besoin de quelqu'un de confiance dans son équipe, et comme il ne pourrait pas lui demander directement, il faudrait user d'un prétexte pour le faire venir.

Un ou deux bips signalèrent que la ligne était occupée, puis un brigadier débordé prit la communication.

– Commissariat central.

– Allô, docteur Paiboun de l'hôpital Mahosot. Puis-je parler à l'inspecteur Phosy ?

– Qui ?

– Inspecteur Phosy.

Il y eut un silence.

– Une minute...

Au bout d'un moment, une voix bourrue répondit.

– Allô, docteur ? Malheureusement, l'inspecteur n'est pas là.

– Zut ! Vous pouvez lui laisser un message ?

– Je ne sais pas quand il reviendra, mais j'essaierai.

– Pouvez-vous lui dire de contacter le Dr Paiboun à l'hôpital, de toute urgence ? Chambre 2E.

– OK. J'afficherai le message sur le tableau, mais je ne peux pas vous garantir qu'il le verra.

– Vous ne pouvez pas le mettre sur son bureau ?

– Son bureau ? (L'homme se mit à rire.) Il n'a pas de bureau. Au revoir, docteur...

Siri se retrouva avec un combiné silencieux en main.

– Il n'a pas de bureau ?

Il se rallongea contre l'inconfortable oreiller et contempla le plafond bleu layette. Deux lézards étaient en train soit de copuler, soit de se battre. Il se fit la réflexion qu'en temps de paix, tout était bien plus violent et chaotique qu'en temps de guerre. Puis il fut pris de langueur et dut s'assoupir de nouveau, car il fut réveillé par l'irruption de Civilai. Dtui était derrière lui.

– J'espère que ça en vaut la peine, petit frère. À quoi bon avoir un téléphone si...

– Viens t'asseoir. Vous aussi, Dtui. Et doucement les basses...

Ils approchèrent des chaises. Jamais on n'avait vu le docteur aussi sérieux. Il se redressa sur son séant.

– Je vais vous raconter une histoire que vous jugerez incroyable. À moi aussi elle paraît incroyable. Vous allez me croire sous l'emprise d'hallucinogènes, ou complètement sénile, mais je n'ai jamais été aussi lucide de ma vie. Je vous épargne la version Technicolor, car vous m'enverriez aussitôt à l'asile si je vous disais tout. Je vais vous dire seulement ce qui concerne cette affaire.

Il prit un peu d'oxygène.

– Depuis plusieurs années, je vois des choses...

– Oh, bon sang, pas le...

– Civilai, *non* ! Si notre amitié compte pour toi, je te prie de m'écouter.

Civilai haussa les épaules et se croisa les bras.

– Je vois les esprits des défunts. Je ne sais jamais quand ils vont arriver, j'ignore comment ils communiquent avec moi, mais c'est la vérité. Ces deux dernières semaines, ces visites sont devenues de plus en plus fréquentes et plus... plus intenses, pourrait-on dire. Je reçois des messages... Tu m'as demandé comment je connaissais l'existence du Sanglier noir. Je n'ai pas pu te répondre, sachant que tu te moquerais de moi, comme toujours ; mais ce sont les Vietnamiens qui m'ont averti qu'« il » était toujours là. Je n'aurais pas pu le deviner, ni l'inventer. C'est eux qui me l'ont dit !

Civilai frémit.

– Je vais finir par avoir la chair de poule...

– Moi, je l'ai en permanence. Une nuit, j'ai fait un rêve. Les Vietnamiens me protégeaient. Un enfant tentait de franchir la barrière qu'ils formaient pour m'atteindre, mais ils le battaient à mort. Son visage se modifiait pour révéler les traits d'un vieillard. Ce vieillard, je l'ai revu dans un autre rêve que j'ai fait dans le Khamouane. Il incarnait les génies maléfiques qui détruisaient la forêt. Aujourd'hui même, son image m'a rempli d'une crainte terrible. Et puis il est entré dans cette chambre.

Dtui prononça son nom dans un souffle :

– Major Ngakum. J'ai senti qu'il y avait quelque chose...

– Oui, Dtui. Le major. Je ne sais pas pourquoi, je n'ai pas de preuve, mais je crois sincèrement que le major Ngakum est le conseiller des forces de résistance. Je suis certain qu'il est responsable de toute cette affaire avec les Vietnamiens, et c'est sans doute lui qui a essayé de me supprimer.

Civilai se leva pour dégourdir ses vieilles jambes.

– Je ne sais que dire.

Il s'approcha du calendrier et étudia les dates. Il était de l'année passée.

– C'est l'histoire la plus absurde que j'aie jamais entendue de ta bouche, et Dieu sait que j'en ai entendu des bêtises de ta part ! Le major Ngakum s'est battu pour la révolution pendant la plus grande partie de sa vie.

– *Ai*...

– Mais je sais que tu y crois. Et comme tu y crois,

et que tu es mon meilleur ami, cela signifie que je dois te croire. Et, Dieu sait pourquoi, j'y crois aussi.

– Merci.

– C'est vrai ! intervint Dtui.

Elle était restée assise, à trembler comme une feuille, depuis qu'il avait pris la parole.

– Je le sais depuis longtemps, sans oser le dire. Ma mère l'a remarqué tout de suite quand vous êtes entré chez nous. Elle a dit que vous aviez le don.

– Ce pourrait être une malédiction, Dtui...

– Écoutez, vous deux..., dit Civilai en revenant s'asseoir. De toute évidence, nous ne pouvons rien faire sur la foi des propos saugrenus d'un vieux gâteux qui voit des fantômes. Je vais charger des militaires en qui j'ai confiance de vérifier les dates. Il faut voir si le major Ngakum a pu se trouver au QG des opérations en même temps que Hok. Voir où il se trouvait au moment du massacre des troupes vietnamiennes. Nous allons regarder dans son dossier. Si tout concorde, on pourra passer à l'étape 2.

– C'est juste.

– Et je veux que tu me rembourses le moindre *kip* que tu as gagné en jouant contre moi. Si j'avais su que tu avais des complices dans l'au-delà, je n'aurais jamais parié.

Ils s'esclaffèrent jusqu'au moment où Siri fut repris par une quinte de toux. Le calme revenu, il regarda ses deux amis en souriant.

– Mais dites-moi, infirmière, dit Civilai, croyez-vous que notre devin soit en sûreté, sachant que les gardes à cette porte ont été postés par l'homme qui cherche à le tuer ?

– Ne vous inquiétez pas, oncle. M. Geung est allé chercher des sacs de couchage. Cette nuit, le Dr Siri aura son garde du corps personnel. Moi, je le protégerai.

Civilai se mit à rire.

– Je n'en reviens pas, Siri. À soixante-douze ans, tu trouves toujours le moyen de coucher avec de jeunes infirmières ! Comment fais-tu ?

20

Comment rater la fête du That Luang

En fait personne ne dormit beaucoup cette nuit-là. Siri était agité, et sa toux tint les gardes du corps éveillés pendant une bonne partie de la nuit ; mais au moins tout le monde était-il encore en vie le lendemain matin.

Son premier visiteur arriva avec deux sandwiches spéciaux enveloppés de papier sulfurisé.

– Lah ?

– Docteur, on vient de me mettre au courant. Je suis venue tout de suite. Comment vous sentez-vous ?

– Mieux, depuis que vous êtes entrée !

– Voulez-vous vous taire !

Elle lui tendit les sandwiches.

– Le jeune à la porte a regardé s'ils ne contenaient pas des missiles, puis il s'est demandé si ça n'était pas empoisonné, alors il a goûté aux deux. D'où les marques de dents.

– C'est très gentil...

Quelque chose dans cette visite, ainsi que dans sa récente épreuve, le poussa à faire preuve d'une franchise inhabituelle.

– Vous savez, madame Lah, j'ai repensé à ce que je regretterais de cette vie si je devais mourir, et je n'ai pas trouvé beaucoup de choses. Mais parmi elles, il y avait vous.

– Moi ?

– Oui. J'ai trop attendu. Si je ne suis pas mort la semaine prochaine, voulez-vous me faire l'honneur de dîner avec moi ?

La jeune fille qu'abritait encore le cœur de tante Lah lui adressa un sourire lumineux, qui éclaira toute la chambre. Elle alla se pencher pour l'embrasser sur la joue.

– Et comment !

Elle regagna la porte d'un pas dansant, saisit la poignée, se retourna :

– Mais si jamais vous êtes mort la semaine prochaine, je vous tue !

Après son départ, Siri était béat. On gémit sous le lit.

– Vous... vou... lez... vous... vous...

– On a compris, monsieur Geung.

Ce dernier partit d'un rire impertinent. Il était six heures du matin – l'heure pour lui de se lever. Dtui était déjà partie voir sa mère.

Dans les rues, les gens se préparaient pour la fête du That Luang. C'était l'une des quelques dates du calendrier bouddhiste qui déchaînaient à coup sûr la ferveur du peuple, par-delà les différences de générations et les clivages ethniques. Depuis les temps immémoriaux, le Grand Stupa veillait sur ses remuants enfants au treizième jour de la douzième lune.

C'était la première édition depuis la révolution, et celle-ci promettait d'être un peu plus sage qu'à l'ordinaire. Le nouveau régime avait proscrit certains excès : l'exhibition de monstres de foire, par exemple. Il n'y aurait pas de chèvre à cinq pattes, ni de femme à trois seins pour amuser la foule. L'alcool étant interdit, tout comme le jeu, il n'y aurait sans doute pas de règlements de comptes dont les journaux pourraient se faire l'écho le lendemain. Le gouvernement avait aussi mis le holà sur l'étalage de richesses et toute « manifestation religieuse outrancière ». Tout cela faisait qu'on pouvait légitimement se demander ce qu'il restait à fêter.

Mais le peuple laotien avait un sens de la fête remarquable et, pour beaucoup, le prétexte de revêtir ses plus beaux habits pour se mêler aux autres, dans une atmosphère chargée d'électricité, suffisait à les maintenir dans une atmosphère fiévreuse une semaine à l'avance.

Le Front patriotique avait annoncé que, cette année-là, le Laos en profiterait pour témoigner des réussites du régime sur le plan économique et culturel. Les sceptiques comme Siri se demandaient à quoi cela pourrait ressembler. Civilai avait suggéré une « Tente de l'Inflation », où des enfants pourraient gonfler des baudruches figurant la monnaie nationale. Siri, lui, avait proposé une représentation des marionnettes du temple Xiang Thong, leurs bouches révisionnistes couvertes d'un bâillon.

En tout cas ce serait l'événement culturel de l'année, et Siri, à cause de ses poumons, allait de nouveau le rater. En fait, comme il n'était jamais allé à Vientiane par le passé, il n'avait jamais assisté à ces festivités. Boua et lui avaient espéré y aller après la révolution. C'était l'un de leurs nombreux rêves déçus.

À sept heures, Siri vit quelque chose de plus rare qu'une chèvre à cinq pattes : un médecin de l'hôpital en blouse blanche entra dans la chambre et lui montra ses radios.

– Docteur Siri...

– Docteur Veui. Je me demandais si on ne m'avait pas mis à l'hôtel Lan Xang par erreur !

– Allons, pas de sarcasme. Vous savez fort bien...

– Pénurie de personnel, oui, je sais, mais vous auriez été bien embêté si j'avais clamsé pendant que vous étiez au chevet des véritables patients.

– Votre infirmière m'a tenu informé de votre évolution. Nous avons eu deux urgences hier qui nous ont bien occupés. Vous avez entendu parler de l'incendie ?

– Oui. À la cuisine, non ?

– Ça s'est déclenché là. Une chance que ça n'ait pas gagné la pharmacie. Dieu sait que nous manquons déjà de médicaments. Enfin, on a perdu notre peu regrettable collection de livres.

– Comment cela ?

– Votre géographie, Siri ! La cuisine est juste sous la bibliothèque. Elle a été ravagée. Ne restent plus que des cendres et nos souvenirs...

Tandis que le Dr Veui l'auscultait avec son stéthoscope, le patient respira le plus à fond possible, mais il songeait à la bibliothèque. Comment cet élément-ci s'inscrivait-il dans le puzzle ?

Vers huit heures, il eut la plus charmante visite de la journée. Mlle Vong pointa la tête par la porte et sourit.

– Mademoiselle Vong, entrez...

– Pas maintenant, docteur. Comment allez-vous ?

– Pas trop mal.

– Je suis pressée, je devrais être au travail.

– Vous ne voulez pas passer au bureau du compteur de poules auparavant ?

– Pourquoi donc ?

– Je ne suis pas censé le dire, mais... l'autre jour,

M. Ketkaew vous a remarquée au ministère de l'Éducation. Il est revenu tout frétillant comme un ragondin pour me parler de cette superbe femme... et m'a demandé si je vous connaissais. Il rayonnait positivement. Je ne suis pas un spécialiste, mais je dirais qu'il est amoureux...

– De moi ? Ne soyez pas idiot !

Elle refoula un sourire.

– Bref, je suis venue avec trois de vos admiratrices. Manoly et ses sœurs voulaient vous voir...

– Merveilleux ! Comment vont-elles ?

– Je ne crois pas qu'elles aient vraiment compris. Elles ne disent pas grand-chose.

– Faites-les venir...

Vong partie, les trois fillettes entrèrent à la queue leu leu, Manoly en tête. Siri choisit ce moment pour subir sa première violente quinte de toux, et elles se reculèrent contre le mur pour le regarder. Une fois calmé, il leur sourit et les fit s'approcher.

– Mesdames, c'est bien aimable à vous d'être venues. Où demeurez-vous ?

C'est Manoly qui répondit.

– Chez tante Souk. Elle est gentille. Elle est dans le couloir. Vous voulez la voir ?

– Non, c'est *vous* que je veux voir. Je me faisais du souci.

– Tante Souk dit que vous avez été très courageux d'aller chercher maman.

– Manoly, sais-tu où est ta maman, à présent ?

– Oui.

– Où ?

– Au temple.

– Ce n'est pas ta maman.

– Si !

– Non. Au temple, c'est juste l'emballage de ta maman.

La plus jeune se mit à glousser. Manoly semblait fâchée.

– Si, c'est maman !

Siri lui prit la main pour lui faire toucher son visage.

– Cette peau, ces cheveux, tous ces trucs extérieurs, ce n'est pas moi, mais seulement l'emballage, comme pour un bonbon. L'emballage, ce n'est pas le bonbon. Ce qu'on est vraiment se trouve à l'intérieur. Nos bons et mauvais côtés. Nos idées, notre intelligence, notre amour, c'est ce qu'une personne est réellement. Ça s'appelle un esprit. L'esprit de ta maman a déjà quitté son enveloppe. Je l'ai rencontrée quand je me trouvais dans votre chambre, cette nuit.

– C'est comme un spectre ?

– Non, un spectre, c'est seulement dans les contes. L'esprit, c'est la personne. Certains peuvent le voir, mais pas la majorité.

– Vous avez parlé ?

– Oui. Elle était inquiète.

– Pourquoi ?

– Elle avait peur que vous gardiez un mauvais souvenir d'elle, parce qu'elle se mettait parfois en colère contre vous. Mais elle m'a demandé de vous dire que si elle se mettait en colère, c'est qu'elle vous aimait.

– C'est vrai, elle a dit ça ?

– Oui, c'est vrai. Et elle a dit qu'elle vous aimait beaucoup, beaucoup. Elle vous aimera toujours.

Les yeux de Manoly s'emplirent de larmes et elle sourit. C'était sans doute un peu trop profond pour les deux autres, qui restaient en retrait.

La plus jeune changea de sujet.

– Oncle Siri, je pourrais presque aller à l'école, regarde !

Elle passa le bras droit par-dessus sa tête pour tâcher d'atteindre l'oreille gauche. C'était la méthode en vigueur dans le pays : si on pouvait toucher son oreille, alors on était assez vieux pour commencer l'école.

– Oh, presque, Nok ! Dommage que tu n'aies pas des oreilles de lapin, tu pourrais commencer tout de suite.

Elle pouffa de rire et sauta sur le lit.

À son retour, Dtui les trouva allongées là toutes les trois, en train d'écouter une histoire sur les génies des arbres dans le Khamouane.

– Ah-ah ! Que se passe-t-il, ici ?

– Tu es infirmière ? demanda Nok.

– Non, je suis un crocodile en blouse.

– Tu es venue présenter ta candidature ? lui demanda Manoly.

– À quoi, ma chérie ?

– Tu ne veux pas être l'épouse d'oncle Siri ?

Dtui simula un vomissement théâtral et fort bruyant. Lorsque tante Souk et le garde se précipitèrent, ils la trouvèrent face contre terre, tandis que les gamines se tordaient de rire sur le lit, et que Siri crachait ses poumons.

Une fois seul, il essaya de nouveau le téléphone. Au lieu de tomber sur l'officier de la sécurité, il se retrouva à parler à l'employée de bureau.

– Où est passé le soldat ?

– Parti. J'imagine qu'il n'avait aucune raison de rester, dès lors qu'il avait reçu l'appel qu'il attendait.

– Quel appel ?

– Celui du Vietnam. Je m'apprêtais à rentrer chez

moi, hier soir, quand on a appelé. Dr Nguyen quelque chose. Vous ne vous rappelez pas ?

– Je n'ai pas eu d'appel...

– Étrange. L'officier a dit qu'il allait le transférer...

– S'il l'a fait, ce n'était pas dans la bonne direction. Intéressant... Pouvez-vous me passer le commissariat ? Et vous allez me chercher le numéro de la morgue centrale de Hanoi.

– C'est au Vietnam.

– Aux dernières nouvelles, oui.

– Vous devrez remplir quatre formulaires pour pouvoir appeler à l'étranger. Il faudra les faire signer par le directeur, puis...

– Il me faut juste le numéro. Pour les signatures, on verra plus tard. Pourriez-vous faire demander à mon technicien mortuaire, M. Geung, de venir dès que possible ?

Siri finit par tomber sur la même voix bourrue que la veille, au commissariat.

– Allô, docteur ? Ici, commissaire Tay. Hier, en raccrochant, j'ai compris qui vous étiez... le coroner, non ? Je pense sans arrêt à envoyer quelqu'un là-bas pour voir ce que vous faites. Malheureusement, votre homme n'est pas réapparu.

– Ça ne fait rien. Je me demandais... hier, vous avez bien dit que Phosy n'avait pas de bureau ?

– En effet.

– Comment se fait-il que l'un de vos inspecteurs n'ait pas de bureau ?

– Eh bien, il ne fait pas vraiment partie de nos services, et...

– Non ?

– Non. Il a été affecté spécialement. Il est venu de Viengsai pour travailler sur une affaire. Il passe de temps en temps. Toujours en vadrouille.

– De Viengsai ?

– Ça pose un problème ?

– Non, c'est juste qu'il ne m'avait pas dit qu'il était basé dans le nord.

– C'est difficile de le faire parler, celui-là. Un petit cachottier, ce salaud-là, si je puis me permettre.

– Euh... merci, en tout cas.

– À votre disposition...

Siri raccrocha lentement. Geung, qui venait d'arriver, se balançait lentement dans l'embrasure de la porte. Siri leva les yeux sur lui et, pendant une seconde, se demanda ce qu'il fabriquait là.

– Monsieur Geung ? Ah, oui ! Vous allez prendre cette note (il écrivait tout en parlant) et la donner au camarade Civilai au bureau de l'Assemblée. Vous y êtes déjà allé.

– Oui.

– Ne la donnez à personne d'autre. Même si on vous arrache les ongles des pieds. Compris ?

– Oui.

Il ricana et repartit en trottinant.

– Basé à Viengsai. Comment est-ce possible ?

C'était le début de l'après-midi quand Civilai débarqua avec un vieillard bien conservé au costume fripé. Ils avaient l'air l'un et l'autre épuisé, comme s'ils avaient veillé toute la nuit.

– Siri, comment ça va ?

– Tu as eu mon mot ?

– La créature de Frankenstein a failli se faire descendre pour me le remettre. Comme on ne voulait pas le laisser passer, il s'est posté devant la grille et a beuglé mon nom pour m'attirer à la fenêtre.

– Il a rempli sa mission.

Siri fut pris d'une violente toux. Il se sentait paradoxalement encore plus mal que la veille.

– Siri, je te présente Dong Van, le chef de la section sécurité. Il voulait faire ta connaissance avant que tu ne meures d'étouffement.

– Vous arrivez juste à temps. Comment allez-vous ?

– Un peu éreinté, docteur Siri. C'est un moment difficile pour moi. Le major Ngakum a été l'un de mes plus fidèles collègues pendant toutes ces années.

– Ça y est ?

Siri brandit le poing, tandis que Civilai faisait le signe de la victoire. Visiblement, Dong Van ne considérait pas encore cela comme une victoire.

– Quand votre ami, le camarade Civilai, est venu me raconter cela, je n'en ai pas cru un mot. En plus, il ne voulait pas divulguer ses sources ! Même quand il a commencé à exposer ses preuves, je suis resté très méfiant : je me refusais à le croire. Mais c'est un garçon très scrupuleux. Il a passé toute la nuit à potasser les dossiers, à tirer les gens du lit pour prendre leurs dépositions.

– Bravo, *ai* !

Civilai avait hâte d'expliquer.

– C'était trop de coïncidences. Le major était affecté au QG des opérations au moment où Hok s'y trouvait. Il connaissait les détails de la mission secrète des Vietnamiens. Son unité était responsable de la sécurité lorsque les deux Tran et Hok sont venus. Il avait accès à tous les communiqués. Et comme si ce n'était pas assez pour le faire mettre en taule, devine qui surveillait le trafic vers les îles à Nam Ngum ?

– À présent, commenta le chef, nous avons la preuve qu'il a détourné l'appel du Vietnam qui vous était destiné. Ce que nous ignorons, c'est le motif de cet appel.

– Il faut donc appeler Hanoi...

Civilai décrocha le téléphone.

– J'espère que la fille a trouvé le numéro de la morgue, mais en tout cas je sais déjà ce que Nguyen Hong va me dire.

Cela prit une éternité. Siri parla à plusieurs Vietnamiens déroutés avant de tomber sur son collègue.

– Docteur Nguyen Hong...

– Docteur Hong ? C'est Siri... allô, allô ?

– Mais je vous croyais mort !

– Eh bien, non. Vous m'avez appelé, hier ?

– Vous m'avez fichu une de ces trouilles ! Oui, mais l'appel a été transféré à... comment dites-vous donc ? Votre section sécurité.

– À qui ?

– À... il n'a pas dit son nom ; de toute façon, pour moi tous les noms laotiens se ressemblent. Mais il a dit être le chef.

– Je m'en doute ! Et il vous a dit que j'avais été tué dans une explosion.

– Oui, puis il a noté tout ce que je voulais vous dire et m'a remercié, en me donnant sa ligne directe, au cas où...

– Parfait. C'est la dernière preuve qui l'accable. L'homme à qui vous avez parlé, c'est celui que Hok était venu identifier.

– Non !

– Je vous raconterai tout cela dans une lettre, mais avant qu'on ne nous coupe, dites-moi tout...

Dix minutes plus tard, Siri raccrochait. Il regarda les deux hommes à son chevet d'un air triomphant.

– Ils sont forts, vraiment ! En toute logique, ils auraient dû s'en tirer. Hélas pour eux, avec Hong et moi, ils avaient affaire à forte partie...

– Accouche, petit frère !

– Voici comment je vois les choses : le major Ngakum a reçu un communiqué secret d'Hanoi l'informant que Hok et son équipe venaient identifier le traître. Ngakum ne pouvant se permettre de les laisser arriver à destination, il leur a fait tendre une embuscade sur la route par son gang du Sanglier noir. Il connaissait l'itinéraire, le système de sécurité, c'était donc facile. Ils se sont retrouvés avec trois Vietnamiens. Ils auraient pu les tuer et balancer les corps, mais quelqu'un a eu une idée.

Il parlait trop vite, en s'excitant, et perdait son souffle. Il prit donc des bouffées d'oxygène et garda le masque à portée de la main.

– C'était l'occasion idéale de créer un incident diplomatique. Si les Vietnamiens pouvaient être convaincus que leurs hommes avaient été arrêtés et torturés, alors ils en viendraient aussi à croire que les Laotiens étaient responsables du précédent massacre. Aussi le Sanglier noir les a-t-il tués d'une façon difficile à identifier, et a fait croire qu'ils avaient été torturés. Ils ont largué les corps d'un hélicoptère, lestés de vieux obus. Pour deux d'entre eux, ils ont utilisé de la cordelette, sachant qu'ils finiraient par remonter à la surface. Pour le troisième, ils ont employé du câble, voulant qu'on aille voir au fond du lac. Ils savaient ce qui contrarierait les Vietnamiens. Ngakum se trouvait « par hasard » là-bas quand le premier corps a refait surface, et il a « identifié » les tatouages. C'est lui qui s'est arrangé pour que l'ambassade vietnamienne soit prévenue. Bien entendu ce corps avait été maquillé. En quittant Hanoi, Tran n'avait pas de tatouages...

– Non ?

– Pas le moindre. Sa femme ne savait rien à ce sujet. On a tatoué ce malheureux après sa mort.

Civilai secoua la tête.

– Comment les ont-ils tués ?

– Selon mon collègue, on aurait insufflé de l'air dans les veines de deux d'entre eux. Cela provoque une embolie à l'air qui empêche le sang d'arriver au cœur. Au bout de quelques semaines dans l'eau, on ne voit plus grand-chose. Un travail net et sans bavure, sauf que...

– Quoi ?

– Tran, le chauffeur, serait mort d'une rupture de l'aorte thoracique. Il y aurait une explication à cela, atroce : il n'est pas mort comme ses compagnons. Comme il était un peu plus gros, ils ont dû louper la veine en injectant l'air...

– Et il aurait été vivant quand on a électrocuté les corps ?

– J'espère qu'il était inconscient, et pas simplement en train de feindre d'être mort. Mais apparemment, la torture non plus ne l'a pas tué. Quand il est arrivé à la morgue, nous avons tous noté son expression horrifiée. Une seule chose a pu provoquer cela...

– La chute d'un hélicoptère.

– Il était certainement encore en vie quand on l'a précipité dans le vide.

– Je ne puis imaginer mort plus horrible, commenta le commandant.

– Je pense que ce n'était pas voulu. Les Américains n'avaient sans doute pas l'intention d'être aussi cruels. J'entends par là que, s'ils avaient tenu à ce que ça fasse authentique, ils auraient pu *effectivement* les torturer à mort.

Le commandant soupira.

– Nous allons les pourchasser. Je ne veux pas d'une bande de mercenaires dévastant la région. Et je vais mettre la main sur ce traître maudit. Messieurs, vous m'avez convaincu ! Dieu sait combien de victimes ont fait ces salauds-là. Si vous voulez bien m'excuser, une tâche bien pénible m'attend...

Il leur serra la main avec chaleur et partit, emmenant le garde. Les deux amis restèrent silencieux. Civilai se grattait la tête, épuisé ; Siri tétait son oxygène. Puis, au bout de quelques minutes, leurs sourires firent place à une franche hilarité. Civilai se rapprocha du lit et saisit la main de Siri. Ils s'étreignaient si fort que leurs phalanges en blanchirent, et riaient comme à quelque chose de désopilant.

– De quoi rions-nous ? demanda Siri à travers ses larmes.

– C'est nerveux. La peur...

– Si tu crois que *ça*, c'était effrayant, attends donc que je te parle de l'autre cas...

21

L'autre cas

Jamais Khen Nahlee n'avait connu échec aussi infamant. Il souffrait de cette humiliation. C'était peut-être indigne d'un professionnel, mais il brûlait de se venger.

Le premier loupé était excusable. Il faisait nuit ; l'objectif n'était qu'une ombre contre la porte. Il aurait dû aller voir le corps, mais la bonne femme était toujours là, derrière son rideau. C'était seulement le lendemain qu'il avait appris que le médecin avait survécu.

À ce moment-là, ce dernier avait quitté la capitale. Aussi avait-il dû en finir par un autre moyen. Il avait dragué la fille du salon de coiffure – rien de plus facile – et lancé la rumeur selon laquelle c'était la maîtresse du camarade Kham. Au train où allaient les ragots à Vientiane, cela lui était revenu presque aussitôt. Mai ne connaissait pas le camarade Kham, mais aucune importance : il y avait tellement de vieux à lui courir après que personne n'en serait surpris.

La méthode qu'il avait choisie, il l'avait vu employer quelques années plus tôt. L'épouse d'un homme qu'il avait tué s'était ouvert les veines et avait plongé ses poignets dans l'eau bouillante. C'était suffisamment dramatique, plausible, pour une amante bourrelée de remords. Il avait procédé à la mise en scène en faisant appel à ses souvenirs. La police était venue prendre des photos, poser des questions. Lorsque la lettre avait été découverte, plus personne n'avait eu de doutes : Mai avait tué l'épouse officielle avant de se donner la mort.

Tout était parfait. Personne n'avait posé de questions jusqu'au retour du détective amateur. Cet enquiquinant vieillard. Il fallait qu'il s'en mêle, qu'il fourre son nez partout, qu'il gâche son boulot pour dévoiler la vérité. Et il était si fier de lui, exultant au bord du fleuve, en déballant son histoire...

Khen Nahlee n'aurait pu le haïr davantage que cette nuit-là. Là, ça dépassait le cadre de sa mission, c'était une affaire personnelle. Ce n'était pas un vieux charlatan rabougri qui allait se foutre de lui.

Il était allé puiser un remède à sa curiosité maladive dans son arsenal. Ensuite, il avait pris patience. Il savait à quelle heure Siri rentrait, et lui avait laissé le temps de se coucher. Le vieil homme ayant bu, il n'avait pas tardé à être fatigué. Khen Nahlee traversa l'enceinte du temple et leva les yeux sur la fenêtre ouverte. La lumière était éteinte ; Siri dormait. Dommage – il n'aurait pas le temps de paniquer en voyant les bombes.

Il dégoupilla ces joujoux et les envoya par la fenêtre. Pas la peine d'attendre. Il connaissait à l'avance le résultat. Il avait presque atteint l'entrée du temple lorsque l'explosion retentit, mais ne prit pas le temps de regarder en arrière.

Comme l'avait suggéré son chef, il avait envisagé de tuer la fille et le taré de la morgue. Mais qui les écouterait ? Non. Restait à éliminer la preuve. La porte de la cuisine de l'hôpital n'était pas verrouillée. L'huile de cuisine bon marché flamba bien. Les flammes gagnèrent la bibliothèque qui se trouvait au-dessus, et dévorèrent bientôt les vieux livres poussiéreux. Il contempla la scène, car c'était une fin satisfaisante à une bonne soirée de travail. Enfin tout était terminé.

Il alla même faire son rapport à son chef. Le camarade Kham l'accueillit derrière sa maison, dans le petit pavillon. Il était une heure du matin. Mais le camarade dormait rarement. Les deux hommes avaient pris part à des centaines de débriefings matinaux, mais aucun n'avait été aussi personnel.

Le camarade Kham avait créé l'unité des opérations discrètes quelque vingt ans plus tôt, alors qu'il portait encore l'uniforme. À l'origine, c'était un petit service de collecte et d'analyse des données : une humble version de la CIA. À l'insu de la plupart des intéressés, des dossiers étaient constitués sur tous les hauts gradés et quiconque ayant montré une attitude « non coopérative » ou « malsaine ».

De temps en temps, le fruit véreux se révélait si pourri qu'il fallait prendre des mesures radicales. Au début, ils avaient pris soin de n'éliminer que les éléments susceptibles de nuire au mouvement. Mais le pouvoir corrompt, et la rumeur disait que, si Kham avait gravi si rapidement les échelons, c'était parce que ses rivaux en politique « disparaissaient ».

À mesure que le Front patriotique prenait de l'importance pour devenir une force politique, ce service s'organisait ; une aile devint une brigade de la mort semi-autonome, dont Khen Nahlee prit la tête en 1970. Il était fait pour cette tâche. Intelligent, dévoué au parti, il avait tué pour son propre compte depuis l'adolescence. Surtout, c'était un maître de la clandestinité. Il avait changé si souvent de noms et d'identités au fil des ans que même ses propres hommes ne pouvaient pas prétendre le connaître.

C'était un disciple zélé du fondateur du groupe, qui exécutait toutes les missions que ce dernier lui confiait sans poser de questions. Il savait que ce qu'il pouvait faire était dans l'intérêt du parti. Mais lorsque Kham lui avait avoué son secret sur la piste d'atterrissage de Xiang Khouang, leur relation avait forcément changé. Le camarade avait tué sa femme, et il lui demandait de maquiller l'affaire.

Ce n'était pas un crime passionnel, une affaire d'escroquerie à l'assurance. Tout simplement il s'était mis à haïr sa femme. Il détestait ce qu'elle était devenue depuis qu'ils s'étaient installés dans la capitale. En temps de paix, l'Union des Femmes laotiennes prenait une importance politique. C'était elle qui était interviewée par l'agence de presse, elle qui s'exprimait à la radio – elle encore à qui l'on demandait de parler aux étudiants de la fac. Et lui, désormais, qui était-il ? L'époux de la camarade Nitnoy. On ne se souvenait même pas de son nom.

Aussi l'avait-il tuée. Les pilules de cyanure étaient entrées en sa possession comme pour le tenter. C'était le destin. Le couple était revenu, soûl, d'une réception officielle où il était le senior camarade, mais où c'était elle la star. Il était son escorte. Elle s'était écroulée, ivre morte, sur le lit, et il s'était rendu dans son bureau pour glisser les pilules dans le flacon d'aspirine.

C'était seulement après qu'elle était partie au boulot, avec ces trucs dans son sac à main, qu'il s'était mis à réfléchir. La tuer était une chose – encore fallait-il ne pas se faire prendre. Il était allé passer une semaine à Xiang Khouang, où il avait rencontré Khen Nahlee et expliqué son acte. Son fidèle lieutenant avait promis de tout faire pour arranger l'affaire, comme toujours, et il s'était rendu à la capitale. Trois jours plus tard, la nouvelle du décès de Mme Nitnoy parvenait à son époux. Khen Nahlee n'avait plus qu'à revêtir un uniforme pour aller récupérer le flacon à l'Union des Femmes.

Mais ça ne s'était pas passé aussi facilement. Le flacon n'était plus dans le sac à main, et il n'avait pas voulu éveiller la méfiance en retournant là-bas. Kham avait dû se contenter d'espérer que la situation tournerait à son avantage. C'était compter sans l'adresse du médecin. Il avait cru le coroner incompétent, ce qui n'était plus vrai. L'erreur avait été de le sous-estimer.

Il savait. Le petit coroner savait ; Kham n'avait donc pas le choix. Il avait demandé à Khen Nahlee de le tuer avant que les résultats ne deviennent publics.

Le camarade avait toujours cru fermement au destin. Il n'entreprenait quelque chose qu'à des dates propices et après consultation des astres. C'était le destin qui lui avait donné le cyanure, et c'était le destin qui avait voulu qu'elle l'avale si rapidement. Jusque-là la chance avait été de son côté. L'assassin n'avait jamais connu l'échec ; et quand ses balles étaient passées par-dessus la tête de Siri, cette nuit-là, il aurait dû comprendre que, cette fois, le destin s'était mis contre lui. Siri avait eu une seconde chance. Kham chercha un autre moyen.

À sa demande, Khen Nahlee avait mis en scène un suicide. On tuait une fille insignifiante, et l'affaire en restait là. Qu'un homme important fût adoré par sa maîtresse n'avait rien d'étonnant. Elle pouvait très bien avoir tué sa rivale avant de se suicider. La police avait été satisfaite ; lui-même avait fait une déclaration larmoyante à la presse. Tout était terminé.

Puis Siri était revenu pour tout gâcher. Il n'y avait

vraiment qu'un moyen de défier le destin. Toute la logique du monde disait qu'il ne pourrait échapper à une seconde tentative d'assassinat. Rien d'humain ne pourrait lui sauver la vie.

Mais à présent le senior camarade était assis dans sa maison déserte, ivre. Il était sorti de l'Assemblée au milieu d'une cérémonie en l'honneur des héros de la révolution, ignorant toutes les questions. Il avait chassé le chauffeur, conduit la limousine lui-même jusqu'à la maison. Quatre nuits qu'il ne dormait pas : le trajet s'était déroulé comme dans un rêve.

Il pouvait lutter contre des hommes – il l'avait maintes et maintes fois prouvé. Mais là il se heurtait à quelque chose qui le dépassait complètement. Son adversaire était spirituel. Mme Nitnoy ne le laisserait pas oublier ce qu'il lui avait fait. Elle hantait ses cauchemars et se tenait derrière Siri, qu'elle protégeait. Quelque chose lui disait qu'il n'arriverait pas à dormir cette nuit non plus, et cette idée lui fut insupportable.

Il alluma la radio à fond et se brancha sur la Thaïlande. Un généalogiste expliquait pourquoi les communistes laotiens étaient physiquement aussi repoussants. Il écouta, afin de savoir pourquoi il était laid, et quand la musique s'éleva à la fin de l'émission, il se tira une balle dans la tête.

22

Trois fois mort

Khen Nahlee n'avait pas failli, pas encore. Même si son ennemi intime avait bénéficié d'une chance incroyable, cela ne signifiait pas nécessairement qu'il avait failli. Le chef lui avait dit de retourner dans le nord, de laisser tomber ; mais sa mission n'était pas remplie. Il n'avait pas failli, seulement pris du retard.

Assis dans la pièce nue, il huilait méticuleusement son pistolet et nettoyait le silencieux tout en révisant son plan. Ce soir, c'était encore la fête. L'hôpital maintiendrait un effectif minimum, si toutefois on parvenait à garder des gens sur place. Les infirmières seraient telles des poupées de porcelaine au rouge à lèvres criard. Elles paraderaient devant les garçons à la fête foraine. Il pourrait peut-être aller s'en draguer une quand tout serait terminé.

La section sécurité ayant retiré ses gardes, Siri devait être seul. Rien, ni la chance ni le hasard, ne pouvait l'empêcher une troisième fois de mourir.

Dévalant la colline sur sa vieille moto depuis le Grand Stupa, il avait l'impression d'aller à contre-courant. Il n'y avait ni file de droite ni file de gauche, pour la foule qui se rendait à la fête. Les gens allaient à pied, à bicyclette, poussaient des motos, formant un seul troupeau coloré. Il mit son foulard sur la tête et klaxonna tout au long du chemin, jusqu'à l'arc de triomphe. Les gens riaient et interpellaient cet étrange individu qui allait dans le mauvais sens.

Il se déplaça très lentement jusqu'à Lan Xang Avenue, où la police avait réservé une voie pour les membres du parti revenant de la cérémonie commémorative ; dans les ruelles adjacentes, il n'y avait plus personne. Il abandonna sa moto près du ministère de l'Éducation et marcha jusqu'à l'hôpital. L'entrée n'était même pas gardée.

Le soleil venait de se coucher et beaucoup de bâtiments étaient dans la pénombre. Des néons luisaient dans le grand dortoir, et une ampoule brillait au foyer des infirmières. Il entra dans le bâtiment abritant les chambres particulières et se déchaussa à la porte. Un long couloir le traversait, avec des chambres de chaque côté. Le corridor en lui-même était sombre. Au-dessus de deux portes seulement on voyait de la lumière filtrer par leur panneau vitré. Les autres chambres semblaient vides.

La 2E était à mi-couloir. Il s'arrêta à la porte et écouta. Pas un bruit. Sa main manœuvra en douceur la poignée et la porte s'ouvrit sans grincer. Il jeta un coup d'œil à l'intérieur. Siri gisait sur le lit, endormi sous un drap blanc, son masque à oxygène sur la figure. La lumière provenait d'une lampe de chevet recouverte d'un tissu rouge.

Khen Nahlee considéra le long couloir désert pardessus son épaule, entra, referma la porte. Il tira l'arme de son étui, qui se trouvait sous son survêtement, et vissa le silencieux. En fait, par une nuit pareille, il aurait pu se servir d'un canon, personne n'aurait rien entendu.

Il se campa au pied du lit, visa le cœur et tira. Six coups. En professionnel. Pas de bla-bla. Pas de confession ni d'explication de dernière minute. Une fois le chargeur vide, il poussa un soupir de soulagement. Enfin la chance avait tourné...

Il attendit la plaisante vision du sang imprégnant lentement le drap blanc, mais rien ne se produisit. Aussitôt il comprit qu'il y avait quelque chose. Il fit un pas en avant, attrapa le drap par un coin, tira brusquement.

Trois oreillers étaient disposés au milieu du matelas. À l'autre bout du lit, sous le masque à oxygène, il y avait un masque bien différent. Pour la fête du That Luang, en hommage au nouveau régime, on vendait des masques en papier mâché représentant le Premier ministre. Avec quelques plumes blanches de poule ajoutées ici ou là, ça ressemblait de façon saisissante au Dr Siri.

Khen Nahlee sentit son estomac se contracter. Il chercha dans sa poche un nouveau clip, tout en sachant instinctivement qu'il n'aurait pas le temps de s'en servir. La porte s'ouvrit à la volée et Phosy, accompagné de deux robustes collègues, fit irruption dans la chambre, pistolet au poing. Ils s'attendaient à de la résistance, mais Khen Nahlee lâcha son arme, leva les yeux au plafond et partit d'un rire sans joie.

Il fut menotté, fouillé, et reçut l'ordre de se taire sauf si on lui adressait la parole. La Constitution ayant été abolie, il n'y avait plus de droits à lui lire, ce qui était aussi bien puisqu'ils n'avaient pas l'intention de lui en accorder.

Phosy s'approcha du prisonnier.

– Tu m'as bien fait courir. Tu le savais, non ? J'ai dû te surestimer. Si j'avais su que tu étais un tel incapable, je t'aurais attrapé bien plus tôt...

Khen Nahlee fixait son interlocuteur au niveau du front. Il ne perdait pas son sang-froid facilement.

– Tu n'as pas envie de dire bonjour au Dr Siri avant qu'on t'embarque ?

Il fut conduit dans une autre chambre, un peu plus loin, où un autre Dr Siri, entouré de drôles de visiteurs, souriait, calé contre son oreiller. La police le fit avancer jusqu'au bout du lit. Ken Nahlee contempla Siri et secoua lentement la tête.

– Monsieur Ketkaew, quelle bonne surprise ! Vous savez, vous m'avez bien déçu... Moi qui comptais me débarrasser de Mlle Vong grâce à vous. Maintenant, je suis coincé...

Khen Nahlee eut un sourire.

– Oh, mais votre nom n'est sans doute pas Ketkaew, n'est-ce pas ? Je dois reconnaître que vous jouez très bien les idiots. Vous faisiez un compteur de poules très convaincant. Désolé d'avoir tout gâché, mais les forces contre lesquelles vous luttiez n'étaient pas de ce monde. Ne vous faites pas de reproches.

Khen Nahlee n'avait rien à dire. Il n'avait pas de questions, et plus besoin de jouer la comédie. Il considéra l'assemblée : Dtui, M. Geung, le juge Haeng, Civilai, le Dr Pornsawan et la sœur de Mai. Comment avait-il pu échouer contre cette bande de minables ? Il se tourna vers Phosy et lui fit signe qu'il voulait s'en aller.

– À ta place, lui dit ce dernier, je ne serais pas si pressé...

Deux autres policiers arrivèrent et le prisonnier fut escorté jusqu'au fourgon. Son avenir promettait d'être des plus brefs.

23

Le déjeuner du coroner mort

Une semaine s'était écoulée depuis la troisième résurrection de Siri. Civilai commençait à le croire réellement immortel. Aussi, Siri ne voulant pas être privé de ce plaisir, son ami avait-il annoncé que ce vendredi serait une veillée mortuaire. Pour agrémenter l'ordinaire, il apporterait une bouteille de champagne. Cerise sur le gâteau, il invita aussi l'inspecteur Phosy. Il y avait encore un ou deux points qui n'étaient pas complètement éclaircis relativement aux incroyables événements de la semaine passée.

Civilai et Phosy furent ponctuels. Ils avaient annulé tous leurs rendez-vous de l'après-midi et s'installèrent autour du rondin pour prendre un long et agréable repas. Civilai se battait avec un tire-bouchon.

– On n'attend pas le défunt ?

– Ah non, alors !

– Dans ce cas, je vais vous aider, dit Phosy en s'emparant de la bouteille.

– Ainsi, Siri n'avait aucune idée de ce que vous faisiez ici ?

– Il savait que j'étais de la police, mais pas que j'enquêtais sur Kham et son gang. Sachant qu'il venait de réaliser l'autopsie sur la dépouille de Mme Nitnoy, j'espérais lui soutirer des informations autour d'une bonne bouteille. C'est pourquoi le juge m'a présenté comme étant le policier de liaison avec le bureau du coroner. Je n'aurais jamais espéré avoir autant de chance...

– Pourquoi avoir tant tardé à utiliser les preuves ?

– Primo, aucune ne l'accusait formellement. Secundo, je tenais vraiment à pincer Khen Nahlee, que je traquais depuis des années. Mais il changeait d'identité et d'apparence si souvent qu'il avait toujours une longueur d'avance... J'étais sûr que, si son chef avait tué son épouse, il enverrait son sbire faire le ménage. J'avais besoin de temps pour découvrir qui c'était. Il me faisait courir depuis longtemps.

Il versa le champagne dans quatre coupes.

– Qui est le quatrième ?

– Vous verrez. Quand avez-vous commencé à soupçonner que c'était Ketkaew ?

– La lumière s'est faite à partir du moment où Siri m'a signalé que le Pr Oum avait été envoyée en camp de rééducation, à Viengsai.

– Zut ! J'étais censé intervenir là-dessus.

– Pas de problème, je l'ai fait. Le document avait été signé par le camarade Kham, mais là encore c'est la procédure habituelle. Le rapport initial avait été envoyé par Ketkaew. C'est la première connexion que j'ai trouvée entre eux. Cela n'avait rien de particulièrement significatif ; il envoyait des rapports sur tout le monde pour les motifs les plus idiots. Comme il jouait toujours à l'imbécile, je ne le soupçonnais pas... Puis j'ai trouvé un autre lien par un moyen détourné. J'avais des photos de Mme Nitnoy, de vieilles photos de presse, et il m'est apparu que ce n'était pas la femme la mieux coiffée du pays.

– Vous êtes bien poli. J'ai entendu certains la comparer au cul d'une chèvre angora.

Ils trinquèrent. Le champagne était un plaisir rare.

– Enfin il m'a semblé que ce n'était pas le genre à fréquenter un salon de beauté.

– Certes, non !

– Et c'était pourtant ce que prétendait le rapport sur le meurtre. J'ai retrouvé le policier qui l'avait rédigé. D'après lui, un témoin lui avait dit qu'elle allait au salon de Mai une fois par semaine.

– Elle devrait se faire rembourser à titre posthume.

– Je suis allé à ce salon, et *ce n'était pas vrai*. On ne l'y avait jamais vue ! Comme vous le savez, chercher à remonter à la source d'une rumeur, c'est comme vouloir saisir un lézard mouillé par la queue. Le policier le tenait d'une voisine de Mai, qui le tenait d'un petit ami de Mai. Il m'a paru étrange que ce dernier ait choisi de confier cette information-là à une parfaite inconnue, et je me suis intéressé de près à ce petit ami. Heureusement, dans un foyer plein de femmes seules, il y a toujours des curieuses. J'ai réuni les filles pour essayer de définir le profil du type que je recherchais. L'une d'elles m'a apporté un renseignement capital : le hasard voulait qu'elle se rende régulièrement à l'hôpital pour un mal sur lequel elle n'a pas voulu s'étendre. Eh bien, d'après elle, l'homme auquel les autres faisaient allusion, elle l'avait vu là-bas deux fois. Il n'avait pas l'air d'un médecin, ni d'un patient, mais plutôt d'un officiel. Je lui ai donné mon adresse et l'ai priée de me contacter si jamais elle le croisait de nouveau. En fait, j'ai donné mon adresse à toutes...

– Je n'en doute pas...

– Bref, c'était la nuit où la maison de Siri a sauté. Je suis retourné chez moi, où m'attendait un mot de la voisine. Elle était allée à l'hôpital ce jour-là, et avait revu notre type. En interrogeant une infirmière, elle avait appris qu'il avait son bureau derrière la morgue et était une sorte d'espion à la solde du gouvernement. Cela éveilla mon attention. Siri m'avait parlé de ce compteur de poules, mais je ne l'avais jamais vu. J'ignorais à quoi il ressemblait. J'ai eu l'idée d'entrer de force dans son bureau, pour voir s'il y avait des photos de lui qui me permettraient de le faire identifier par les filles... Mais quand je suis arrivé à l'hôpital, c'était la panique. La moitié du personnel de nuit était dehors, en train de faire la chaîne avec des seaux et des casseroles pour éteindre le feu à la cuisine. Je les ai aidés pendant une heure, jusqu'à ce que l'incendie soit maîtrisé. C'est alors que j'ai appris que cette cuisine se trouvait juste sous la bibliothèque. À l'évidence, ce ne pouvait être une coïncidence. Aussi je me suis rendu au bureau du compteur de poules derrière la morgue. Ce n'était pas l'endroit le mieux protégé du monde : une vulgaire paillote. Pour entrer, aucun problème. Je n'ai pas été surpris de ne trouver rien de suspect, mais j'avais l'impression que quelque chose avait été déplacé. Alors je me suis mis au bureau et j'ai considéré la disposition de la pièce. Là, j'ai eu comme un flash : il y avait des fenêtres devant et derrière, mais le bureau n'était pas placé devant. Il n'y avait pas de ventilateur, alors pourquoi ne s'installait-il pas de façon à profiter des courants d'air ? Le bureau avait été poussé contre un mur. J'ai essayé de le bouger, mais un pied était bloqué. C'est alors que j'ai vu le fil scotché... Il sortait directement du sol. On n'en voyait qu'une dizaine de centimètres, et en haut il y avait un connecteur, le genre sur lequel on branche une rallonge.

– Il avait mis des micros dans la morgue...

– Manifestement il ramenait l'équipement principal chez lui, mais j'ai déterré ce que je pouvais. Le fil passait sous la terre pour aboutir au tuyau d'écoulement derrière la morgue.

– Ainsi il savait tout ce qui se passait ?

– Tous les commentaires pendant les autopsies, les conversations du personnel. Je l'avais démasqué, mais j'ignorais où il habitait. Le seul endroit où je pouvais le pincer, c'était là. Alors, j'ai réveillé deux de mes hommes et nous avons tendu une souricière. J'ai tiré le juge du lit pour obtenir un mandat, après quoi nous avons attendu... mais il n'est pas venu. Toute la journée, nous avons attendu, sans oser aller aux toilettes ou manger, de peur de le manquer. Mais rien...

Civilai remarqua qu'ils avaient vidé leurs coupes. Il prit les deux autres et en tendit une au policier.

– Avant que les bulles disparaissent...

Il leva la sienne.

– À la vôtre !

– À la vôtre !

– Eh bien, comment l'avez-vous trouvé ?

– En fin de compte, c'est lui qui nous a trouvés. On surveillait son bureau jour et nuit. J'avais peur qu'il ne se pointe pendant qu'on dormait. On a choisi de se relayer et je suis allé me reposer. J'ai contacté le juge Haeng pour le tenir au courant, et c'est alors que j'ai appris le scandale concernant la section sécurité, l'arrestation du major Ngakum, et – ce fut un choc – que la maison de Siri avait été soufflée. Lorsque j'avais vu pour la dernière fois notre ami, il rentrait chez lui. Dieu seul sait comment il a échappé à l'explosion. Ma première réaction fut d'aller le voir, puis j'ai réfléchi. Comme Siri, j'avais supposé que la tentative d'assassinat sur lui était liée à l'affaire vietnamienne. Khen Nahlee n'était pas connu pour rater sa cible. Mais, mardi, Siri avait partagé les informations sur cette affaire avec tant de gens qu'il n'y avait plus vraiment de raison de l'éliminer. Ne restait qu'une seule affaire pour laquelle il était assis sur des preuves. Khen Nahlee ne savait ni qui j'étais ni que je m'occupais de cette affaire. Siri était le seul à pouvoir le faire inculper. Donc il m'a fallu envisager que l'impossible s'était produit : le tueur avait échoué non une fois mais deux ! Je le traquais depuis si longtemps, j'avais vu les conséquences de ses méfaits si souvent, que j'avais commencé à penser comme lui. Je savais combien ces échecs devaient l'avoir vexé. Si j'étais sûr de quelque chose, c'est qu'il allait recommencer.

– Et ce soir de fête était le moment idéal.

– Le garde de la section sécurité avait été rappelé et il n'y avait plus grand monde dans le coin. J'ai introduit mes hommes discrètement – un par un, pour ne pas éveiller sa méfiance – et vous connaissez la suite...

– La mouche est tombée dans la toile. Où est-il à présent ?

– Je crains de n'avoir pas la liberté de le dire. Mais Kham n'étant plus là pour le couvrir, et Khen Nahlee hors d'état de nuire, il ne sera pas trop difficile de démanteler la brigade de la mort. J'imagine que c'est mauvais signe.

– Pourquoi ?

– J'ai été si efficace que je me suis mis moi-même au chômage.

– Mais non ! Considérez-vous comme réengagé. J'ai un tas de missions pour quelqu'un de votre envergure. Vidons cela et cachons la bouteille avant que notre cadavre ne fasse son apparition. On dira qu'elle a été volée.

Ils venaient d'effacer les dernières preuves, lorsque Siri traversa la route en compagnie de quelqu'un. Le docteur transportait un sac en plastique qui tintait.

– Bonjour, messieurs.

– Plutôt bonsoir...

– Désolé, je suis en retard. Il y avait plus de saletés à nettoyer que je n'aurais cru.

L'apparent inconnu se tenait à côté de lui, vêtu d'une chemise rose à longues manches, d'un pantalon à pli permanent et de tennis presque neuves. Ses cheveux étaient propres, courts et divisés par une raie. Sa face d'ébène était la seule chose qui leur était familière.

– Rajid... ! Bonsoir, monsieur l'ambassadeur ! Que dites-vous de votre nouveau moi ?

Ce fou de Rajid parut confus mais modérément excité. Siri leur serra la main.

– Il a passé son examen médical en beauté. Je m'attendais à toutes sortes de maladies, mais hormis les poux et quelques plaies par frottements, c'est une vivante incitation à manger dans les poubelles et à dormir dans les égouts.

– On devrait peut-être essayer ?

Rajid fit mine de s'éloigner tandis que les autres s'asseyaient en tailleur autour du rondin, comme ils l'auraient fait autour d'une table.

– Où allez-vous, monsieur l'ambassadeur ? Venez vous joindre à nous !

L'Indien regarda par-dessus son épaule, réfléchit et revint s'asseoir parmi eux, en leur offrant l'un de ses sourires silencieux pour montrer qu'il était heureux. Civilai examina la chemise en soie.

– Comment as-tu déniché des vêtements à sa taille ?

– Je travaille à la morgue... est-il besoin de demander ? Pas de gaspillage...

– Et tes poumons ? demanda Phosy.

– Je viens de subir un examen médical que j'ai dû me faire passer moi-même.

– Bravo. Tu as eu de la chance.

– Toujours... À propos, je suis allé voir une vieille sorcière de mes amies...

– Vivante ?

– Je crois. Et si grande était sa joie de me voir qu'elle m'a concédé une remise spéciale sur ceci...

Du sac en plastique, il sortit trois bouteilles de forme bizarre, cachetées à la cire, contenant un liquide rouge cerise.

– Ce qui tombe bien, puisque je constate que vous avez fini le champagne sans moi. C'est de l'eau-de-vie de prune.

Civilai en retourna une et regarda l'étrange dépôt remonter.

– Phosy, en temps normal je vous dirais de ne pas accepter d'un coroner une substance rouge sang dans des bouteilles dénuées d'étiquette, mais en l'occurrence il me semble que nous sommes obligés de lui faire confiance. Qu'en dites-vous ?

– Qu'il prenne le premier verre et attendons dix minutes...

Siri la déboucha. Phosy disposa quatre sandwiches géants sur le rondin, tandis que Rajid reniflait et goûtait ses tennis. Tout en découpant le pain en tronçons, Civilai leur fit part d'une nouvelle qui avait atterri sur son bureau ce matin-là.

– J'ai appris un drôle de truc, aujourd'hui. Les Taïwanais auraient annulé un contrat d'achat de bois avec le conseil militaire laotien.

– Non !

Siri piqua un fard.

– Tu ne serais pas au courant, par hasard ?

– Moi ? Bien sûr que non. Je ne sais jamais rien avant toi. Mais...

– Nous y voilà...

– ... On dit les Chinois très superstitieux. J'imagine que s'ils ont eu vent d'un déplacement massif d'esprits dans le Khamouane, ils ont pu craindre que le bois soit... enfin, maudit, d'une certaine façon.

– Et par qui, selon toi, ces Taïwanais auraient-ils pu avoir vent du déplacement des esprits dans cette lointaine contrée ?

Siri secoua la tête.

– Pas par moi. Je ne vois pas du tout.

– Humm...

Phosy partit d'un petit rire.

Au moins tous les invités étaient-ils présents et prêts à porter un toast en l'honneur du défunt. Heureusement, ce fut bref. Ils se mirent debout et levèrent leurs verres. Civilai toussota et prit la parole de sa voix la plus officielle.

– Messieurs, nous voici réunis aujourd'hui pour honorer la mémoire d'un loyal et regretté ami.

– Très bien ! Très bien !

– La ferme, Siri. Bien qu'ayant vécu en idiot pendant la plus grande partie de sa vie, il est indubitablement mort en héros.

– Trois fois, précisa Phosy.

– Trois fois. Docteur Siri Paiboun, coroner, érudit, sorcier guérisseur..., nous te saluons.

– À la tienne.

– À la tienne.

– ... À la tienne.

Le trio se retourna sur Rajid, ébahi.

– Tu parles ?

– Parfois.

Le déjeuner se prolongea jusque tard dans l'après-midi. Les nouveaux habits de Rajid avaient été soigneusement déposés sur la rive, mais lui-même n'était plus là. Enfin ils se levèrent pour prendre congé. Civilai devait rentrer chez lui pour participer à une réunion familiale. Les autres n'ayant pas de famille, Phosy proposa à Siri d'aller boire un verre quelque part.

– Malheureusement, je ne peux pas.

– Tu ne peux pas ?

– J'ai un... rendez-vous, ce soir.

Civilai poussa un glapissement et se mit à danser. Des lézards s'enfuirent.

– Ce « rendez-vous » aurait-il à voir avec une belle boulangère, par hasard ?

– Ce n'est qu'un dîner.

– Et l'offensive du Têt n'était qu'une escarmouche. J'espère que tu sais à quoi tout cela mène... ?

– Ne sois pas si vulgaire. Ce n'est qu'un dîner. En fait, je suis un peu nerveux.

– Ne t'en fais pas. Je suis sûr qu'elle prendra l'initiative.

Phosy plongea la main dans la sacoche qui était restée près de lui pendant tout le repas et en sortit un épais dossier qui, en fait, en composait tout le contenu.

– En ce cas, je te laisse ceci.

– Qu'est-ce que c'est ?

– Toi.

– Moi ?

– On a trouvé tous les dossiers confidentiels que le camarade K. et son gang conservaient sur les vétérans du parti. On ne savait qu'en faire. Ton juge a proposé de les rendre aux intéressés. Il a dit : « Le socialisme est un grand cosmos, mais la confiance est l'atmosphère qui rend les étoiles solidaires. »

– Même sur le plan des devises, le juge Haeng semble s'être beaucoup amélioré.

– Je ne crois pas avoir compris.

– Personne ne comprend. Je peux t'emprunter ta sacoche ? Je n'ai pas envie de me payer une hernie par-dessus le marché.

24

Et quand on croit que tout est fini...

Siri était logé provisoirement dans une pension, non loin de l'arc de triomphe. Il y avait un beau jardin, une ambiance sympathique, et il n'aurait demandé qu'à s'y installer pour de bon. Mais en raison de ses exploits, son nom avait grimpé sur la liste des attributions de logements : dans un mois, il aurait son chez-soi. Il n'y aurait ni porte, ni couloir, ni salle de bains à partager. Ça risquait d'être un peu ennuyeux.

Ayant deux heures à tuer avant son rendez-vous, il en profita pour se reposer et se débarbouiller. Comme il n'avait qu'une chemise et un pantalon de rechange, il ne perdit pas de temps à choisir. La sacoche était à côté de lui ; il l'ouvrit et en sortit son dossier top secret. Sa vie faisait plus de sept centimètres d'épaisseur. Une lecture qui promettait d'être divertissante pour le mois à venir.

Il le feuilleta : pages dactylographiées, notes griffonnées (« Le Dr Siri vient de traiter de con le sous-commandant »), photos, rapports, dépêches. Et là, au milieu, datée du 9/6/1965, il y avait une feuille arrachée à un vieux cahier d'écolier. L'écriture lui était aussi familière que la sienne. Les consonnes étaient amples ; les voyelles flottaient comme des ballons. C'était le style de Boua.

Il sentit son cœur se pincer.

Mon chéri,

Que m'arrive-t-il ? Je n'ai pas d'explication. Pourquoi ai-je détruit tout ce que nous avions de merveilleux ? Pourquoi n'ai-je qu'agressivité à te donner, en récompense de ton amour et de ta patience ? Pourquoi ne puis-je plus prononcer les mots qui nous paraissaient si naturels ?

Je ne puis contrôler cette dépression. C'est comme un lierre qui m'étouffe, une maladie qui limite ma vision des choses. Je vois seulement les échecs de notre mouvement, même s'il doit y avoir des réussites. Autour de moi, dans le parti, je ne vois qu'égoïsme et corruption, même s'il doit exister du bon.

Mais surtout, je ne vois qu'un mari agaçant qui me rappelle en permanence la jeune fille pleine d'espoir que j'étais et qui s'est perdue quelque part sur une piste, dans la jungle. Pourtant, je sais que tu es ce qui m'est arrivé de meilleur.

Pourras-tu jamais me pardonner ce que je t'ai fait, comme ce que je vais faire cette nuit ? C'est la seule solution.

À toi, mon cher et unique amour,

Boua.

Au dos, on avait écrit à la main : NE PAS COMMUNIQUER – NÉGATIF.

On avait trouvé sa lettre d'adieu – ce qui aurait un peu allégé son sentiment de culpabilité, certains des doutes qui l'accablaient depuis onze ans. On lui avait dissimulé la vérité, la jugeant « négative ».

Ses larmes ruisselèrent. Certaines étaient des larmes de tristesse. Il regrettait amèrement d'avoir été incapable de lui redonner le goût de vivre.

Mais d'autres étaient presque des larmes d'allégresse : elle l'aimait. Même à la fin, elle l'aimait encore, et elle savait que c'était réciproque. Il n'avait pas besoin d'en savoir davantage.

Pendant une heure et demie, il pleura. Seul le vent sur son visage finit par sécher ses larmes. Le ministère de la Justice avait fait réparer son carburateur et il filait sur sa chère moto, sur la route de Dong Dok, à travers les champs intacts qui démentaient leur proximité avec la capitale. Il gueula à pleins poumons, en harmonie avec son engin. Il était libre.

À l'heure où il retourna chez lui, il était en paix. Dans sa vie, il n'y avait plus de coïncidences. Le dossier l'avait trouvé. La lettre aussi, en temps utile. Boua lui faisait savoir que tout était bien. Il n'avait pas à se sentir coupable d'avoir une autre femme dans sa vie.

Il s'engagea sur Samsenthai Avenue et aperçut aussitôt Lah, qui se tenait au fond de la ruelle. En le voyant monté sur sa robuste vieille moto, tel un preux chevalier à cheveux blancs, elle eut un sourire plus lumineux que les réverbères penchés au bord de la route. Elle portait un *phasin* violet agrémenté de dorures et un corsage blanc moulant sa poitrine. Dieu seul savait pendant combien de temps elle avait lissé ses cheveux pour se donner le look d'Imelda Marcos, avec lis à l'oreille. Elle était ravissante.

Il s'arrêta contre le trottoir et lui adressa un sourire chaleureux. Elle s'approcha en vacillant sur ses hauts talons et l'embrassa sur la joue. Sa main gauche tenait une aumônière semée de strass. Dans la droite, il y avait une petite boîte, enveloppée d'un papier vert assorti aux yeux de Siri et nouée d'une faveur d'une teinte plus foncée.

– ... Sandwiches ?

– C'est un cadeau.

– Pour moi ? Je peux l'ouvrir maintenant ?

– C'est obligé. Sinon je ne monte pas là-dessus !

Béat, il déchira le papier, arracha le nœud. La boîte en carton avait un couvercle. Il regarda tante Lah, excité comme un gosse à son goûter d'anniversaire. Elle était vraiment très belle. Elle les considéra – lui d'abord, puis la boîte.

– Pressons, j'ai faim...

Mais dès qu'il souleva le couvercle, son sourire s'effaça. La joie qui les entourait s'évanouit telle une fumée d'encens. Couché dans la boîte, comme un cadavre dans son cercueil, se trouvait le prisme noir avec sa lanière de cuir. Ce n'était pas un autre, mais bien celui qui avait été usé à force d'être manié par des générations de mains, celui qui avait été réduit en poussière – poussière qu'on avait répandue au-dessus de la terre du Khamouane.

– Avec toutes les tuiles qui vous sont tombées dessus dernièrement, j'ai pensé qu'un porte-bonheur vous serait utile. Ça vous plaît ?

Mes remerciements chaleureux à :
Pornsawan, Bouasawan, Chantavone, Sounieng, Ketkaew, Dr Pongruk, Bounlan, Don, Souk, Soun, Michael et sa secrétaire, Somdee, David L., Nok, Dtee, Siri, Yayoi et Steph.

Table

Composition réalisée par NORD COMPO

Achevé d'imprimer en avril 2008 en Espagne par
LITOGRAFIA ROSÉS S.A.
Gava (08850)
Dépôt légal 1re publication : mai 2008
LIBRAIRIE GÉNÉRALE FRANÇAISE – 31, rue de Fleurus – 75278 Paris Cedex 06

31/2338/7